弦歌不辍

——中国古代文学教学论稿

赖振寅　方丽萍　主编

中国社会科学出版社

图书在版编目(CIP)数据

弦歌不辍：中国古代文学教学论稿／赖振寅、方丽萍主编．—北京：中国社会科学出版社，2014.1

ISBN 978－7－5161－3761－1

Ⅰ.①弦…　Ⅱ.①赖…②方…　Ⅲ.①中国文学—古典文学—教学研究　Ⅳ.①I206.2

中国版本图书馆 CIP 数据核字(2013)第 302598 号

出 版 人　赵剑英
责任编辑　田　文
特约编辑　盖　克
责任校对　王雪梅
责任印制　李　建

出　　版　中国社会科学出版社
社　　址　北京鼓楼西大街甲 158 号（邮编 100720）
网　　址　http://www.csspw.cn
　　　　　中文域名:中国社科网　　010－64070619
发 行 部　010－84083685
门 市 部　010－84029450
经　　销　新华书店及其他书店

印　　刷　北京市大兴区新魏印刷厂
装　　订　廊坊市广阳区广增装订厂
版　　次　2014 年 1 月第 1 版
印　　次　2014 年 1 月第 1 次印刷

开　　本　710×1000　1/16
印　　张　16.25
插　　页　2
字　　数　255 千字
定　　价　48.00 元

凡购买中国社会科学出版社图书,如有质量问题请与本社联系调换
电话:010－64009791

序

“虽有嘉肴，弗食不知其旨也；虽有至道，弗学不知其善也。是故学然后知不足，教然后知困。知不足，然后能自反也；知困，然后能自强也。故曰：教学相长也。”（《礼记·学记》）教师之职，传道授业解惑，实为知识传播者与文化传承者。教师之责，除了含英咀华，滋兰树惠，尚需承续文脉，光大传统。正是“知不足”与“知困”的良知，激发着“自反”与“自强”。故曰：教学相长；故曰：弦歌不辍。这是我们的初衷。

《中国古代文学教学论》，顾名思义，是对中国古代文学教学所做的一些探索。“总论”部分是对中国古代文学教学与研究的一些宏观思考。其中有对二十世纪中国古代文学学术史的反思，有对新媒介环境下传统文化的价值与意义的追问，有对大学文学专业中国古代文学教材编撰的思索，也有对中国古代文学课堂教学核心策略的考量。其中涉及到“回到古代”与“回归古典”的分歧，涉及到“当下语境”与“历史语境”的取舍。这不仅仅是一个简单的学术路径的选择问题，更涉及到中国古代文学的学科属性和价值取向。“史论”部分立足于古代文学的历史分期，提出了划分古代文学时段的一些思考，梳理出各个时段的特征，并结合教学提出了一些具体的教学策略。“文体论”，主要从诗歌、散文、小说、戏剧四大文体切入，对不同文体的教学方法进行了探索。如戏剧教学要突出三美：综艺、诗意、情趣。“小说学习一定是鼓励表现出高度自由的阅读和具有个性特色的阅读”，同时，“在阅读和鉴赏过程中这种自由与个性化是有约定的范畴的”，“不是一任‘激情’的那种天马行空式的批评，脱离作品实际的主观臆断，也不是‘理性’

的从概念到概念的逻辑推理”。“个案研究”部分，我们力求重源头、重经典、重内函，主要收录了对具体作家作品的解读与研究的相关成果。

本书是青海师范大学人文学院中文系古代文学教研室教师集体劳动的结晶。“集体劳动”有它的强势，也有不足。何况写作还是一项永无止境、充满遗憾的劳动。稿子完成了，但没能解决的问题还有很多。比如整体分类不够缜密，一些术语使用尚欠周延，语言风格尚欠统一等。在文学史时段划分上，忽略了文学史上存在着一些有深刻意味的“夹缝时代”，如中唐德宗的贞元时期。一刀切式的朝代分期法是迁就教学计划与进度的无奈之举。文体划分显然与古代文学的文体有不小的差距，四大文体的截然划分势必遗漏一些重要的古代文体，如赋、骈文、奏议等；再比如小说，主要专注于白话小说，而文言小说无形中就被忽略了。估计还有因学力所限在所难免的错讹、缺漏之处，真诚期望得到专家学者的批评指正。毕竟，在作者与读者之间也存在着一种“相长”的关系。我们真诚地期待着。

目　录

第一部分　总论

第二部分　史论

第三部分　文体论

第四部分 个案研究

第一部分

总　　论

回归古典还是回到古代

——对文学史课程教学的思考

一　古典与古代的畛域与旨要

对“古代文学”与“古典文学”这两个范畴的不规范使用，是我国文学史研究领域存在的诸多不规范中首当其冲的一个。通常，学者们大多是将“古代文学”与“古典文学”视为两个异形同质的范畴，在不审名言、不加辨析、不分语境的情况下任意使用。使用的依据，抑或是学者个人的语言习惯，抑或是因袭前人旧说。即便是在一些学术大家的专著或文章中，对这两个范畴的混用也屡见不鲜。时而“古代文学”，时而“古典文学”，其所指虽均为同一事物——中国古代文学遗存，但使用的范畴却游移不定。这种范畴使用的不规范在国内各大学中文系的讲台上和各类文学史教科书中表现得更为突出，有时甚至在同一堂课上、同一本教科书里，我们都能听到和看到这两个范畴的混用。虽然很难有一个准确的时间界定，但有一点可以肯定，这种概念范畴混用的状况已持续了很长时间。除此之外，在这两个范畴的使用上，还有一个现象非常值得关注，如果我们细细观察，就会发现，学界对“古代文学”这一范畴的使用，在数量上大大超过了“古典文学”。这种使用频率上的巨大差异，除了语言习惯及思维定势的影响所致之外，似乎还反映出学界对“古代文学”这个范畴更多的认同和学术研究上的偏爱。这便使得“古代文学”与“古典文学”就像是一个人的“官名”与“小名”一样，在正规场合虽偶尔也有混用，但基本上是以“古代文学”这一称呼为主。如1977年教育部颁布的《授予博士、硕士学位和培养研究生的学科、专业目录》中，在“中国语言文学”一级学科名下，使用的便是“中国古代文学”这个二级学科名称。

“古代文学”与“古典文学”果真是两个外延与内涵完全相同、所指与能指完全一样的范畴吗？对它们的使用，完全可以不审名言、不加辨析、不分语境地任意而为吗？它们两者在使用频率上的巨大差异是否意味着前者更能涵盖学科内涵、更规范一些呢？作为用以命名一个学科的元范畴、母范畴，这种范畴上的混用对百年文学史究竟造成了什么样的影响？具体地讲，对这一学科的学科建构、研究方法、学科发展以及文学史理论建设和史纂实践究竟造成了什么样的影响？

学术失范，是当前古文学研究领域存在的一个突出问题。有学者将其具体划分为三个层面：道德层面、学理层面、技术层面①。相比较而言，道德层面上和技术层面上的失范属学科“表层伤”，较容易诊断且容易治愈。而学理层面的失范则属“内伤”，若诊断不及时、治疗不得当则足以致命。一个学科的学理，当以该学科的名称总其要术、括其肌理、摄其魂魄。故该学科学理的规范，首先应体现于学科名称的规范上。反言之，一个学科的名称规范与否，直接关系到它所统摄的学科的学理、方法的规范。这是一个很简单的道理。而接下来我们的论述也就始于这样一个看似简单的问题：我们对一门专门研究中国古代文学遗存的学科的命名与使用是否规范？

当问题被明确提出后，接下来通行的做法似乎是要对“古代文学”和“古典文学”这两个范畴的起始点和演变史作一番历史的钩沉和学术的浏览。应该说，这种沿波讨源式的研究对还原“古代文学”与“古典文学”这两个范畴的本意，廓清其学术原貌是非常必要的。但当我们真正面对以“私人化”研究为主流，缺乏规范而健全的文学史理论支撑，术语范畴多由个人赋予含义的百年文学史研究时，就会发现，这项工作是何等的困难且不讨人喜欢。即便我们翻阅很多文学史早期读本及一些重要的专业、百科辞典，也很难给这两个范畴描绘出一幅内容准确、脉络清晰的历史画卷，更难以确定其首次权威发布的准确时间。好

① 林大志：《“中国古代文学研究与学术规范研讨会”召开》，《文学遗产》2004 年第 1 期。

在我们所关注的不是词典编纂学，不是想借此赋予某人范畴的发明权和历史优先权，故不妨先将对这两个范畴的考察放在历史语义学中，先明确其本意，然后再将这两个范畴的历史，作为学术史的参照点来处理，结合特定的历史、学术语境，来探究百年文学史研究对这两个范畴的定义、定性的演化过程以及这两个范畴对文学史观念及方法论的影响。

对“古代文学”及“古典文学”的语义分析其实就是在“文学”的前提下对“古代”和“古典”这两个词汇的分析。上海辞书出版社1981年版《辞海》中“**古代** 历史学上通常指奴隶制时代。一般也包括原始公社制时代。因历史发展的不平衡性，在世界范围内无统一时限。就奴隶制时代而言，埃及、两河流域、中国、印度、波斯等，约当公元前3000年左右至公元初的几个世纪（各国的情形不一），希腊和罗马，约当公元前8世纪（或更早）至公元5世纪（475年）。在中国史学上，中国古代也包括封建社会。”“**古典** ❶古代的典章法式。《后汉书·儒林传序》：‘乃修起太学，稽式古典。’❷古代流传下来而被后人认为有典范性或代表性的。如古典文学；古典哲学。”该辞书中无“古代文学”或“中国古代文学”的相关词条，却有“古典文学”词条。“**古典文学** ❶泛指各民族的古代文学。我国先秦至清代的各民族文学作品，内容极其丰富，是我国宝贵的文化遗产之一。有时专指其中的优秀作品。❷‘古典’为拉丁文classicus的意译，即‘典范的’意思。欧洲文艺复兴时期，文艺理论批评家以古代希腊、罗马的作品为典范，故有此称号。后用以兼指文学史上有定评的典范性作品。”在1989年版《辞海》中，有关“古典文学”的词条与前相比，编纂者删去了“我国先秦至清代的各民族文学作品，内容极其丰富，是我国宝贵的文化遗产之一”这段文字。在1988年版《辞源》中，对“古典”一词的释义为，“古典：古代的典章、制度。《后汉书》六一《左雄传》：‘孝明皇帝始有扑罚，皆非古典。’《北堂书钞》九九三国魏应璩《与王子雍书》：‘足下著书不起草，占授数万言，言不改订，事合古典。’现在称具有代表性的古典名著为古典。”对以上术语的解释，一些重要的现代辞书大致相同。从中可以看出，辞书界对这两个范畴的释义甚为清晰、准确，并不存在范畴学层面上的出入、歧义。就这两个范畴的所指、能指及外延、内涵而言，它们两者之间虽有一定的相关性和交叉性，却并不存在概念范畴上的兼容性和互证性。“古代文学”是一个历时性范畴，它所展示的是文学生成与演化的纵向序列（历史的脉络），它所关注的是文学发展在时间上所体现出的秩序性、完整性、连贯性和承接性（历史的原则）。其中贯穿着一种历史主义的诉求，注重文学发展的因果联系，注重史料的发掘、搜集、整理、归纳和历史事件的重建。而“古典文学”则是一个共时性范畴，它提供给我们的却是以经典性、示范性、权威性和独特性为评价取舍标准的历朝历代经典文学个案的剖面图，它所关注的是由文学的规范、标准和惯例所支配的经典范式及其生成演化规律。当我们进一步深入这两个范畴的学理层，就会发现，这实际上是两条完全不同的学术路径，在深层上体现着两种不同的文学观念。“一种观点将文学视为一种共时系列；另一种观点将文学主要视为一系列按编年顺序排列的作品，并将其视为历史进程的不可或缺的组成部分。”① 这段文字非常准确地道出了“古代文学”与“古典文学”这两个范畴间的差异及其在学理层面上的区别。这实质上是由两个不同的范畴所代表的两种不同的文学观念、两种不同的方法论和两个不同的文学史理论系统。在使用时，我们不能因为它们之间有局部的重合、偶然的交叉就可不分语境、不分界限地混用。其实当我们仔细辨析，就会发现，它们两者间的差异远远大于两者间的重合与交叉。对这两个概念的混用，必然会导致文学史研究中全方位的“失序”。我们的百年文学史研究是在一种以缺乏完备与规范的文学史理论为基础、为支撑的情况下进行的，这种整体性“失序”导源于其在范畴学层面上的“失范”。而范畴学层面上的“失范”必然会导致文学分期的错位和学术语境的混淆。

从文学研究方法论的角度来看，这两个范畴分别代表着两种完全不同的方法论体系及与之相对应的评价体系。“古代文学”这个范畴所代表的方法论体系是一种建立在“历史主义”（historicism）基础之上的文学“重建论”（reconstructionists）。它所涉及的研究方法大体包括“起因研究法”、“传记式的文学研究法”、“社会历史研究法”和“文学考

① ［美］R. 韦勒克：《批评的诸种概念》，丁泓、余徵译，周毅校，四川文艺出版社1988年版，第8页。

古学”等。这几种方法的一个共同特征均是根据产生文学作品的社会背景和相关证据去搜集、发掘、甄选、组合历史文学遗存，构建一个按时间先后顺序排列的历时系列，然后依据某种特定的历史观，从文学的历史编年所涉及的大量作家、作品、文学事件中抽离出一种高度概括的、一以贯之的、具有普遍适用性的历史性法则和评价标准。将人类文学置于社会发展、历史演变这样一个宏观视野中去观照，用历史进化的动态过程来构建一部文学的进化史，这对于任何时代、任何国家（民族）的文学史研究不仅是必要的，而且是必需的。也就是说，如果没有历史的帮助，而要去建立一个完备的文学史系统，那将是不可思议的。批评家需要历史学家的帮助，同样，文学史家也需要历史学家的帮助。但需要说明的是，这种帮助虽然是必不可少的，却不是它所需要的全部。

“我们要研究某一艺术作品，就必须能够指出该作品在它自己那个时代的和以后历代的价值。一件艺术品既是‘永恒的’（即永远保有某种特质），又是‘历史的’（即经过有迹可循的发展过程）。”① 应该说，对一件艺术品“永恒性”特质的关注和研究，无论从微观上还是从宏观上，均代表了文学史研究的另一半。因这种特质所涉及的是文学自身所特有的本质属性和演化规律，很难借助非文学的外部手段予以解决，故需在文学的历时性研究系统之外建立一种共时性系统。“古典文学”这个范畴以及由此衍生的体系所承担的正是这样一项使命。这是一种建立在“经典主义”基础之上的文学史观。从字面上来解，“古典文学”特指那些古代流传下来的，具有独创性、示范性、权威性及公认的无可争议之价值和地位的文学经典系列。这是一个在共时层面上构建起的有关文学的规范体系、等级体系和评价体系。如果我们也将其纳入文学重建论的范畴，这种重建采取的是与历史主义完全不同的办法。即通过对一系列经典文学个案的阐释研究，发掘其中蕴含的审美属性及价值，并进而探索整个文学内在构造规律、文学传统的传承性、文学类型的演化、文学的语言传统、经典修辞和文学创作的本质等，旨在建立一种具有高度示范性的文学法则和经典范式。

---

① ［美］韦勒克、沃伦：《文学理论》，刘象愚、邢培明、陈圣生、李哲明译，生活·读书·新知三联书店 1984 年版，第 36 页。

二 历史主义的思维定势

我国古文学界对“古代文学”的分期主要参照了历史学界对“中国古代史”的断代，即先秦至明清约两千多年这样一个时间段。这是一种文学史上常见的分期法，我们可以称之为“历史切割法”。即在历史的大坐标中对某一时期的文学进行时间定位，或以历史、政治文化为参照、为背景，对某一时段的文学进行总体命名。虽然这种“历史切割法”带有很明显的机械论色彩和线性思维特征，而且学界长期以来对是否有必要把一部绵延完整的文学史切割成零散的几块颇存争议，但这种方法却是中外文学史上最权威、最流行且最具影响力的分期法。这是一种建筑在“历史主义”基础之上的文学“重建论”，其核心的学术主张为：“一部作品只有借助历史才能获得解释；无视历史将歪曲对作品的理解。”① “我们必须设身处地地体察古人的内心世界并接受他们的标准，竭力排除我们自己的先入之见。”② “文学则被认为与某个时代有关，相对来说只能从这个时代来予以评价。”③ 类似的观点，在中国也多有出现。20 世纪初国学大师刘师培在他的《汉魏六朝专家文研究》中就曾指出“论各家文章之得失应以当时人之批评为准”，“历代文章得失，后人评论每不及当时人评论之确切。”④ 近年来一些学者提出的“回到文学史现场”“回到文学史起点”等观点，亦当属此类。在文学研究中，这种重建历史的企图导致了对作家创作意图的极大强调和对与作品产生相关的一些传记性证据、历史背景的过分倚重，从而使文学研究仅限于搜集事实，或者只热衷于建立高度概括的历史性“法则”。需特别说明的是，这种“历史分期法”并非是以文学自身的演化历史为依据、为标准的，其中所体现的进化观念常常不是文学的，而是历史的

---

① ［美］R. 韦勒克：《批评的诸种概念》，丁泓、余徵译，周毅校，四川文艺出版社 1988 年版，第 15 页。

② ［美］韦勒克、沃伦：《文学理论》，刘象愚、邢培明、陈圣生、李哲明译，生活·读书·新知三联书店 1984 年版，第 33 页。

③ ［美］R. 韦勒克：《批评的诸种概念》，丁泓、余徵译，周毅校，四川文艺出版社 1988 年版，第 11 页。

④ 刘师培：《刘师培中古文学论集》，中国社会科学出版社 1997 年版，第 141 页。

或政治的。

从中国文学这样一个宏观视野来看，20 世纪上半叶是中国文学史理论建设和史纂实践走向自觉的时期，此前的文学史理论虽内容丰富、思想精深，“但其理论形态常常重知性判断，缺少理性的推理和抽象的思辨；中国古代文学史缺少系统的著述”。[①] “缺少的是‘见’，是‘识’，是史观。叙述的纲领是时序，是文体，是作者，缺少的是‘一以贯之’。”[②] 中国自古史学即为显学，且有文史不分、以史证诗、以史证文之传统，却在文学研究中缺乏必要的史识、史感、史观，缺乏较系统完备的文学史著述和“一以贯之”的文学史观念和方法，此实为中国文学之一大憾事。

20 世纪初，在西学东渐、社会激变的特定背景下，中国传统史学也开始了其艰难的历史转型。梁启超《中国史叙论》（1901 年）、《新史学》（1902 年）的出版，拉开了中国现代新史学思潮的序幕。在这两部著作中，梁启超极力宣传“史学革命”的主张，并阐发了自己的新史学观。他认为，新史学要为现实所用，不应是“一人一家之谱牒”，不应“单纯记叙人间过去之事实”[③]。针对旧史学虽内容庞杂、记叙翔实，却无“一以贯之”的史观的状况，他提出新史学在“记叙人间过去之事实”时应力求找出历史演化的内在因果关系。主张新史学应该是主客体的统一。这些新史学的基本理念也被融入到了他的文学及文学史观念之中。如非常注重文学与现实的关系考察，注重文学发展与历史之间的因果联系，认为文学史研究既要注重“客观材料之整理”，又要注重“主观观念之革新”[④] 等。新史学思潮是以严复翻译的《天演论》为其思想资源和理论依据的，其中贯穿着以赫胥黎为代表的进化论的思想，在马克思主义唯物史观尚未进入中国之前，进化论是当时最有效、最进步的思想和方法。而这种理论在文学史研究中的运用，使中国文学史理论建设及史纂实践在很短时间内便完成了现代转型，并初步具备了现代性品格。一种新型的学科——文学史学已具雏形。进化论观念的引

① 佴荣本：《二十世纪上半叶中国文学史理论述论》，《江苏社会科学》1998 年第 6 期。

② 朱自清：《朱自清古典文学论文集》，上海古籍出版社 1981 年版，第 13 页。

③ 梁启超：《饮冰室合集·文集之六》，中华书局 1936 年版，第 1 页。

④ 梁启超：《中国历史研究法》，东方出版社 1996 年版，第 1 页。

入使我国文学史理论建设及文学史编纂从历史进化、社会演变的因果律中寻找到了一条“一以贯之”的发展脉络和一种行之有效的方法论，文学被纳入到历史进化的总体进程中，以其自身特定的进化历程来间接反映、说明历史进化的基本状况和总体进程。尽管当时的人们还未意识到或未找到历史进化的基本条件和内在动因，还未意识到文学发展和历史发展两者间的不平衡关系，但仅就其能自觉运用历史的、发展的观点看待历史文学遗存这一点而言，这已经是一个了不起的进步了。或者说，是一次真正意义上的革命。新史学思潮及进化论历史观对中国文学研究的影响从20世纪初一直持续到五四运动前后。胡适在《文学进化观念论》中阐述了他的文学进化观，在《文学改良刍议》中提出了“文学改良”的主张：“文学者，随时代而变迁者也。一时代有一时代之文学”。[①]“凡此诸时代，各因时势风会而变，各有其特长，吾辈以历史进化之眼光观之，决不可谓古人之文学皆胜于今人也。”[②] 从“史学革命”到“文学革命”，进化论思想在文学界产生的影响力远远超过了历史学界。在1917年2月刊行的《新青年》第二卷第六号上，发表了陈独秀的《文学革命论》一文，在这篇为呼应胡适的《文学改良刍议》而写的著名文章中，作者更是旗帜鲜明地提出了“文学革命”的主张：“自文艺复兴以来，政治界有革命，宗教界亦有革命，伦理道德亦有革命，文学艺术，亦莫不有革命，莫不因革命而新兴而进化。”“今欲革新政治，势不得不革新盘踞于运用此政治者精神界之文学。”文章还明确提出了文学革命的三大主义：“推翻雕琢的阿谀的贵族文学，建设平易的抒情的国民文学；推翻陈腐的铺张的古典文学，建设新鲜的立诚的写实文学；推翻迂晦的艰涩的山林文学，建设明瞭的通俗的社会文学。”[③] 这一时期文学及文学史观念在保留了进化论观念基础上，又融入了当时盛行于西方的实用主义观念，注重文学创作及文学遗存对现实所具有的政治功利价值，注重文学功能的适时性、时效性及对现实的干预性，积极探索其当时实现的途径，将文学创作及研究总体纳入到时代

① 洪治刚主编：《胡适经典文存》，上海大学出版社2004年版，第100页。

② 同上书，第101页。

③ 郭绍虞主编：《中国历代文论选》（第四册），上海古籍出版社1980年版，第536—537页。

文化变革的历史进程中，承担起以文学的、审美的形式触发社会变革，演绎时代变迁，图解政治理念的义务。历史主义和实用主义的融合，科学理性与实用理性的并举，实证性和适时性的兼备，是这一时期文学史观念的首要特征，同时也决定了未来文学史研究和史纂实践的基本走向和基本形态。五四运动期间及之后，中国现代政治文化的分野及马克思主义社会主义革命运动在中国的滥觞，又将一种更符合时代精神和社会发展要求、更具革命性、更能代表先进文化前进方向的理论和方法引入中国。1920 年，李大钊发起"马克思学说研究会"，成为在中国传播马克思主义学说的第一人。他在《我的马克思主义观》《唯物史观在现代史学上的价值》《史学要论》等著述中，首次系统阐发了马克思主义唯物论历史观，并将这种全新的理论引入到历史学、文学研究之中，使之成为在未来岁月中伴随着中国新民主主义革命和社会主义革命，指导文学艺术实践的基本理念，成为构建一种新型的社会主义文学及文学史观念体系的核心。唯物史观作为马克思主义理论体系的重要组成部分，从根本上讲，亦属一种进化论历史观，同达尔文和赫胥黎的建立在自然演化观念和自然哲学基础上的进化论相比，它先天便带有更多的社会学色彩，是一种真正意义上的社会进化论。而且，马克思主义的唯物史观有效地避免了旧的进化论历史观在解释进化动因时的形式主义和形而上学的固有缺陷，第一次从人类历史的具体情境和社会生活的历史发展中去探寻文学进化的终极动因。

从 20 世纪初叶至今，我国文学及文学史观念的演化大体经历了进化论文学史观、实用主义文学史观、马克思主义唯物论文学史观这样三个发展阶段。而在此背景下的文学理论、文学批评、文学史理论及史纂实践均贯穿了"历史主义"这样一条观念主线，并在此基础上衍生出"社会历史批评"和"政治意识形态批评"这样两种基本的文论话语和批评方法论。在 20 世纪 80 年代这两种话语体系和方法论被导向"审美社会历史批评"和"审美意识形态批评"。同以往相比，这一时期的文学理论及文学史观念虽更为注重对文学的审美属性作历史及现实的考察，但就这种诉求在该时期总体文学研究中所占的比重而言，它显然是标签式或点缀性的，显然不足以影响文学史观念及史纂实践的走向，不足以动摇"历史主义"的霸主地位。因为它骨子里采用的仍然是对传记性证据和历史背景过分倚重的决定论式的起因研究法。

文学研究、文学史究竟是姓“文”还是姓“史”？如果把这个问题放置到过去一个世纪里我们的古代文学研究的一大显学——红学中，从过去百年中“考证红学”的独霸红坛、长盛不衰，从“索隐红学”的屡败屡战、死而不僵，我们就会对“历史主义”带给文学史研究影响的之大、之深、之广有一个相对清晰且深刻的了解。在20世纪50年代初到70年代末近30年时间里，社会的激荡和文化的巨变将文学完全裹挟到政治意识形态的漩涡之中，文学史被赋予一种特定的政治使命，承担着以文学的、审美的形式演绎社会变迁、图解政治理念的义务，它其中所贯穿的进化观念，与其说是历史的还不如说是政治的（实用主义历史观和庸俗社会学的混合体）。而它所代表的这个学科也就在所难免地成为中国现代或当代政治史的附属性学科，成为政治学的工具和手段。虽然在不同历史时期政治的属性及取向各有不同，但它所寻求的统一性主题与原则恰与它所属的那个时代的政治史家们所要求和所寻求的统一性相一致。在这样一个背景下，文学史分期的问题也就交给了政治和社会史家去做。文学被贬低为仅具有文献的价值，成为图解民族史、社会史、政治史的文献。

20世纪80年代后传入的诸如俄国形式主义、英美新批评、阐释学、结构主义、叙事学，乃至新近的新历史主义等学说均未能对古文学研究领域产生堪与20世纪初进化论和实用主义相比肩的影响力。古文学界对它们采取了一种审慎甚至排斥的态度，很多这方面的尝试尚在起步阶段便被废弃。无论这种废弃是否出自外界压力，但就总体而言，这些洋玩意儿并未使这个古老学科焕发生机，并未给文学史研究带来新的学术增长点。

文学史研究全面向历史回归，回到文学史现场，回到文学史的起点，从历史体系中抽离一个新的文学史体系，这是近年来我国文学史研究界在经历了被政治所疏离、被边缘化，面临生存与发展困境之后提出的一个新的口号、所作的一次新尝试。虽然有学者对这种主张表示了强烈质疑与反对，虽然更多的学者正努力尝试着探索一种新的方法以确保该学科的可持续发展，但我国古文学领域百年来在“历史主义”背景下形成的思维定式、学术传承以及庞大的观念体系与精神产品恰如一条满载货物、吃水很深的大船，很难调整新的航线或在一个相对狭窄的河道里掉头。在未来岁月里，它很可能仍将在那条水量日渐减少（相关史料和传记性证据日渐稀少甚至枯竭）、河道日渐狭窄（话语系统和方法论单纯且单一）的“历史长河”中逆流而上，直至搁浅。

三 回归经典的可能与可行

是否有一个以文学自身进化观念为主线的文学史产生的可能性呢？在“历史主义”文学史观及史纂实践的发展趋于饱和、后继乏力的情况下，是否有必要作一种新的尝试或创立一套新的体系呢？在谈及古文学学科目前所处的困境和所面临的危机时，有学者将成因归咎于自身的学术失范、被主流意识形态疏离、被边缘化等。其实，这些都是危机的表征而非导致危机的根源。如果我们把视角转向文学史研究近百年来的发展历程，就会发现，对“历史主义”观念及方法的过分倚重，对传记性证据、历史背景和历史实证主义的过分强调，对在文学研究中建立一种一以贯之、高度概括的历史性法则的过分热衷，才是导致危机的最终根源。

诚然，批评家需要历史家的帮助，历史的资源及方法对文学研究而言不仅是必要的而且是必需的。“一部文学作品只有借助历史才可能获得解释，无视历史将歪曲对作品的理解。”① 但“文学研究不同于历史研究的地方就在于它需要处理的不是文献，而是不朽的作品。一方面，历史学家必须根据目击者的叙述重新恢复早已失去的事件；而另一方面，文学研究者达到自己的目的确有其捷径，即艺术作品。”② 从根本上讲，文学研究者所面临的是一个有关对象审美价值的特殊问题，所从事的是一项发掘并展示对象审美价值的特殊工作。而作家传记及创作背景的研究无论进行了多少，史料的发掘和整理无论进行到何种程度，都不可能真正解决作品的审美价值问题。除非我们想把文学史研究贬低为书籍编目或一部编年史。对于一部文学作品的历史定位及背景考察，在任何时候、任何情况下都应是背景性和铺垫性的。这方面工作开展的优

① ［美］韦勒克、沃伦：《文学理论》，刘象愚、邢培明、陈圣生、李哲明译，生活·读书·新知三联书店1984年版，第15页。

② 同上书，第22页。

与劣的评价标准仅止在于它是否给后续研究提供了一个规范性背景、是否准备了相对充分的文献史料及与作者有关的一些传记性证据，当这方面的准备工作一旦完成，所有的背景性的东西则必须退到幕后，而把前台让位于作品本身。在我们以往的研究中显然存在着前景与背景倒置的状况。而这也正是问题的症结所在。这种整体性的错位和迷失既反映在观念、学理层面上，也体现在技术层面上。因我们的研究对象是与我们时隔久远的作家作品，致使我们在搜集相关材料、调查取证上面临很多困难，很难穷尽相关史料，故很多研究者便将这方面的研究无限期的延续下去，误将这种外部研究当成文学研究的正宗主旨而一味地在故纸堆中考（证）、索（隐）、探（佚）、钩（沉）。殊不知，一则史料资源是有限的，有朝一日史料告罄，后续研究便山穷水尽、难以为继。二则史料的作用是有限的。事实上，只有一些次要的、必须依靠传记解决的问题，文学研究才不得不依靠文献解决。即便我们是想借助历史从审美观念层面重建文学史，重新恢复那个时代的批评尺度及价值标准，我们发现，当今的人们已经不承认也不可能承认过去的标准。“即使我们能重新恢复那些标准并求出它们种种变异的最小公分母来，我们也不能随便抛弃我们个人的趣味或我们从历史取得的教训。”① 也就是说，即便我们的红学家把与《红楼梦》一书有关的所有资料都搜罗齐备，当今的读者也不可能用当时人的眼光看待这部文学经典。虽然，了解这段历史会对他们很有教益，但对于他们的趣味、视野和思想而言，却明显缺乏约束力。更何况，对于这部传世经典的理解与阐释，究竟在多大程度上依赖于对时代背景和作家生平的理解？因此，所谓“回到文学史的起点”“回到文学史现场”这种提法，既无助于文学史研究摆脱困境，同时，在技术层面上根本也不可能实现。

在《文学理论》一书中，韦勒克和沃伦曾试图对文学研究的某些分支加以区别。“首先，在两种文学观点之间存在着区别：一种观点将文学视为一种共时序列；另一种观点将文学主要视为一系列按编年顺序排列的作品，并将其视为历史进程的不可或缺的组成部分。其次，在文学

① ［美］韦勒克、沃伦：《文学理论》，刘象愚、邢培明、陈圣生、李哲明译，生活·读书·新知三联书店 1984 年版，第 24 页。

原理和文学标准的研究与具体的文学作品的研究之间，也存在着进一步的区别，无论我们对这些作品的研究是孤立的，还是按编年序列进行的。”① 共时性存在和历时性存在，既是文学的两种存在形态，也是导致两种文学观念的根源。在文学发展中，存在着一个没有间断的、潜在的共时性，它组成了一个结构，这个结构在任何单一的时刻都是实实在在的。决定这个结构的是一种人类共通的审美价值观及与此相应的评价体系和等级体系。“从荷马以来的全部欧洲文学，其中包括他自己国家的全部文学，在存在上都是共时的，并组成了一个共时序列。”② T. S. 艾略特对文学的“共时序列”的描述以及其中的原理是具有普遍适用性的。欧洲如此，中国亦然。首先，这种无时间性的序列不是古典主义和传统的别称，虽然它所构建的规范体系和等级体系中包含着某些规则性和命令性的成分，但这种“规则”或“命令”并不会导致愚蠢的权力主义和拟古主义，并不会剥夺后人的话语权，并不会阻挠文学发展的多样性和独创性。因为它所追求、所倡导的经典范式恰是以鼓励原创性、尊重个性为其核心理念的。其次，这是一个由文学的规范、标准和惯例体系支撑起来的一个时间的横断面。它其中的价值体系只能从文学自身演化史中抽离出来，而不是历史或政治赋予的。再次，这种共时序列也不是抽象的，它是由在文学史上获得无可替代之特殊地位的一系列经典作品清单构成的。这些经典作品一直都保留着世世代代的趣味，并与它们的读者始终保持着一种超时空的精神共鸣关系。对于这些承载并展示着民族优秀审美文化传统、具有历久弥新之永恒价值和无可置疑之权威地位的传世经典而言，仅仅是按编年顺序将它们排列起来再加以一般性描述和评论，是远远不够的。这种简单排列充其量只能算是历史的积累、堆砌，而非历史的进化。因为在这个串联的过程中那种只热衷于建立高度一致性、概括性历史法则的追求，往往会湮没某个历史事件的个性及个体价值，往往会破坏文学、文化生态的多样性。“解决问题的关键在于把历史过程同某种价值或标准联系起来。只有这样，才能把显

① ［美］韦勒克、沃伦：《文学理论》，刘象愚、邢培明、陈圣生、李哲明译，生活·读书·新知三联书店 1984 年版，第 8 页。

② 同上书，第 53 页。

然是无意义的时间系列分离成本质的因素和非本质的因素。只有这样，我们才能谈论历史进化，而在这一进化过程中每一个独立事件的个性又不被削弱。”① 也就是说，在已有的历史主义体系及其历史主义观念之外，我们还有必要建立一个与之相匹配的以经典主义的“范导性观念”（regulative idea）为核心，以对经典作品的分析阐释为方法的共时体系。以使这两个体系共同构成一部完整的文学史，以使这两种观念处于一种动态的良性互动之中，构成一个逻辑上的循环：“历史的过程得由价值来判断，而价值本身又是从历史中取得的。”② 如将其中的“历史”一词置换为“文学史”，那么，它应被表述为：文学史只能参照不断变化的价值系统来写，这些价值系统则应当从文学发展本身中抽离出来。这个价值系统中无论体现着多少种诉求，但它的核心价值永远都应是审美的，而不应是政治的、历史的、经济的、宗教的、道德的或其他的……

接下来，让我们试着探讨一下建立这种新的文学史理想的可能性和实现这种学术旨趣的可行性。第一，我们的出发点必须是作为文学的文学发展史。不可能有一部脱离了历史语境与时序的文学史的存在，却并不能排除有一部摆脱了历史主义的旨趣、以文学自身进化观念为主线的文学史存在的可能性。问题的关键并不在我们是否仍有必要用历史的框架去构建一部文学史，而在于我们能否避免历史主义的诉求及方法对这项工作的过多干预，以使文学史研究尽快摆脱长期以来给历史和政治打工的尴尬处境。即便我们仍难以割舍对“社会历史研究法”“传记研究法”“文学考古学”的过分偏爱，至少也应力求使自己转换一下视角：借助历史看文学，而不是透过文学看历史。在这样一个前提下，我们就需要重置文学史的前景与背景，并在此基础上重建文学史进化观念。“文学研究的合情合理的出发点是解释和分析作品本身。无论怎么说，毕竟只有作品能够判断我们对作家的生平、社会环境及其文学创作全过程所产生的兴趣是否正确。”③ 文学的进化是一个复杂的问题，这种进化，“部分是由于内在原因，由文学既定规范的枯萎和对变化的渴望所

① ［美］R. 韦勒克：《批评的诸种概念》，丁泓、余徵译，周毅校，四川文艺出版社1988年版，第296页。

② 同上书，第145页。

③ 同上。

引起，但也部分是由于外在的原因，由社会的、理智的和其他的文化变化所引起。”[①] 这正如阿多诺在谈及作为审美文化主要形态的艺术时所指出的：“艺术具有一种二重特征：它既是一个摆脱经验现实及其社会效果联系而超乎其上的独立物，然而它同时又落入经验的现实中，落入社会的种种效果联系中。于是显示出这种审美现象，它是双重的，既是审美的，又是社会现象的。”[②] “文学就在作用与反作用、因循与抗争的推动下获得其发展。新颖、独创乃是改变其发展方向的尺度。文学史是一种方法，它为转折点作出说明。”[③] 以往的文学史显然是过分夸大了文学与社会的种种效果联系而极大地忽视了文学作为一种审美现象所具有的自律性及自身进化的内在逻辑。文学的进化显然是被历史进化替代了。

第二，文学的分期应该纯粹按照文学的标准来制定，而不应依据历史的、政治的变化来划分。如果我们回顾一下近百年来的文学史，就会发现，这项工作实际上是由一些政治或社会史家来做的。文学的分期要么采用的是历史分期的方法，要么是采用一个简单的政治标准来划分。文学自身的发展轨迹和演化周期被政治史或社会史的分期所覆盖，文学史的作用被贬低为图解社会史、民族史和政治史的文献。围绕着把握文学史发展的轨迹，确立每一部作品在文学传统中的确切位置这样一项文学史的首要任务，在此，我们需引入“文学时代”这样一个术语。所谓“文学时代”，是指一个由文学的规范、标准和惯例体系所支配的时间的横断面。这种规范体系往往由某种特定的文学思潮（文学运动）所触发，为某种文学观念所主宰，以某种标准和惯例为规范，借某种文学风格以显现。文学史的进化正在于由一个“文学时代”向另一个“文学时代”的过渡而呈现出的历时纵向序列。“文学时代”的演变从总体上与社会生活的历史发展相同步，但亦有其自身发展的内在逻辑和特殊轨迹。文学发展在某一时期所呈现出的特殊形态，从根本上讲，是由“文学时代”决定的。一部总体文学史，是由一系列规范、标准和

① ［美］R. 韦勒克：《批评的诸种概念》，丁泓、余徵译，周毅校，四川文艺出版社1988年版，第309页。

② 叶朗主编：《现代美学体系》，北京大学出版社1988年版，第269页。

③ ［美］韦勒克、沃伦：《文学理论》，刘象愚、邢培明、陈圣生、李哲明译，生活·读书·新知三联书店1984年版，第50页。

惯例体系各异的“文学时代”串联起来的。

第三，应建立一种经典主义文学史观，改历史叙事为经典叙事，构建文学史特有的叙事模式。我们并不需要一部卷帙浩繁、面面俱到的文学史。文学史不是编年史、流水账，它是一个积累的过程，更是一个沉淀的过程。它在面对浩如烟海的历史文学遗存时采用的是减法，是淘汰法。一部文学史的页数并不会因时间的推移而无限制地增加。唯有那些经严格筛选、时间检验、具备恒久之价值的经典作家和作品才能进入文学史。文学史叙事应是对于经典的经典叙事，历史叙事是描述性、表面化的，很难深入到文学内部并触及其深层意蕴。需要说明的是，对文学史经典叙事的强调并不仅仅是为了增强其可读性，在深层意义上它预示着一种叙事模式的转型，即改注释型为判断型，改描述式为阐释式。唯有这样，才能构建一种以经典文本的阐释批评为核心，既涉及意义又涉及价值的文学史叙事模式。

第四，针对我们的文学史教学中存在的重史叙、轻作品的状况，应倡导一种以“精读法”教学为主，史叙为辅的新型教学模式。在这方面，我们可以借鉴英美新批评派中的“细读法”，即通过对经典文本的分析性细读，尽可能发掘其内部语境中蕴含的多重信息，以使受众在得到知识性启迪的同时，真正感受到经典的魅力。

对于文学史研究中的“历史主义”，我们大可不必采取一种极端化方式去加以排斥。虽然，它曾给百年中国文学史研究带来了很多负面影响，并使之深陷难以为继的生存与发展困境，但是我们仍须维护它在文学史研究中的合法地位和重要作用。我们不可能也没有必要回到文学史起点，却也不能使我们的研究脱离历史的时序和语境去构建一部没有背景和景深的文学史。我们需要做的仅只是在“历史主义”和“经典主义”两者间建立一种协调互补、良性互动的新型关系，以使之为文学史研究的发展提供源源不断的动力。

治文学史有如联珠，史叙为线，经典为珠；无线则珠散，无珠则线孤；线贯通则珠联成，珠联成则线索隐；线之美借珠得显，珠之美借线以彰。珠、线浑然一体、相辅相成，则一条完美的“文学史之链”始成矣。

（赖振寅）

20 世纪上半叶《中国古代文学史》的启示

据说，目前我们已有大约 3000 部文学史著作，据说还在以每年 10 部左右的速度增长。尽管很多文学史都有“创新”“填补”之类的自誉或他誉，但我们还是不得不承认，“文学史著作量的增加并没有形成质的突破”①，20 年前“眼界窄、文笔平、格式板、感情枯”② 的格局未见改观。

回顾国人自 1904 年开始的文学史创作历程③，检讨今天“终于变成了一种共识和集体的记忆”④ 的文学史知识谱系，我们发现：这 40 余年间编撰的文学史尽管有不少这样那样的问题，但也有很多值得我们借鉴的经验。以此为镜，能照见我们今天的古代文学史教材乃至古代文学教学、研究中的某些缺失。

一　博通：功底与态度

20 世纪上半叶的文学史编撰者本身成长于传统文化的氛围中，受过非常好的小学训练，经、史、子、集是学习内容，文言文是书面交际

① 吴培显：《文学史观的局限于盲点》，《理论与创作》2005 年第 2 期。

② 王钟陵：《文学史新方法论》，苏州大学出版社 1993 年版，第 3 页。

③ 据陈玉堂《中国文学史书目提要》载录，20 世纪国人自著文学通史从 1904 年始至 20 年代末约 38 部，30 年代约 63 部，40 年代约 15 部；断代文学史（古代部分）30 年代之前约 7 部，30 年代约 15 部，40 年代约 7 部；文学专史（古代部分）30 年代之前约 22 部，30 年代约 7 部，40 年代约 22 部，黄山书社 1986 年版。

④ 戴燕：《文学史的权利》，北京大学出版社 2002 年版，第 8 页。

工具。讲授，有独自“拉通”的气力；编撰，有如数家珍的轻松。20岁刚出头的林传甲可在百日内写出6万余字，郑宾于写出了煌煌80余万言的巨著，谢无量有大量的哲学、经学、词学方面的著作，钱基博在经学、版本学、兵学、龙学方面都有专门研究。这些深厚的功底使得他们的文学史编撰兼具了思想的深度和视野的广度。

正如早期文学史家所指出的那样，文学史是科学，有它专门的领域和范围，需要编撰者有目标、有针对性阅读和收集材料。为此，20世纪上半叶的学者深有领会：

> 凡研究诸学，各有定类。惟文章之事，主博涉而不拘一方。又非精思无以致其巧。古来名家因所尚各殊，则其讨究之法亦遂不同，诚不能悉数也。约而言之，则思不积不至，词不习不成。广习而约取，审思而慎出，则亦庶矣。①

著述文学史，首先要“广习”。钱基博遍读古人别集，“吾读古今人诗文集最夥，何啻数千家。而为有提要者，且不下五百家。唐以前略尽。”做到对文学史及作家全貌的了然于心后“必择最有关系者”。80年后的今天，我们还不得不佩服他选人、选篇的精准。尽管有的早期文学史因罗列材料过多而被诟病为“杂董史”“学术史”，但他们接触材料范围极广，材料选择也特别用心，如郑振铎写作《插图本中国文学史》的“十余年来，所耗的时力，直接间接，殆皆在本书中。随时编作的文稿，不特盈尺而已”②。“广习”使他们对文学现象有完全、充分地掌握，得出的结论自然不会人云亦云甚至以讹传讹而扎实、可信了。

因为有“广习”、有了“博”与“审思”的基础，这些文学史著作必然“通”而不“泛”——纵贯旁通，指向显明了。郑宾于的《中国文学流变史》③ 主要从文学的沿革演变的角度切入文学，在每卷（章）开始部分即将主要问题列出，如“汉诗和三百篇的关系到底怎样?”

---

① 谢无量：《中国大文学史》，中州古籍出版社1992年版，第4—5页。

② 郑振铎：《插图本中国文学史》，人民文学出版社1957年版，第4页。

③ 郑宾于：《中国文学流变史》，中州古籍出版社1991年版，据1936年北新书局版影印。下文郑著出自此书者，不再注明，仅在文末标出卷数与页码。

“古诗十九首的作者到底是谁？从空间上说，它是哪一部分人的作品？”“甚么是乐府？甚么是乐府诗？”“唐诗何以会盛？而盛的状况又是怎样？唐诗何以会止？而止的状况又是怎样？”“词的来源怎样？它和诗有怎样的差别？”“词在两宋，何以有那样隆盛的成绩？何以有那样普遍的现象？”“词调之沦亡，宋季作者，谁应负其全责？”这些问题都是文学发展中一些关键性问题，是“纲”。问题的提出本身就反映了编撰者的水平，而解答问题的方式则更令人佩服：用精要、有代表性的材料说话，坚决不遮蔽相反的观点，最后亮出自己的态度。如郑宾于讲王维时就将针锋相对的两派观点（殷璠《河岳英灵集》“词秀调雅，意新理惬”和李肇《国史补》“好取人文章佳句”）平行列出，说李肇“未免薄视太甚”，然后引《岁寒唐诗话》证明：“虽才气不若李杜之雄杰，而意味功夫，是其匹亚也。”既老老实实将文学史本来面貌予以客观呈现，同时又鲜明地表达出自己的态度。再如谈白居易“白话诗”，首先点明“后世对他便产生了许多的夸大和误解”，然后引出“老妪能解”（《墨客挥麈》），再以杨升庵的反诘（“过甚其辞，故意夸大”）说明白居易的诗歌并不全是“老妪能解”。随后又将“误解乐天，肆口诋祺①”者列出（包括《临溪隐居诗话》中的“格制不高，局于浅切……虽百篇之意，只如一篇，故使人读而多厌也”和王世贞的说白居易是打油诗的始作俑者等），最后引出“最为允恰”的王若虚的评价作为结论（第二卷第 338—440 页）。总之，作者列出各种观点，让你自己根据他的材料作判断；有观点，有态度，但不遮蔽不同意见，也不去证明自己的是唯一正确的。这样文学史的阅读就不单纯是接受知识，而兼具思维训练的功能了。大学文科教学的主要意义在此得到了部分实现。

20 世纪上半叶的文学史家从来不“永远正确”，编撰者不隐瞒自己的缺点与不足，更勇于修正错误。胡适“往往是一章书刚排好时，我又发现新证据，或新材料了。有些地方，我已在每章之后加个后记……有时候，发现太迟了，书已印好，只有在正误里加个改正”。到 1927 年《白话文学史》上卷正式出版前又出现了不少的新材料、新观点，于是

① “祺”字原文如此，不能断定为何字之误。

“索性把我的原稿全部推翻了”。[1] 1926年郑宾于“总合各家的说话而制成一个比较周全的文学定义”（《前论》第11页），5年后认识发生了变化，于是便重写《前论》，重新定义“文学”。

诚恳、老实，尽可能多地掌握材料，但不追求永远正确，随时修正观点，承认错误，是早期文学史家出于学养的良好习惯和严谨的治史态度，令人钦佩。

二　高瞻：气魄与才力

博通加上才力与审思，便是高瞻，是独出心裁、深辟透彻的慧眼，是化繁为简、举重若轻的本领。无论立场如何（配合白话文运动，证明平民的智慧；或相反，宣扬“国粹”，证明曾经辉煌的价值），他们都能对纷繁的文学表象进行精当而富有高度的概括与提炼，抽绎出其中规律性的东西。几乎每一部早期的文学史都有它与前人不同的地方，是作者气魄与才力的外现。

“盖文学史者，文学作业之记载也；所重者，在综贯百家，博通古今文学之嬗变，洞流索源。”[2] 为实现这目标，钱基博确定他的编撰原则是“详人之所略，异人之所同，重人之所轻，而忽人之所谨”，力求“微茫杪忽之际，有以独断于一心”[3]（第1144页）。在没有权威、没有清规的学术空气中，钱基博别识心裁，以片言只语，将中国古代文学的深奥、繁复以及古人言而未明的体悟、感受轻松道出。如评王安石是“行峻而情挚”（第606页）；评周邦彦，说“无抱负、无意境。虽是当行，未见出色”（第609页），“邦彦浓妆，夔是淡抹”；林逋是“身冷眼热”，“开后来山人无数法门”；《新唐书》“造辞措以生拗，用字不嫌涩僻，务为巉削，以蕲矜重；其原出韩愈”（第472页）；“八代之衰”的表现是“其文内竭而外侈”（第346页）。钱基博善于总结、提炼，表述简明而传神。他的文学史中还随处可见顺手拈来但又是大开大阖、

① 胡适：《白话文学史》，岳麓书社1986年版，第15、11页。

② 钱基博：《现代中国文学史·绪论》，世界书局1933年版。

③ 钱基博：《中国文学史》，中华书局1993年版。下文钱著出自此书者，不再注明，仅在文末标出卷数与页码。

生动贴切的诗风、文风等的纵横贯通比较。如谈到陈师道与黄庭坚时，提到皎然的诗歌“宁拙勿巧、宁朴勿华”理论，又顺带提到杜甫的开山作用，最后说：

> 庭坚疏影横斜，尚有暗香浮动；师道枯株槎枒，只见瘦骨崚嶒。庭坚有奇而无妙，有斩截而无横放；师道虽僻而不奇，虽瘦硬而不斩截……庭坚欲为“不好”而尚能“好”者也，师道欲为“不好”而不讨“好”者也。……师道五律之佳者，清深峭健，极瘦有骨，无力无痕，学杜直到圣处，实非庭坚可比。（第 570 页）

轻松挥笔，以往被分为条块的作家作品就有了勾连，成了整体。风格之间的传承、影响、差异等都描述得非常清晰。

“高瞻”在钱基博表现为对文学史现象的出神入化的描述及大开大阖的比较，而在谢无量，则是对文学全局的准确把握，是提炼出文学发展的主要脉络与关键问题后有针对性、有重点的叙述，如“南北朝佛教之势力及文笔之分途”“经学变迁与文学之影响”等。此外，谢无量还专章讨论“古今文学之大势”“中国文学之特质”“古来关于文学史之著述”等问题，试图解决古今文学的衔接问题。和钱基博一样，谢无量也擅于概括、提炼，且能用简洁的文字勾勒出各时期文学的主流与走势，如论元明文学时说：“元时杂剧、小说大行，平民文学，于斯为盛。明兴文则推宋濂，诗则推高启。”①（第一卷第 34 页）再如陶渊明诗歌的影响：

> 渊明诗自唐韦应物、柳宗元、白居易，宋王安石、苏轼、苏辙等皆尝慕而拟之，然应物失之平易，宗元失之深刻，轼辙所归，盖为皮相而已。（第十五章第 63 页）

短短几十个字，既清理出了陶唐宋两朝的影响，又将他们拟陶之不足及风格予以揭示，大气浑厚。林传甲的文学史，也是能将一别一派纵

---

① 谢无量：《中国大文学史》，中州古籍出版社 1992 年据 1918 年中华书局版影印。下文谢著出自此书者，不再注明，仅在文末标明章节及页码。

横拉通，如《国策兼兵家纵横家舆地家诸体》中，简单陈述完战国之士的文章特点后说："汉之贾太傅、唐之杜牧、宋之陈龙川、明之唐顺之、国初之顾景范、近日之魏默深，皆祖战国策士之文也"（第123页）[①]。一句话就将战国策士的历代影响梳理得清清楚楚。

这批文学史著作多能对具体的文学现象作清醒而独立的判断，前代诗文评的权威性受到质疑，很多观点都被重新甄别、辨析过。如钱基博就认为"元轻白俗"之说"未为得实也"（第420页）；说《四库提要》对胡宿文"誉过其实"（第474页）。新见迭出，又有理有据。假如与同代学者观点分歧，他们也丝毫不客气婉转，而是呼名道姓，直接批评。如郑宾于不同意章太炎、谢无量的文学分类法，"这种依据朝代政治的分合来支配文学是绝对错误的"（卷一第115页）。

源于深厚、扎实的研究基础上的思想高度使得这些学者对自己的研究充满自信［如郑宾于的《中国文学流变史》是"一部从来没有人用过这种方法来作过的"，"与他们截然不同而两样了"（前论第14页）］。他们珍惜自己的观点，真诚期待着"奇文共欣赏，疑义相与析"。如胡适就说"这部书里有许多见解是我个人的见地，虽是辛苦得来的居多，却也难保没有错误，……这些见解，我很盼望读者特别注意，并且很诚恳地盼望他们批评指教"[②]（第14—15页）。

"文学史家在一定意义上应是思想家"[③]。文学史家之宝贵在于建立在知识广度基础上的思想的高度与深度，是对本质的揭示，是独出心裁的胆识与魄力，是敢于质疑、批判成见和陈见。这个时期的文学观十分多元，既有对旧的文学观念、形式等的批判（如中国古代文论史上，今不如昔的退化史观是共识，胡适、郑振铎等提出了进化史观并宣布平民的、通俗的文学最有生命力，预言它将成为中国文学的主流），也有科学而恰当的对文学发展规律的揭示（如黄人的不规则螺旋形上升[④]）。

---

① 林传甲、朱希祖、吴梅：《早期北大文学史讲义三种》，陈平原辑，北京大学出版社2005年版。

② 胡适：《白话文学史》，岳麓书社1986年版。下引胡此书不再出注。

③ 宁宗一：《二十世纪中国文学史研究与中国社会》，《复旦学报》2000年第4期。

④ 见于黄人《中国文学史》第二编《略论》："文治之进化非直线形，而为不规则之螺旋形。盖一线之进行，遇有阻力，或退而下移，或折而旁出，或仍循原轨。故历史之所演，有似前往者，有似后却者，有中止者，有循环者。及细审之，其范围必扩大一层，其为进化一也。"

人们各抒己见，各家相得益彰，成果丰硕。

三 情怀：对象与目的

历史是由活着的人为活着的人重建的死者的生活。文学史写作无疑是为读者提供一个正在消逝、可能被淡忘的极具价值的价值体系。“一部理想的文学史是文学史家的人格、文化良知、学识、审美力和价值观念的高度结合”①。早期文学史家大都有为而作，注重文学史的“致用”功能，带有浓郁的情怀与鲜明的目的。区别只在于对“用”的理解有所不同。

林传甲重视的是文学的社会政治功用。《中国文学史》是为了是“诏之后进，颁之学官，以备海内言教育者讨论焉”（江绍铨《中国文学史序》）。他认为“文者，国之萃也”，“国民教育造端于此”，“今日撰中国历史者，蹊径各别，虽周秦古事，亦注意今日政策焉，然后知修史之才与读史之法，皆归于致用而已”。在《学周秦诸子之文必辨其学术》一节中他进一步陈述道：

> 窃以为学周秦诸子者，必取其合于儒者学之，不合于儒者置之，则儒家之言已备，何必旁及诸子？所以习诸子者，正以补助儒家所不及也。吾读诸子之文，必辨其学术，不问其合于儒家不合于儒家，惟求其可以致用者读之。果能相业如管仲，将略如孙吴，胜于俗儒自命为文人矣。次之如九章之算术、墨子之格致、亦足以制器尚象，以前民用。老庄列文四子，匪我师资，虽论其文，未尝习其学也。商君韩非之治国，公孙鬼谷子之骋言，用于抢攘之世，犹胜于道家也。鹖冠灵均，有才不遇。读其文辄令人悲从中来。文之动于情者真也。呜呼！今日之中国，方以文义艰深为病，传甲不敢拾周秦之奇字以炫博洽，不敢驰诸子之横说以误天下。疏漏之诮，在所不免。惟笃实致用之士或许我乎？（第 145 页）

① 宁宗一：《二十世纪中国文学史研究与中国社会》，《复旦学报》2000 年第 4 期。

林传甲期待文学史的学习能于当下国家治乱有所裨益（尽管他并不排斥至情之文，并没有遗漏回文诗之类的东西），时时以古鉴今，直抒胸臆。如在《五胡仿中国之文体之关系》中，林传甲从少数民族对汉民族文化的学习到“以中国人制中国人”现象说起：“羌羯种人，旧无文字，不得不因中国文而用之。而中国文士，或为之效奔走焉。彼夷人既通中国之情，又为之用，固不难制中国之命于掌握中。呜呼！中国能自强，夷人虽通中国之文，不过为藩属耳；不自强，则草泽不识字者揭竿起，其锋镝之祸，亦无殊于戎狄也。”“中原有乱，他族乘之，汉族因之衰落，汉文亦因而萎靡……汉族式微，则汉文亦绝矣，数往察来，可不惧乎？”（第186页）尽管观点可能有些狭隘，但忧怀令人感动。

黄人也在关心民族问题，说得更透辟：“以文学之谱牒言，独我国可谓万世一系瓜瓞相承，初未尝稍杂以非种，即间或求野求夷，吸取新质，要为文学生活上营养之资，而不能乱文学生殖上遗传之性。”“夷人之国灭人之种者，必先夷灭其言语文字。夫国而有语言文字，此其国必不劣，而国亦有待之而立者，故夷灭之恐不及也。”“所幸吾国之文学，精微浩瀚，外人骤难窥其底蕴，故不至如矿产、路权遽加剥夺。”“故保存文学，实无异保存一切国粹，而文学史之能动人爱国保种之感情，亦无异于国史焉！”他从民族文化精神的角度理解文学史，“保存国粹”，培养诚挚的民性，“动人爱国保种之感情”，“有文学史，而厌家鸡爱野鹜之风，或少息乎”？[①] 谢无量、胡适、郑振铎的文学史著述照顾到了文学的其他功能，但主要是为新文化运动提供历史和理论的支撑。谢无量提出“将深稽其体势，揆其所志，使己之所为，得追而与之并”。他将文学分为“知之文”和“情之文”两种，“文学之所以重者，在于善道人之志，通人之情，可以观，可以兴，可以群，可以怨，言天下之至赜而不可乱也。虽天地万物礼乐刑政，无不寓于其中，而终以属辞比事为体。声律美之在外者也，道德美之在内者也。含内外之美，斯其至乎。”平民文学萌动于宋元之间，“自清季始废科举，民治嗣兴，国家宜无复束缚文学之事。则今日以往，平民文学殆将日盛乎？”（卷

① 黄人：《中国文学史·分论》，转引自朱首献《科学主义与草创期中国文学史观建构》，《文学评论》2010年第3期。

一第 38 页）对平民文学于新世纪的兴旺发展寄予厚望。胡适刻意将“白话文学的范围放得很大，故包括旧文学中那些明白清楚近于说话的作品”，于是“白”便有了“说白”“清白”“明白”三层含义。而将其外的一概视为“僵死的文学”（第 13 页）。郑振铎说他之所以编撰文学史是因为“这二三十年间所刊布的不下数十部的中国文学史，几乎没有几部不是肢体残废，或患着贫血症的，易言之，即除了一二部外，所叙述的几乎都有些缺憾”。“难道中国文学史的园地，便永远被一帮喊着‘主上圣明，臣罪当诛’的奴性的士大夫们占领了吗？难道几篇无灵魂的随意写作的诗与散文，不妨涂抹了文学史的好几十页的白纸，而那许多曾经打动了无数平民的内心，使之歌，使之泣，使之称心的笑乐的真实的名著，反不得与之争数十百行的篇页吗？这是使我发愿要写一部比较的足以表现中国文学整个真实的面目与进展的历史的真实原因”（第 1—2 页。着重号为原文本有）。

“信而好古，只以明因；阐变方今，厥用乃神；顺应为用，史道光焉！史体藏往，其用知来；执古御今，柱下史称。”[①] 钱基博“把整个国学当作忧患之学，因而以‘国性之自觉’来研究国学”[②]。他认为文学兼具情智功能，“智在启悟，情主感兴”，有“发智之文而智中含情”，也有“主情之文而为发智之用”。二者之间“譬如舟焉，智是其舵，情为帆棹；智标理悟，情通和乐；得乎人心之同然者也。是文学者兼发情智而以情为归者也”（第 3 页）。在钱基博看来，文学史可以培养国民情感、提升智慧与识见。

20 世纪 20—30 年代，文学史的编撰者一直在探究文学史的“用”。1929 年，谭正璧明确提出“指示未来文学进化的趋势”。5 年后，罗根泽又指出“察往知来，以确定此后各种文学的正当途径”。1936 年，郑宾于接着说“要述说已往的文学在历史上的趋势和其现象变化之迹。然后，却才从这些地方一层一层地去侦察各种各样文学所分别走去的道路和归宿”（第 16 页）。1940 年，刘大杰指出“文学便是人类的灵魂，文

① 钱基博：《现代中国文学史·绪论》，世界书局 1933 年 9 月初版，1936 年 9 月增订初版。

② 黄毓英：《钱基博学术论著选·编后记》，华中师范大学出版社 1997 年版。

学发展史便是人类情感与思想发展的历史”。“文学史的任务，就在叙述他这种进化的过程与状态，在形式上，技巧上，以及那作品中所表现的思想与情感。并且特别要注意到每一个时代文学思潮的特色，和造成这种思潮的政治状态、社会生活、学术思想以及他种种环境与当代文学所发生的联系和影响”。[①]

我们由此能明白，20 世纪 20—40 年代间文学史编撰之所以出现一个高潮，是因为新旧文化交替间，学者们期待着通过对历史的梳理，找到文学应当存在的方式以及将来可能的发展方向。很多文学史的编撰都是由于对已经出现的文学史不满，“现今流通于书肆间的许多文学史，我想，若称之为‘国学史’或‘国故史’，恐怕比较还要恰当些罢?”“狭义的文学史才是真正的文学史”（第 1—2 页），“无一本差强人意的文学史”[②]，“成见太深而记载欠翔实也”[③] 而补偏救弊，有为而作，有极强的现实情怀与目的的。

四　结论:“是什么正在从我们身上剥落”

1918 年 11 月 10 日，梁济自沉于积水潭。他在遗书中写道：“中国近日世道方以浇漓诈伪著称，晃晃巨公竟以挟诈怀私为手段，今日信誓，明日干戈，无一毫敬畏天理之心”，“由此推行，势将全国不知信义为何物，无一毫拥护公理之心”，他渴望“殉一人之身以挽回世道人心”[④]。

梁济的希望，显然是落空了。近百年来，世道人心非但未见改观，似乎还是每况愈下了。从文学史撰述这个小小角度，我们能够感觉到我们丢失了许多曾经拥有的好传统。

今天的文学史，情怀消失，个性退席，功底及眼光也与前人的差距越来越大。尽管从数量上来看是“丰收”了，但有多少编撰者可以说

---

① 刘大杰：《中国文学发展史·自序》，写作时间为 1940 年 9 月。

② 陆侃如、冯沅君：《中国诗史·自序》，作家出版社 1957 年版。

③ 钱基博评价胡适《五十年来之中国文学》语，见于钱基博《现代中国文学史》第一编第二章，世界书局 1933 年版。

④ 梁济：《敬告世人书》《再告世人书》，见于《梁巨川遗书》黄曙辉编校，华东师范大学出版社 2008 年版，第 52、62 页。

他们编撰文学史是如鲠在喉，不吐不快？在观点或材料方面有唯一性？有多少是新发现、新观念或者新视角？四平八稳、中规中矩，从篇目到作家的选择再到文学史分期甚至到语气，为什么几乎都一模一样？作者写完后感觉痛快淋漓的有多少？学生读过后，如醍醐灌顶甚至当头棒喝的又有多少？有多少人在编写某一时段文学史时，能像钱基博那样遍读别集？我们的功底、态度到底足以编撰文学通史吗？

我们可以抛出很多的客观、主观理由来说明今天体制内的我们难免平庸。学术分工过分细密，学者视界必然狭窄啦；过强的功利目的致使编写者难以沉潜啦；本身文化储备，阅读量、阅读面的制约啦；学术评价体系对教材的轻视使得学者不会太特别着力于此啦；等等。但是，毕竟是教材，我们需要考虑：人文科学需要给学生什么？仅仅是知识吗？卢梭说："问题不在于教他各种学问，而在于培养他爱好学问的兴趣，而且在这种兴趣充分增长起来的时候，教他以研究学问的方法。"[①] 而"方法"在人文学科，就是思维的角度，是看问题的角度，对此，罗宗强先生有很好的概括："我们不是教给他们固定的死的知识，而主要是教他们如何自己思考、分析、判断，从独立思考、分析、判断中去得到活的知识"[②]。我们不能、也不会像梁济那样"殉一人之身以挽回世道人心"，但教书育人这一特殊岗位，世道浇漓中我们可以期待未来的"栋梁"在思想境界等方面有所改观，他们应当有独立思考、分析、判断的习惯，有真正的创造力。他们应该不被流俗所"惑"，不盲目从众，有分析、鉴别力，有情怀与担当。我们至少可以首先从教材入手，找回传统，实现"技术含量、劳动强度、个人趣味、精神境界"[③] 的完美融合。

（方丽萍发表于《中国大学教学》2013 年第 8 期）

① ［法］让·雅克·卢梭：《爱弥尔》，李平沤译，商务印书馆 1983 年版，第 223 页。
② 罗宗强：《文学史编写问题随想》，《文学遗产》1999 年第 4 期。
③ 陈思和：《假如没有文学史》，《读书》2009 年第 1 期。

中国古代文学史课程教学的核心策略

钱基博在撰述《中国文学史》时指出，文学兼具情智功能，“智在启悟，情主感兴”，二者不能截然分开。“发智之文而智中含情”，“主情之文而为发智之用”，“譬如舟焉，智是其舵，情为帆棹；智标理悟，情通和乐；得乎人心之同然者也。是文学者兼发情智而以情为归者也”。[①] 钱氏所言甚是。在讲授这门中文专业最重要的专业基础课时，我们需要注意情智的结合。而就培养对象及现实情形来看，目前更需要注意“智”的培养，在提高审美感受力、陶冶情操的同时不忘理性分析和判断力的提升。

一 “夫所以读书学问，本欲开心明目利于行耳”

古代文学乃至文学的边缘化今天已基本成为既定的现实，无论是教师还是学生都无法回避“有什么用”一类的责问。一般认为学习古代文学，可提高人文修养、陶冶情操等等。这些在今天看还是略等于鲁迅批判过的“沉下去，沉下去”。在古代文学中“诗意地栖居”很有可能会让学生孤芳自赏、退避淡泊、与世寡合。

本科课程可分为工具性、知识型和思维型三类。在西方，即使是知识型的课程，也要向思维型课程靠近。人文科学在本科层次应着重于思维的培养。“我们不是教给他们固定的死的知识，而主要是教他们如何

① 钱基博：《中国文学史·绪论》，中华书局 1993 年据国立师范学院铅字排印本影印，第 3 页。

自己思考、分析、判断，从独立思考、分析、判断中去得到活的知识。"[1] 对此，古人早有十分充分的论述，如颜之推曾说"夫所以读书学问，本欲开心明目利于行耳"[2]；二程主张"君子贵有识，力学穷理则识益明照、知不惑，乃益敏矣"[3]；叶燮指出人的才能中居于首位、最不可或缺的关键也是"识"[4]。总之，古代文学教学不应仅仅满足于怡情养性、培养高尚人格之类，它更多的还是应该能让学生"开心、明目、利于行"，按照龙应台的说法，就是"使看不见的东西被看见"。本科阶段的古代文学史教学，必须以培养和提高学生的理性分析能力、识见水平，增加他们清醒客观的判断力为目的。

只有以思维训练为目的，开心、明目，当下古代文学的学习才有意义。如同为边塞诗人，高适和岑参所处时代、结交人物大致相似，文学成就相类，但二人最终仕宦区别很大。高适为"诗人之达者"，官终刑部侍郎、散骑常侍，而岑参为嘉州刺史（尽管二人官阶区别不大，但中央直属部门官员与地方官的重要性很不一样，何况唐时州有328个之多）。就客观条件看，岑参更应"达"，"国家六叶，吾门三相"，他的曾祖岑文本是初唐宰相，而高适家族无一显赫者，有时甚至还要"混迹渔樵"谋生。文学史书中也会讲到高、岑的区别：高适"尚气主理"，岑参"尚奇主景"。但对于已经成人，三两年内就要进入社会的大学生来说，他们更需要知道：二人职场境遇悬隔的最深层的原因在哪里？在思维的差异。岑参好奇，理想主义，像个孩子；而高适，则客观、清醒、冷静，看问题深刻而全面，不悲观不放弃，不孤芳自赏，能努力能坚持。如此循序渐进不断训练，"看不见的东西"会被看见，"识明则胆张"（叶燮语），学生的思想与判断以及行为手段都相应会有所改观。这样的古代文学教学才能在大学生的生命中产生意义。

多年来我们养成了对书本、权威乃至一切东西的信任甚至崇拜，少

① 罗宗强：《文学史编写问题随想》，《文学遗产》1999年第4期。

② 颜之推：《颜氏家训·勉学第八》，上海书店影印《诸子集成》第八册1986年版，第14页。

③ （宋）杨时编：《二程粹言》卷上《论学篇》，影印文渊阁四库全书。

④ 语出（清）叶燮《原诗·内篇下》。叶燮认为与文学有关的活动，需要主体具有才、胆、识、力。四者中"识"居其首，最为关键，"人惟中藏无识，则理事情错陈于前，而浑然茫然，是非可否，妍媸黑白，悉眩惑而不能辨……"才外现而识内含，"识明则胆张"。

怀疑。思想盲从，行为盲动。中国古代文学历时几千年，误读、误传的地方不少。现代学者的研究已经纠正了不少类似错误，过去许多分歧也有了大家基本认同的结论。教学过程中，我们应及时引进这些研究成果，使学生们最终明白：那些言之凿凿、被普遍认可的东西不一定正确，很多甚至是以讹传讹。例如唐诗中有不少牡丹诗，唐笔记中也存有大量的唐人疯狂追捧牡丹的言行，所以周敦颐就说牡丹是富贵的象征，“自李唐以来，世人独爱牡丹”。但只要将这些材料稍加排比就会发现唐代的牡丹欣赏与唐人的社会地位以及唐代社会文化心理变迁之间有非常密切的联系。时代变、国力变，审美风尚也会随之发生巨大的变化，爱牡丹的只是中唐“贵游”，文人是自别于流俗之外的批判者。到晚唐，随着牡丹种植的普及，文人们“更持红烛赏残花”，在牡丹身上寄寓着对繁华的追忆，对老大帝国的怀念①。明白这些并养成批判性的思维习惯之后，现实中学生们就可能多一份独立与清醒，多更周密思索与论证后的理性判断。如果只知记诵文学史结论而不善于怀疑、不善于综合，不知如何发现问题和解决问题，也就谈不上能力的培养。而且，在学生步入社会前的最后一站，不盲从，多思考，善于发现问题，知道努力用合适的方法解决问题是他们必须具备的能力。总之，古代文学教学需要学生从古人的生命体验及人生经历中学习，最终“胆张”，成为有独立思想、清醒理性、坚持努力的人。

二　宏观把握基础上对限定情境言说的体悟

任何文字都是在特定历史社会条件下的言说，受当时社会情境及人们认识水平的限制。近十余年，为矫“阶级分析”之枉，古代文学教学开始强调审美，强调普遍的共通的人性。对于一般的学习者和欣赏者，这样做没任何问题，但它不适用于大学中文专业的学生。因为没有“史”的支撑，没有对政治制度、社会心态的等限定语境的了解，脱离时代背景和文学发展的实际，只能架空审美，雾里看花、隔靴搔痒。古代文学史课程的讲授，必须在对历史社会文化发展的背景下进行。宏观

① 方丽萍：《牡丹欣赏与唐代社会的文化心理变迁》，《宁波大学学报》2011 年第 1 期。

概括的文学发展史历程的梳理，周到细密的社会思潮、政治制度的解析，才能使学生回到文学现场，理解作家心态，把握深潜于文字后面的情怀。

在对各个文学时段文学史的梳理过程中，教师需要能非常概括地将各个时期的特点提炼出来，如初、盛、中、晚唐社会政治力量的变化，南北宋政权所面临的不同的边境问题以及一般士人的心态等；需要对一些在历史上有着重大影响的政治事件及执政方针有比较好的把握，如安史之乱、甘露事变、北宋的党争、“异论相搅”、“不杀士大夫及上书言事人”等。只有理解了这些，才能理解复杂缤纷变化作品生成的内在机理。

总之，理解作品，需要理解作家言说的语境，即作品产生的周边背景知识，如政治制度、选举制度、文化习俗、经济状况、社会风潮等等，这都是理解文学必需的基础知识。也就是王钟陵所提出的“原生态把握方式”。[①] 此外，在作品讲授中，教师须进行提纲挈领式的文化史的知识补充，引导学生留意儒道两种文化的生成、表现特征以及这种文化背景中士人心态的表现，并进而思考各类文化的当下价值（正负价值）及意义。

历史不是孤立生成的，它是无数事件和心态的集合体。“限定语境”须注意，“言说”更不可忽略。古代文学的“言说”就是作品。作品既是史的起点与基础，也是印证语境的材料。古代文学史讲授，篇目选择十分重要，尤其是在课时极其有限的今天。教师在选择精讲作品时，既需要注意选取那些最具代表性的典型作品，又要照顾文学本身的丰富与多元。只有这样，我们给学生展示的才是相对全面的文学景观。如讲王维时，山水诗、边塞诗都不可或缺。讲他的山水诗时，不必在“诗中有画”之类命题上花费课堂时间，指出学界的各种理解，安排学生去读就可以了。需要讲的是个体独到而细腻的感受与发现，如他山水中的情趣以及弥散于其中的温暖等。通过这情趣与温暖，我们能看到王维心底的宁静与期待，看到王维与“盛唐”的关系。《凝碧池》也是必

① 王钟陵：《论文学史研究中的原生态式的把握方式》，《社会科学辑刊》1994 年第 3 期。

讲篇目。它是王维生命的拐点。透过这个典型事件我们能理解封建时代士大夫的君国情怀，也能明白个体在社会变革与纷争前的仓皇与无奈。《叹白发》也要讲，它是经历了坎坷波折等遭遇后，软弱又清高的知识分子的真实心境的流露，也是理解“诗佛”的关键点。这样选择代表作家不同时期的作品，分别与勾连到国事与作家经历、思想转变等上面。如此这般，文学史才能立体、生动，文学史的学习才会充实，才有意义。

我国有“诗文正宗”的传统，但同时，古代文体又多样、发达。本科阶段，应该照顾到文体的丰富性，以诗、词、文为讲授重心，以名家、大家之作为重点，同时兼顾其他文体，适当介绍小家小派。教师不能为了显示自己的博学而专讲边角知识，更不可花费太多时间在四、五流作家作品身上。尽管唐传奇、宋话本在文学史上也占有一席之地，但需要将它们纳入社会文化发展和世人心态变化的系统内讲授，不能孤立讲授文体变化；需要照顾文体发展的历史脉络，进行简单、清晰的梳理。

各封建王朝社会政治制度差异也是一个重要的“限定语境”。教师可精选一些专题，进行大的纵横捭阖的比较，在比较中凸显各朝代的特性。如科举取士制度，唐是“始创未工”，不糊名，录取比例低，于是会有考前考后的各种动作，会有“有才不肯学干谒，何用年年空读书”的感慨。而宋则比较完善、规范。两朝录取比例相差甚殊，宋基本是唐的10倍甚至以上。而录取后，宋是直接授官，而唐还需要参加吏部试才能真正“释褐”。这就决定唐宋士人赴举心态差异很大。选择不同时代同主题的作品作“抓手”，制度、文化以及心态的区别就会昭然若揭。古代文学史教学中，类似的可打通的专题非常多，教师可示范性地讲解一二，其他可提出问题，让学生自己去思索，并尝试着解决。

中国古代文学史的讲授，最忌讳照本宣科，而需要“在教材里提出一些重要的，需要展开的内容”①。因为：第一，到大学阶段，学生已基本具备了较强的自学能力；第二，人文科学的教科书不会看不懂；第三，教科书所提供的知识，绝大多数情况下是比较“成熟”，同时也比

---

① 洪子诚：《鼓励争鸣 重在思考——北大洪子诚老师谈文学史教学》，载于北京大学促进教学通讯网站 http：//llt. pku. edu. cn/。

较平庸的观点，很少能有前沿性或者原创性的东西，甚至说是相当保守甚至陈旧、陈腐的。因此再复述教材内容毫无意义。教师课堂上的讲授，要具有思想上的启发与引导性，应当有综合、概括、提高，能从一个小问题发现典型现象，如郭预衡《中国文学史》讲王维时说："他是中国封建社会那种既清高又软弱的士大夫的典型"[①]，教师可以这一句作为核心生发开去，引导学生思考士人软弱的制度、文化心理等原因以及现实中避免软弱的可能性等问题。文学史上这样有意义、有深度、有足够开阔的思想的空间，可纵横展开的事例极多，教师自由发挥的余地很大。

三 个性与规范间"约定的自由"

与自然科学的严谨、规范不同，人文科学是"关于人类价值和精神表现的……学科"，具有无限的可能与延展性。从事人文科学研究与教学的教师，需要更多的想象创造与发挥引申的自由，教师则需要以个体的思索与体悟带动学生的思索与感悟。过于琐细的"规范"会扼杀人文课堂的创造与灵动。但课堂毕竟是课堂，有需要传授的教学内容，有必须实现的教学目标，有课堂的纪律与规范。正如有教师曾指出的那样："不能完全抛弃教学规范，也不能牺牲教学个性，在规范中充分发挥个人的教学个性，实现相对的自由创造。这与卢梭所说的'约定的自由'颇为相似。"[②]

规范，是不论用什么手段，文学史的主线索、重要作家必须让学生了然于心，是"背功"、审美感受力的培养，是原始文献的阅读。这些，可主要靠学生的自觉，靠教师的严格要求，靠考核制度的规范。不能将古代文学大家按时间排列，背不上数百首古典诗词、数十篇古代散文的中文系本科生是不配称中文系毕业的。做不到这一点，就会"思而不学则罔"。

而个性化，可理解为"学而不思则殆"。我们可以将"约定"理解

① 郭预衡主编：《中国古代文学史》（二），上海古籍出版社1998年版，第200页。

② 马东瑶：《对古代文学史教学的几点思考》，《中国大学教学》2012年第2期。

为必须完成的古代文学教学内容与教学目标的实现，而自由则是教师本人在深厚的知识积累，在全面广泛、沉静阅读基础上的选择与提炼。在一个“极其狭小领域内知道极多的知识”绝不应该是一个高校教师自矜的资本。除了精深的对本时段知识的掌握外，他应该有比较宽的知识面，还必须对中国历史、宗教、哲学等都有一个全面的了解和把握。其他学科、其他领域的知识他也不应该陌生。他拿给学生的必然是经过反复思考的，或是可以引起学生更深入思考的问题，是古代文学史知识的深化与提炼。我们可以将古代文学知识理解为桑叶，教师本人应是蚕。蚕食桑叶是要吐丝的，吐桑叶就太笨了。而学生学习古代文学，是要教给学生用丝织布。教学过程就是最大可能地提升桑叶（知识）的“附加值”，将桑叶最终变成布的奇妙过程。只有这样，桑叶与蚕的存在才有意义。

教师需要遵守教学规范，实现教学目标，同时教学也需要富有个性、有魅力。这有很多途径，如教师本人的语言风格，教师对文学现象、作家作品的独到把握，还有他的立场与坚持，他还可以丝毫不隐晦地将自己的喜好带入课堂，启发学生形成自己的判断，并最终具有了可陪伴终身的“良师益友”或精神“栖居地”。四平八稳可能意味着乏善可陈，“约定的自由”则能令课堂终身难忘。

在课堂评价体系变得越来越烦琐，各种“硬指标”越来越多的情况下，教师应当有选择教学媒体的自由，这其中最突出的是现代电化教学手段的使用的问题。一般在谈论这个问题时，人们特别害怕被冠以“方法陈旧”的帽子，似乎一涉“陈旧”，就全盘皆输。但有些东西，是经过时间的检验沉淀下来，值得继续发扬的。而所谓的“不陈旧”“现代”，在今天的教育管理部门，已经被简单化为 ppt、互联网一类的教学媒体了。尼尔·波兹曼早就提醒过我们，技术本身的线性思维局限极大，画面、声音、动作等的再现方式与人类心灵异质，心灵需要心灵来触摸、来体悟，需要用语言这种最丰富、表现力最强的东西来诠释。心灵不能依赖图画来解读，心灵也不是几个大小一二三、大小括号能概括的①。技术是有限的，我们要谨防麻雀伪装成孔雀，技术伪装成学问，

① ［美］尼尔·波兹曼：《娱乐至死　童年的消逝》，广西师范大学出版社 2004 年版；《技术垄断：文化向技术投降》，北京大学出版社 2007 年版等著作。

不能让技术控制思维，控制教学。古代文学史教学中，技术是很好的辅助手段，知识性的介绍可以采用媒体资料，教学效果的检验等可以借助现代网络技术，如用 ppt 展示文人的行动轨迹、各国交战时的形势图、好的诗词朗诵音频资料等，但一定注意不能用事先制好的 ppt 等来操控教学过程，否则就会扼杀课堂的诗性、教师的灵性，使文学课变成枯燥的条框知识，于思维训练无益。

四　文学与人生的多元共生

大学中国古代文学史教学，要“全”要“深”。“全”是对限定语境的全面的了解，“深”是见识的“深”，需要依靠思想的深度来实现。中小学古文教学侧重表象和局部，大学则需关注本质与全体。大学教学应通过最大可能的还原历史真实，使学生懂得：曾经的伟大、崇高背后可能还有“性情”、有“不着调”、有世俗、软弱动摇、功利。大学生需要知道古人不是圣贤，有毛病、有不如意，有时候甚至还会“旁逸斜出”。如白居易，“俗”，庸俗，凡俗。他有时候看问题很简单，如《母别子・刺新间旧也》就很肤浅、狭隘、可笑。白居易更多的时候就是个运气稍好一些的邻家老头。他受打击，被贬谪后就“痛改前非”，很快就由“斗士”变成“闲士”，开始大量的絮絮叨叨地“说俸禄”，炫耀官高身闲，说得自己都忍不住流口水。

文学是多元时代与人生的反映。因为历史的余习，可能有教师会选择那些积极向上，暴露封建社会黑暗，揭露统治阶级的腐朽残酷和忧国忧民伟大情怀之类作品来讲。在传播途径如此发达的今天，这样做，有掩耳盗铃的天真。我们也应该对大学生有基本的信任。成人了，有自己的价值判断，不会轻易受蛊惑、被煽动。古人可以积极向上，但一定也曾伤心绝望、自暴自弃；有忧国忧民的精神，但势必也有小小私怀；可以有时候很崇高，但也免不了搞点“权”甚至卑鄙无耻。细想今天的某些课堂，真还是有些善意的“瞒与骗”，学生应该对这心知肚明。他们不会相信陶渊明从来就是终日采菊，心境淡远。所以，大学古代文学史必须“顾及全人全篇”。讲陶渊明，“心远地自偏”必讲，但“刑天舞干戚，猛志固常在”不可回避，“无乐自欣豫”的纯真少年应当展现，而被萧统视为“白璧微瑕”的“闲情”，“十愿十悲”的深情与缠绵也没必要隐瞒。即使是隐居，他也不会整日悠然，也曾被老农“教训”过，也曾经历出门乞食时“不知竟何之”的尴尬。只有这样的全面多元，大学才不是象牙塔而是与活的人生接轨。只有经过这样的学习，学生才不至于走入社会时产生“休克”。文学的“真善美”之“真”才得以实现。

总之，大学本科的古代文学史教学是在中学已有知识经验的基础上的进一步深化与提升，是尽可能全面地回到古代的语境去获得“现场”效应和“亲历”效果，使学生走进历史，最大可能地还原历史的真实状态，“入乎其内”后“出乎其外”，获得感情、经验和认识水平、价值判断等的不断提升。学生要在教师的带领下，在全面广泛的原典阅读、分析基础上，在“阅人无数，阅世无数”后有个人对现实的分析和判断。古代文学教学更应当是一种思维的训练，是要培养、提高内在之“识”，进而不断外现于才气、胆略与力量。这样的大学教学，才有价值和意义。

（方丽萍）

中国古代文学史教材编写改革设想

"文变染乎世情，兴废寄乎时序"。中国古代文学的产生、发展必然与"世情""时序"相连，古代文学的接受和传播也无法完全超脱于时代的发展、变化。随着高等教育普及时代的到来，作为民族文化传承、发展的要地——大学中文系的中国古代文学课程以及与之相伴的教材理应顺应潮流、与时俱进，担当起这一伟大而又神圣的使命。

1996 年我国启动了"高等学校面向 21 世纪教学内容和课程体系改革"计划，古代文学史教学取得了比较大的进步，出现了很多优秀的古代文学史教材，但毋庸讳言，依然还存在不少的问题。其中，表现最为典型的是教材问题。

一 中国古代文学史教材编写的历史回顾

1904—1949 年，中国古代文学史教材的编写经历了初创期与发展期。1949 年以后则可概括为变异期和转型期。在这期间，社会形态的更替引起了意识形态领域的巨大变化——马克思主义唯物史观取代了唯心史观，阶级分析法、政治功用说成为了文学的主导思想。由此，文学史教材在相当长的一段时间内都带有鲜明的意识形态特征。

新中国成立之初，文学史料的整理、编辑取得了巨大的成绩。郑振铎主持编辑了《古代戏曲丛刊》一至五辑，中华书局出版了《古典文学研究资料汇编》系列，北京大学中文系中国文学史教研室编辑了一套《中国文学史参考资料》丛书，朱东润主编了《中国历代文学作品选》，郭绍虞主编了《中国历代文论选》。这个时期出版的文学史，有谭丕模的《中国文学史》、刘大杰的《中国文学发展史》和陆侃如、冯沅君的《中国文学史简编》。这些著作，主要是对旧作的修改。而修改的过程，就是不断贴近马克思主义的唯物史观的过程，就是不断强调、强化文学的人民性、现实性和阶级性、斗争性的过程。从旧时代走出来的知识分子，大有洗心革面的态势，如刘大杰修改17年的旧作时就坦然承认“解放后，由于自己对马克思列宁主义的初步学习和看到了一些从前没有看到的史料，关于中国文学上的某些问题，已有不同的看法”①。

但是好景不长，在受到极“左”思潮影响的同时，由于对马克思主义的片面理解，庸俗社会学的思想、方法在文学史的编写过程中也开始泛滥起来。这表现为越来越多的文学史首先强调的就是发掘文学作品中的人民性，理解劳动人民的斗争性，探求作者所属的阶级性，最后才是寻求作品的艺术形式。这就使得古代文学史的编写偏离了文学事实，文学研究的失误越来越大，如此时对俞平伯的《红楼梦研究》的批判。尤其是“大跃进”后，文学史的研究、编写则更加偏离了学术发展的方向，失去独立的学术品格，进而沦为了政治的附庸。此时，最具代表性的文学史则是同出版于1958年的两部文学史：北京大学中文系1955级同学集体编写的《中国文学史》与复旦大学中文系学生集体编写的《中国文学史》。

20世纪60年代前期，由于三年自然灾害的影响而产生了短暂的政治运动间歇。在政治与学术夹缝中产生了两部文学史：游国恩主编的《中国文学史》和中国社会科学院文学研究所集体编写的《中国文学史》。这两部文学史虽不同程度地具有时代的缺陷，但它们确实已达到了那一个时代所能达到的最高成就，具有一定的特色。这种特色首先表现为它们为以后的文学史编写树立了一个基本的写作范式，即由时代背景、作家生平、思想内容、艺术特色四大板块构成的文学史叙述结构。其次，这两部文学史的建构也比较适合大学课堂教学简洁明白、结构匀称的文学史框架，比较详细地介绍了中国文学史的内容，便于人们理解掌握中国文学史的基本形态。最后，在内容的描写方面，这两部文学史

① 魏崇新、王同坤：《20世纪中国文学史观——观念的演进》，西苑出版社1999年版，第111页。

也还是有着自己的精彩论述。比如游本文学史在分析汤显祖《牡丹亭》中的杜丽娘形象时就讲杜丽娘的艺术形象概括了争取自由幸福爱情的艰苦性，带有“现代的性爱”和追求个性解放的特征。社科本文学史在论述秦观词时就明确地指出秦观的思想并没有过人之处，但他的词却能紧扣一个“情”和“愁”字，创造出许多优美的艺术形象，传达出真挚的感情，丰富了词的表达技巧的艺术特色。可惜的是两部文学史中这类精彩的论述却并不是很多，它们的大部分内容仍然是重在强调文学与政治、社会、阶级斗争的关系，强调文学创作的现实主义和文学作品的人民性。同样，这两部文学史在中国文学史的分期上也沿用了过去文学史的分期——按历史朝代的先后划分阶段。这固然有简单易操作、减少争议的效果，但也违背了文学自身发展的规律，将文学的历史变成历史的文学。此外，这两部文学史由于过分注重文学的现实性，对文学流派、作品的形式和艺术的重视就显得有些不够，如对六朝文学、李商隐的诗、五代的词等。当然，在政治与学术夹缝、学术研究的荒漠中能够产生这样两部文学史已属奇迹了。因此，自 20 世纪 70 年代开始，这两部文学史也就一直作为大学文学史的教材而发挥着不可替代的作用。

与此同时，由于过分受到政治的干扰，在文学史的研究领域出现了万马齐喑的可悲情况，学术研究呈现出一片荒漠。进入 20 世纪 70 年代后，江青反革命集团还炮制出了一条“儒法斗争是文学史的主线”的规律。这也就产生了大量以“儒法斗争”为纲的文学史研究作品，甚至连刘大杰也被迫再次修改、出版自己的《中国文学发展史》。

随着中共十一届三中全会的胜利召开，文学史的研究者们也开始一方面总结历史的经验和教训，另一方面探寻创新文学研究的途径，寻求有所突破。首先，文学史的研究者们实事求是，从基本的史料整理入手，将理论的探索建立在扎实的史料基础之上。《全唐五代词》《全宋诗》《全宋文》《全唐五代小说》《全元文》《全明诗》《全明文》《全清词》等一系列巨著的陆续完成，为研究者们提供了丰富的土壤。其次，文学研究者们的视野也随着思想解放、改革开放的进行而不断丰富。这表现为李泽厚的美学著作《美的历程》在 1981 年出版。它在一个宏观的视角上为美学、文学史的研究提供了一个可资借鉴的思考方式，改变了人们之前由于政治因素而形成的狭隘思维定式。此外，随着改革开放的进行，研究者们也开始借鉴西方的精神分析、原型批评、结构主义、解构主义等新方法对文学史、文学作品进行研究。在此基础上，一批学者通过对过去文学史的研究总结和比较分析之后对文学史的研究现状所存在的问题进行了揭示。其中，颇具代表性的当属王钟陵。他把文学史研究的落后现状归结为两个原因：一是文学观念的陈旧；二是文学研究的方法落后。为此，王氏在1988年出版的《中国中古诗歌史》一书中特意以一种宏观的视角、理论的形态、内在的逻辑结构、心灵动态的民族文化来对诗歌进行阐述。此书虽然是一部文学的断代史，但是它所代表的“新方法新著作的出现标明新时期的古典文学研究实现了理论与实践的双重突破，古典文学研究正在走向新的辉煌”①。

1996年，由章培恒、骆玉明主编，上海复旦大学出版社出版的《中国文学史》开始以一种崭新的面貌展现在世人的面前。该书以人性的发展为核心，从中国文学的实际情况出发描绘了中国文学的发展历史，将中国文学史的撰写推向了一个新的高潮。为此，有学者宣称：“它的出版标志着古典文学研究打破了旧的思维定式，完全走出了政治因素干扰的时代，使文学研究进入了自由的新天地。”② 但是，这版文学史依然存在一些问题，如以人性的发展为核心来研究中国文学史的做法在书中并没有完全得到落实，书中文学史的分期也值得思考。1998年郭预衡本的《中国古代文学史》也随即面世，该书在总体上侧重以一种理性的、审美的眼光来看待中国古代文学，取得了相当大的成就。但是该书作为教材也存在着述者论述过多，文学作品展示不够，学生不易把握的瑕疵。接着，袁行霈的《中国文学史》虽然吸取了前人的经验、教训，体现出了兼容并包、集成创新的特点，但是该书也存在值得商榷的地方，如这套文学史参照论文写作的格式是否合适，袁本文学史的内容是否过于单调，能否准确涵盖中国古代文学的内容等。

此外，近些年出版的文学史尽管数量很大，但它们都或多或少地存在着一些问题，能否成为教材还需经过时间的检验。因此，时代精神、

① 徐宗文：《评王钟陵著〈中国中古诗歌史〉》，《江海学刊》1989年第4期。

② 孙明君：《追寻遥远的理想——关于20世纪〈中国文学史〉的回顾与瞻望》，《北京大学学报》1997年第1期。

社会发展都呼唤着全新的文学史教材的出现。

回顾历史，我们基本可以清晰地知道文学史教材不应该怎样。预设未来，理想的文学史教材应当是什么样子的呢？

二 中国古代文学史教学的当代语境

文学的产生和发展无法摆脱时代精神的影响，文学的接受和传承也应当与时代精神紧密相连。“我们当代人写文学史，既是当代人写的，也是为当代人写的，必定具有当代性。”① 新的文学史的编写必然也是要符合时代要求、要与时俱进的。可是，这种符合时代的要求又应当体现在哪些方面呢？

这具体表现为我们当前正处于“传承创新，推动文化大发展大繁荣”，“扎实推进社会主义文化强国建设”，实现中华民族伟大复兴的关键时候。中共十八大报告指出：“文化是民族的血脉，是人民的精神家园。全面建成小康社会，实现中华民族伟大复兴，必须推动社会主义文化大发展大繁荣，兴起社会主义文化建设新高潮，提高国家文化软实力，发挥文化引领风尚、教育人民、服务社会、推动发展的作用。”② 因此，在高等教育已经普及的时代，这种时代的现状就要求我们的古代文学史教材要能够符合、反映时代的要求。这种要求就是我们现在的文化发展还处于继承和传播我们民族的优秀文化的阶段，我们的文化生产力还比较低，不能生产出具有代表意义的文化产品。这与我们目前经济水平所达到的高度不匹配，远不能满足我们当下的文化需求，我们必须要遵照目前文化的现状来抓紧民族优秀文化的传承、创新、生产，构建我们现代的文化精神家园。作为中国传统文化的核心——中国古代文学史，它所要面对的时代要求就是要以当代人的眼光来审视中国古代文学，从已有的古代文学资料中筛选、创造出符合现代审美，能够传承中国文化，对现代文化建设有积极作用，具有先进思想，展现先进文学艺

① 袁行霈：《关于文学史几个理论问题的思考——新编〈中国文学史〉总绪论》，《北京大学学报》1997 年第 5 期。

② 见于中共十八大报告《坚定不移沿着中国特色社会主义道路前进 为全面建设小康社会而奋斗》。

术手法，对人们现在及以后的文化建设有充分启示的优秀文学史。这样的文学史的出现就是新的时代对中国文学史教材编写的时代要求。

三 建立文学本体核心价值观

通过前面我们对新中国成立后所编写的中国古代文学史教材的回顾，我们可以发现这些教材经历了过分强调政治性、注重文学自身性和试图随着时代的变化来编写当代文学史的阶段。但是，由于方方面面条件的限制所编写的教材在今天看来仍然也存在着一些瑕疵。可是，这些曾经编写的文学史教材却又明确无误地告诉我们这些后来者一个规律：历史是当代人的历史，文学史也是当代人的文学史！因此，新编写的文学史必然要注意到“坚持社会主义先进文化前进方向，树立高度的文化自觉和文化自信，向着建设社会主义文化强国宏伟目标阔步前进”[①] 的时代诉求。在具体的操作中则应该做到将爱国主义、追求自由、讲求诚信友善等观点植入到作品之中。同样，联系中国古人所写的作品，我们可以发现在这些作品中都存在对两个方面的关注，一是作家对自我、个人、人的关注，另一个是作家作为一个社会人对他所处的时代、社会和国家的关注。因此，在新编写的中国文学史教材中应当不能抛弃这一规律。还有，文学史作为文学史，它本身就包含有对过去优秀作家的艺术手法的总结、归纳，因此，新编写的文学史教材也应该更加深一步地从创作技巧、艺术形象等方面运用多种手法对这些优秀的文化成果进行分析、探讨。只有这样才能够实现我们的文化复兴之梦，切实解放和发展文化生产力，推动我们的文化强国建设。此外，新编的文学史作为一本课堂教材，它必然还得考虑教材所应当具有的建构，应该适合大学课堂教学简洁明白、结构匀称的框架特点，能够比较详细地介绍中国文学史的内容，便于人们理解掌握中国文学史的基本形态。这些就是新的中国文学史教材应当具有的教材特点。

---

① 见于中共十八大报告《坚定不移沿着中国特色社会主义道路前进　为全面建设小康社会而奋斗》。

四 对文学遗存的裁缀取舍

“十二五规划”《纲要》在第十篇“传承创新，推动文化大发展大繁荣”中要求：“坚持社会主义先进文化前进方向，弘扬中华文化，建设和谐文化，发展文化事业和文化产业，满足人民群众不断增长的精神文化需求，充分发挥文化引导社会、教育人民、推动发展的功能，增强民族凝聚力和创造力。”① 中共十八大报告在“扎实推进社会主义文化强国建设”中也指出：“建设社会主义文化强国，关键是增强全民族文化创造活力……解放和发展文化生产力，发扬学术民主、艺术民主，为人民提供广阔文化舞台，让一切文化创造源泉充分涌流，开创全民族文化创造活力持续迸发、社会文化生活更加丰富多彩、人民基本文化权益得到更好保障、人民思想道德素质和科学文化素质全面提高、中华文化国际影响力不断增强的新局面。”② 由此，新的文学史教材应该围绕这门课为谁、为何来树立明确的核心价值。

在中国古代文学为谁而设这个问题上，我们的古代文学史教材是不能够单纯地以传统的学科本位、社会本位和个人本位中的任何一个本位作为它的价值目标的。这是因为它们都有着各自的弊病：以学科为本位的价值目标容易使教材变得艰深复杂，学生不愿意学习这门课或陷入过分专业化的知识而对社会缺少一个客观的、全面的认识；以社会为本位的价值目标容易使教材的个性和知识文化受到严重的损害，丧失它的文学特点，比如新中国成立后一段时间内所编写的教材就导致了学术研究、民族文化的严重断层和学生个性的极度受损；以个人为本位的价值目标则又过分探讨了人在教育中的地位，忽视了人与生活、社会的联系。因此，在新编的教材中，我们应该吸收三种观点的长处，弥补三种观点的短处。所以，在教材中，我们既要强调教材的知识面，又要强调教材的文化现实精神。即新的教材既应该涵盖中国古代文学中作家对个

① 见于《中华人民共和国国民经济和社会发展第十二个五年规划纲要》第十篇《传承创新，推动文化大发展大繁荣》。

② 见于中共十八大报告《坚定不移沿着中国特色社会主义道路前进 为全面建设小康社会而奋斗》。

人、自我、人的关注，也应该涵盖对社会、国家的关注。进而做到让学生明白自我个性发展的方向，并能够将在这个方向指导下所学的内在知识、修养等与国家、社会的要求相结合。

在古代文学为何而设这个问题上，我们的教材也应该二者并重，相互借鉴吸收。我们知道认识论的观点虽然有助于提高学生在某一方面的个人素质，但是它所提倡的自由教育课程、通识教育课程、名著课程却又使它远离了社会、经济和政治，失去了它们的支持。这最终就会导致古代文学脱离社会，成为“屠龙之技”。政治论的观点本身强调的是课程为国家和社会的需要服务，但它与古代文学提高学生人文素养这一本质特征相矛盾。因此，新编写的教材应该认识论和政治论并重。既要强调古代文学提高学生的人文素质的作用，也要使它为弘扬中华文化精髓、建设和谐文化、发展文化事业和文化产业提供充足的保障。从而使新的文学史教材能够体现社会主义核心价值，全面提高学生、人民的道德素质，丰富学生、人民的精神文化生活，进而增强我们民族、国家的文化整体实力和竞争力。

中国高等教育研究奠基人潘懋元先生曾讲：“在各国的教育改革中，课程改革一向是改革的主战场。课程居于教育事业的核心，是教育的心脏。”① 其中，教材又是课程的核心。目前，我国大学所用的中国古代文学史教材却是在特定的历史背景中形成的，它是一种基于社会本位或者学科本位的专业教材。这种教材的思想内核是社会本位或学科本位，价值取向则是特定社会条件下的为社会发展而设，培养社会需要的人才。基于这样的现状，我们的教学肯定会落后于社会现实，与社会的发展、要求脱节。因此，探索出一套符合时代要求的教材既是时代的必需，也是授课的急需。

在新教材的编写探索上，我们认为应该注意两点：

一是建立古代文学史教材部分内容的需要评估机制。“需要评估是明确教育需要与确立需要之先后顺序的过程，在课程领域，需要是指这样一种情况的公认的学生行为或态度状况与所观察到的学生状况之间存

① 潘懋元、王伟廉：《高等教育学》，福建教育出版社 1995 年版，第 128 页。

在的矛盾之处。”① 在古代文学的教材中，由于教材的陈旧及其他一些历史原因，它有一部分内容并不适合社会、经济、文化的发展需要。因此，我们应当在古代文学史教材编写过程中设立古代文学史教材部分内容的需要评估机制。这个评估机制要充分地考虑社会、经济、文化的发展和教师、学生的需要，指导撰写出一部能够涵盖社会本位、学科本位、个人本位的教材。其中，像文学作品反封建的特征就可以进行大部的舍弃，在宋、明、清的部分文学作品中，我们应该在指出商品经济对文学的影响后，举出具体的作品来进行印证。又如，在讲“小李杜”的时候，由于这两位作家的作品相差不大，我们的教材就应该考虑到学生的需求而选择其中一位来主讲，另外一位则只强调他与所讲这一位的差异。

二是在教材的具体编写过程中，我们不能只强调狭义的中国古代文学，必须要强调一个广义的中国古代文学。约翰·杰洛瑞在《文化资本》中就“经典修订还是研究规划”中讲道：“我们现在可以提出更有力的主张，即‘社会身份’范畴完全不足以解释特定作品是如何在一组特定的历史条件下成为经典的”，“在真正的体制运作的条件下将经典作品大纲向公认的‘非经典’作品开放，也就是说向社会界定为少数群体作者的作品开放，这意味着什么?”② 因此，我们认为新的古代文学史教材的编订必须要在文学史上尽量地引用文学原作，而不是截取其中的一部分内容来造成人为的误读。同时，我们又要注意将这些作品的思想内容与时代的要求相联系，并借此探索出人类永恒的真、善、美，让更多群体了解、接受这些经典。在作品选择上，我们不仅需要保留原有的一些诗词、散文、戏曲、小说中的优秀作品，而且还应该增加一些书信、随笔、公文，以及一些我们之前所反对的“时文”（八股文）等。因为只有这样，我们的古代文学史教材才可能“还原古代文学”，学生也才更加容易接受、掌握、传承和发扬中华民族优秀的文化成果！

---

① 施良方：《课程理论》，教育科学出版社 1996 年版，第 103 页。

② ［美］约翰·杰洛瑞：《文化资本：论文学经典的建构》，南京大学出版社 2011 年版，第 12 页。

一切历史都是当代史。要写出一部高质量的文学史教材绝非易事，它不仅需要作者具有广博而精深的文学史知识功底、敏锐的思维和独立的思想，更重要的是作者还必须具备时代的思维和对时代发展的前瞻力。因此，随着时代的发展，文学史观念的变化，人们对文学史的理解与阐释也会发生变化。“重写文学史”也是一个历久弥新的话语。只有永恒的文学，没有永恒的文学史，人们对完美文学史的追求将会是一个永远的梦想。

（孙玉冰发表于《青海师范大学学报》2012 年第 5 期）

对新媒介环境下的古代文学教学的思考

一　新媒介对传统教学方式的影响

媒介是信息传播的工具和途径。美国传播学家威尔伯·斯拉姆把媒介定义为“插入传播过程中，用以扩大并延伸信息传送的工具”①。媒介对于人类社会的意义并不仅仅在于它的工具性，还在于它参与塑造和影响着人的个体发展及生活方式。而当代新媒介的发明和发展，正在给整个人类社会带来前所未有的巨大影响。

“新媒介”是一个相对和动态的概念。一切媒介形态最早出现的时候，都可以被称为新媒介，与之相对的是传统媒介，所以广义的新媒介应该是一个与印刷媒介相对的概念，它包括了电视、电影、电脑、手机、互联网等出现于印刷媒介之后的各种现代媒介。“新媒介”一词自20世纪60年代在美国开始流行到现在，在世界范围内不断拓展，并且呈现出爆发式的增长态势。如今人类社会已经进入了以数字化信息传播为支点的新媒介时代。电视、电影、电脑、手机、互联网等已经成为个人和公众生活不可缺少的组成部分，也构成了当代大学生文化生活的重要内容。

新媒介的出现改变着当代人们的生活、学习和交流方式，同时也在不断地影响和改变着传统的教学方式、教学手段以及师生关系。各种建立在影像和电子技术之上的多媒体教学手段，在各类学校的课堂上得到

① ［美］威尔伯·斯拉姆、威廉·波特：《传播学概论》，陈亮等译，新华出版社1984年版。

了十分广泛的运用，甚至很多时候把是否采用多媒体教学手段作为教学单位和教师的考核指标。

对于创作者与接受者分离的文学作品来说，媒介的作用十分重要。它不仅是一种中介，它还会影响传播内容本身。不同的媒介方式与它们所传播的信息内容一起，影响着我们对文学作品的感知和理解。世界著名媒体文化研究者和批评家尼尔·波兹曼认为，纸质（印刷）媒介能参与塑造人们理性、有序、成熟的思维与行为品质，有益于阅读者想象力的发展，在培养成熟的个体方面拥有新媒介所不可替代的作用。他说："人们必须接受严格的学术教育，才有资格理解书本上更深奥的秘密，人们不得不缓慢地、按部就班地，甚至痛苦地进步。与此同时，人的自我约束和概念思维的能力也得到丰富和扩展"①，"用来阅读的书面语言改变了读者欣赏作品的心理状态，他们可以从容地、反复地品味作品丰富、复杂的内涵"②。波兹曼观点的支持者也认为象征着新媒介的图像语言使读者的注意力无法得到集中，而五花八门的"链接"，更是扼制了读者理性思考的深度，新媒介的出现对文字阅读构成了一种威胁和损害。

的确，新媒介所带来的信息爆炸导致了一种"浅阅读"方式的产生。这是一种"放弃深度，追求速度、广度、利益度"的"快餐式阅读"。③ 这种阅读得到的是"讯息"，是走马观花式的浏览。它满足的是人们对信息"量"的需求，讲求的是横向的和即时的效应，与文学作品的诸多审美特征和审美方式背道而驰。新媒介图像的丰富性和传播速度的快捷性动摇了传统文学书面阅读的审美独特性，它导致了想象的消极。文学阅读的魅力，特别是古代文学的魅力，在于它的"古"。它是前人思想、情感、道德的载体，是古代社会生活和古人情感生活的记录。它的妙处在于它是用我们民族最准确、最优美、最纯粹的语言文字记录的，给后人留下了无限的、美好的审美想象空间。阅读者会因个人的知识修养和想象能力的差异，在原著所提供的共同的审美平台上放飞

① ［美］尼尔·波兹曼：《童年的消逝》，吴燕莛译，广西师范大学出版社2009年版。

② 朱自强：《儿童文学概论》，高等教育出版社2009年版。

③ 李玲：《新媒介传播中的浅阅读现象》，《电影评介》2007年第7期。

各自的理想之鸽，完成属于自己的审美再创造，它强调的是纵向的和历时的效应。而在课堂上，因为文学作品由课件制作者（教师）依照自己的审美想象制作成了有背景、有图像、有音乐的视听文件，便不再能像纸质阅读时那样激起读者的丰富想象。事实上，观者（学生）通常不得不约束自己的想象以求“跟上画面”，而这些画面“……使想象力离开他本人对于故事的体验……夺去了本属于个人意义的许多内涵”①。这种教学方法突出的是教学效果的横向接受，作品的意蕴、由演示者提供的“意象”和画面的美学效果很容易被“批量”接受，共识效应和即时效应非常明显。

传播方式的改变也必将同时带来传播内容和叙事方式的改变。对于以不同媒介手段呈现的同一部文学作品来说，媒介方式的变化所导致的并不只是作品信息传送途径的改变，还会在一定程度上引起信息内容本身的改变。“媒介不只是文学的外在的物质传输渠道，而且是文学本身的重要构成维度之一；它不仅具体地实现文学意义信息的物质传输，而且给予文学的意义及其修辞效果以微妙而又重要的影响。”因此，“对不同媒介的选择会影响文学文本的意义走向”②。通过新媒介手段所呈现的文学作品往往在功利性的驱使下，更强调视觉上的冲击，无论是电影、电视还是舞台演出，传播者们都会对原著中的人物和情节进行自以为合理的增加、删减或改编，将原作中一些本来只能意会而不可言传的情节和思想用画面或对话直接表现出来，既改变了纸质媒介那种富于想象的叙事方式，同时也导致了原作中的语言特色和心理刻画的不复存在。中国古代文学中如《三国演义》《水浒传》《西游记》《红楼梦》的诸多名著，都被人们用以影视手段为主的新媒介方式呈现了出来。尽管改编者都努力证明自己忠实于原著，但其中的人物造型、情节展现以及环境营造，都确确实实地反映着影像制作者的审美情趣、审美理想和审美再创造能力，而这些影像作品经常会被引用到课堂教学中来，又增加了一层“教师”这一特殊个体对文学作品的理解。为了使课件的视觉效果更加强烈，使课堂气氛更加有声有色，教师一般会搜集许多材

① 吉尔·梅：《媒介与儿童文学》，《语言艺术》1979 年第 4 期。

② 王一川：《论媒介在文学中的作用》，《广东社会科学》2003 年第 3 期。

料，制作出适合自己审美习惯和审美标准的多媒体课件，将作品中的情感和意境转换成了图、文、声并茂的视听文件，先入为主地把学生带进主讲教师的审美理想世界，而作为一种思维训练和美学修养熏陶的阅读原著的过程却被忽视了。人们阅读时的那种独处、沉静、特有的淳厚的美感愉悦，以及纸质文本通过装帧、排版、印刷，甚至插图所体现的出版者的心思、品位，都被声色震撼的感官冲击所取代，缺少了掩卷遐思、浮想联翩的回味，不再是“一千个读者心中有一千个哈姆雷特”，而是一万个观众心中只有一个林妹妹了。这种授课方式，从形式上看来，具有很强的现代化色彩，时尚而华丽，课堂信息量也大，教师教学手段也显得多样，但却使得学生成了为直奔目的地而赶路的匆匆过客。他们没有欣赏路边野花和风景的空闲，他们无暇也不需要展开丰富的想象并加上个人对故事的想象，只需要跟上画面的节奏与老师的思路即可。在我国这样一个崇尚教师、唯老师之命是听的教育体制下，这种“图文并茂”的多媒体教学方式运用到古代文学课程的教学中，其实在很大程度上扼制了学生的想象力，而想象力的缺乏必然导致创造力的缺乏，这对于审美个性尚未成熟的大学生们来说是非常不利的。

二　引领学生回归书本

在多媒体教学手段的运用中，教师可以通过视像媒介努力为学生们呈现文学原著的本来面目，同时也可以使许多书架上的文学作品被更多的学生读者所分享，的确有助于加强文学作品的生命力，扩大文学作品的影响面，使之在电子视像世界里找回在传统纸质阅读世界里失去的那部分读者。面对现代社会越来越快的生活节奏，很多人“没时间”读书。以网络为代表的新兴传播方式的兴起，使越来越多的新一代青年人越来越“不习惯”传统的阅读方式。他们读书更注重实用性，他们为考试、考级、考证、升学、求职而读书，那些需要静心品读的文学作品，特别是古代文学作品的阅读时间被大大压缩。他们普遍对古典文学作品兴趣不大，也没有时间和耐心静下心来阅读课程要求的作品，所以更多的学生希望教师播放相关的影视作品来代替纸质阅读。特别是对于一些规模宏大的长篇巨制，通过大众化的视像传媒，可以使那些不为学生们所熟悉的文学作品被更多的学生了解和分享，采用影视作品鉴赏的形式可以使学生在较短的时间内了解到大量的文学作品。但这种手段似乎更适用于普及性的文学课程，如全校性的公共选修课，教师可以充分利用新的大众传媒手段，结合电影、电视等美学知识，对学生进行文学知识及文学修养的提升。而对中文专业的学生来说，这种新媒介手段的使用则不宜过多。

古代文学课程的教学不只是文学史的知识传播，它更是民族文化与精神的传承。而这些文化与精神的传承，需要在大量的阅读中潜移默化。这是一个漫长的“润物细无声”的过程，不是几部声色震撼的影视作品就能完成的。读者只有在阅读原著的时候，在文字的启发之下，才能懂得作者塑造的特定环境下的特定人物的特定使命，才能真正理解作者的心情、心路和心结所在。所以建立在传统纸质媒体基础上的文学作品更强调读者对其中隐含意义的解读，更强调读者的想象力。因此，在古代文学的课程的教学中，教师更应该使用传统的教学方法，引导学生进行“深阅读”，让学生更多地将目光投射到书本当中，引导他们从优美的语言文字当中咀嚼、品味、联想与再创造，从自身的角度去感知作品、理解作者。阅读优秀的文学作品对学生想象力和创造力的培养有着重要的作用。尤其是古代文学作品，它们给读者留下了极大的审美再创造空间，能让他们在自己想象的世界里自由翱翔，丰富自己的生命体验和审美经验，最大限度地开发和释放自己的创造潜力。一个有品位、有深度的大学生，不能总是借助新鲜、便捷的传播媒介来批量接受文化知识，而应该阅读一些较专业的书。作为汉语言文学专业的大学生，更应该去阅读古典原著甚至更深奥一些的书籍。因为只有保持这样一个阅读阶层，才能使一个民族、一个国家、一个社会的阅读保持在一个较高的水准之上。

美国当代著名文学批评家希利斯·米勒说：“其他文艺形式会取代文学的位置，甚至可以说目前就正在逐步取代小说、诗歌和戏剧等传统意义上的文学，在普通老百姓的文化生活中，文学已经明显今不如昔。”2012 年 4 月 19 日中国新闻出版研究院组织实施的第九次全国国民阅读调查项目在北京公布的调查结果显示，传统媒介的阅读量与阅读率均有所下降，而手机阅读等数字化阅读方式增长迅猛。手机阅读人群以年轻人为主体，18—29 周岁人群所占比例最大。从这些数字来看，现在的青年人不是不阅读，而是重网络阅读，轻纸本阅读。随着阅读方式的多样化，青年人追求的是快速阅读和接收讯息的时效性，而这是数字化时代人们阅读方式的必然趋势。但“在电子书中得到的是讯息，而在纸质书中找到的才是读书的感觉。书香和人气的交融才是阅读的最佳境界”。这又是不少年轻人的阅读感受。

早在 1978 年，美国动画制作师吉恩·迪奇在西蒙斯学院的一次讲座时说过：“我们无力阻止视听大潮，但我们可以寄希望于引导这一潮流，从而使电信时代的媒介将孩子们领回书本中去，而不是远离书本。”所以，在古代文学的课堂上，我们应当在保证学生充分享受新媒介教学手段的同时，努力引导青年学生回归到纸质书本阅读当中，摆脱“浅阅读”造成的大众审美口味，提升他们的审美趣味和精神品格，形成自己的审美个性，在铺天盖地的新视听大潮中，保留一处阅读的最佳境界。

［许慧茹发表于《知识力量教育理论与教学研究》2012 年 10 月（下）］

中国古代文学的大众化问题

鲁迅先生指出，“文艺本应该并非只有少数的优秀者才能鉴赏”，“倘若说，作品愈高，知音愈少，那么，推论起来，谁也不懂的东西，就是世界上的绝作了”。① 这句话对于古代文学的研究和传播也是适用的。中国古代文学作为传统文化中最重要、最具活力的一个部分，深刻而生动地体现着中国文化的基本精神，其在现代文化建设中的作用不言而喻。当前国学热虽然持续升温，但是古代文学受众范围比较有限，多数时候还是被束之高阁。这是影响其繁荣发展及文化建设功能发挥的最大绊脚石。而近年来学术界有些学者开始关注古代文学研究的当代性问题及学术普及工作，这些只是古代文学大众化问题上的一部分，对整个古代文学的大众化问题关注者甚少，存在缺失。因此，古代文学的大众化问题应该是古代文学教研的出发点和目的地所在。

古代文学虽然离我们时代久远，但并不意味着它就应该是枯燥无味的、曲高和寡的。古代文学的大众化是通过古代文学的研究、传承、传播使大众文化植根于民族传统文化的土壤之中，提高大众文化品位。

一　表面的繁荣与内里的冷寂

当前国学热持续升温，古代文学呈现出了繁荣的一面：越来越多的

① 西北师范学院中文系文艺理论教研室编：《简明文学知识辞典》，甘肃人民出版社1985年版，第6页；《文艺的大众化》，见《鲁迅全集》第六册《集外集拾遗》，人民文学出版社1981年版，第349页。

中小学开设国学启蒙课程，很多大学设立了国学班或国学研究院，北大、清华、复旦、人大等高校也曾开办针对企业管理者的国学班，全国几乎所有高等学校都开设了“大学语文”的必修课或选修课，众多“大学语文”课本中古代文学内容比重极大；古代文学教研和科研文章日增，研究角度、方法日益翻新，几乎到了“四海无良田的境地”；[①]一些研究者开始关注古代文学研究的当下问题，如俞香顺在《中国荷花审美文化研究》中提到“从文学与文化角度研究中国花卉也体现了古典文学研究的开放意识和当代意识”，“其研究的原动力或者说是归宿点都是为了提升当前勃兴的‘花卉热’内涵，为了提高人民群众的审美品位，从习焉不察的花卉中去了解中华民族悠久深厚的文化传统，从而增强爱国信念和民族自信心”。[②]一些古代文学及文化研究者也由象牙塔默默无闻的教授走向公众成为学术明星，引起了学界和普通大众对于学术大众化、学者偶像化的纷争。电视、广播、报刊等大众传媒大量开设古代文学与文化讲座或讨论版块，受到大众的广泛欢迎和积极参与，如百家讲坛；各种形式的解读经典、改写经典成为时尚，解读、改写经典的图书也尤为畅销，如《人生若只如初见》自上市伊始，便进入卓越网图书排行榜前十名，于丹《〈论语〉心得》签售会后一个月内销量突破100万册；很多优秀古代文学作品被拍摄成影视剧（如电影《孔子》《赵氏孤儿》等）且收视率一路攀升。这都使我们欣喜地看到社会大众对古代文学热情的高涨，古代文化经典也在逐渐走向人民大众。

但审视一下我国当前大众的阅读现状，中国古代文学正面临着前所未有的困境。据调查，“读过四大名著的大学生仅为5%，即便在中文专业的大学生里，这个比例也少得可怜”，[③]更别说在普通大众中的比例了。书店里多数古代文学类书籍问津者甚少。如果大众了解古代文学多数靠讲座、影视剧、课堂讲授，缺少主动的原汁原味的文本阅读、品读，人民大众无疑只会徘徊在古代文学和文化的边缘，难以体味其精

---

① 胡明：《为最近三十年的中国古代文学研究立块碑石》，《文学遗产》2008年第1期。

② 俞香顺：《中国荷花审美文化研究》，巴蜀书社2005年版，第3—4页。

③ 李斌：《大学生文学经典的阅读现状及教学对策》，《黑河学刊》2009年第11期。

髓。而目前媒体对古代文学、文化的传播、包装、炒作明显存在这样那样的偏差，受众也经常是一笑而过，并没有对精神起多大影响。大学语文课程也遭遇了前所未有的压力和尴尬局面，[①] 古代文学课程也好不了多少。文本阅读不足容易使文学鉴赏走向低俗化和物质化，是影响古代文学传播质量的关键，成为国学热的硬伤。这注定目前的国学热只能是表面上的，隔靴搔痒式的。这些与当前急功近利的浮躁风气和人民大众物质化、功利化的生活态度，以及科技的发展，文化信息传播渠道的日益增多，书籍、报刊、电视、广播、电子网络等传媒手段令人应接不暇，文化消费呈现出前所未有的丰富多彩有关；与古代文学自身先天阅读障碍（社会文化背景、字音、词义等）有关；与学术界急功近利的浮躁风气存在，与学术抄袭剽窃和模仿翻新等问题比较严重，学术文章的论述空洞、乏味，真正创新性、价值高、实用性强的研究成果少有关。可见，当前古代文学的大众化主要停留在表层，普通大众与真实的古代文学还有较大距离，大众对很多文学现象、作家、作品知之甚少，或者知其然而不知其所以然，或者存在较大的理解偏差。

二 推进古代文学走向大众

古代文学的大众化道路涉及面广且漫长。“古代文学研究成果由研究者到普通受众一般要经历一个较长过程。当研究者通过精心挖掘和论证而产生成果之后，首先要得到同行专家学者的认同，在学术圈内产生影响……其次，众多学者结合自身体会将含有该项研究成果的各种学术形式（作品注释、研究论文、专著等）广播于众……此外将这些研究成果渗透到一般大众所喜闻乐见的通俗文化形式当中，并借助各种传媒在社会上广泛传播又是一个环节。”[②] 根据古代文学研究成果由研究者到普通大众的过程，结合古代文学及其研究走向大众化过程中的成果和问题，笔者以为以下方面值得注意：

---

① 王步高、张申平、杨小晶：《我国大学母语教育现状——三年来对全国近300所高校“大学语文”开设情况的调查报告》，《中国大学教学》2007年第3期。

② 王长华、杜志勇：《也谈中国古代文学研究的当下关怀》，《江西师范大学学报》2008年第10期。

1. 从古代文学自身讲，无论是教学还是研究甚至整个传播过程都要注重实用性、通俗性、人文性和审美性，不断提升自身吸引力

首先，要注重挖掘古代文学的当下意义。“中国古代文学研究，同样要考虑当下实际意义。古代文学的意义和内涵不是某一个人或某一个流派依据主观意志所规定的，而是结合具体的时代精神，不断注入新解。”① 詹福瑞同时强调古代文学研究必须关注现实人生，他指出：“现实人生永远是文学研究的出发点和归宿点，古代文学研究也不例外。”② 那么古代文学中有没有对今天依然特别有价值的东西呢？赵逵夫的《继承优秀文学遗产弘扬伟大民族精神》、李文英的《中国古代文学研究的现代意义阐释》等文章中有详细阐述。归纳起来，主要表现在：一是古代文学及其研究能为现代社会所倡导的社会准则、道德风尚、文化热点等追本溯源，丰富发展其内涵；二是中国文学重人伦、重礼仪、讲“家国同构”、“天人合一”以及其突出的抒情特色可以增进父子、夫妻、兄弟、师徒、朋友等关系，是医治现代社会人情冷漠的一剂温补的汤药，如《论语》对于今人处理人际关系、人生价值观架构就有重要启发；三是古代有大量描写自然，体现作者对生活环境深切关注，对大自然热爱的诗歌与散文，不管是在思想内容上还是表现手法上都体现了“天人合一”的特征，这从思想精神方面来说是对现代经济社会发展与环境破坏严重矛盾的一种呼救；四是古代文学中有大量表现作者闲情逸致、坦荡胸襟的作品，可以涤荡现代人浮躁不安的心灵，成为现代人舒缓压力、心灵安宁的一副安神剂，为现代生活构建一片心灵净土；五是学习中国古代文学是深入了解中国传统文化的重要途径，可以使人端视自我心智，是提高人民群众的审美品位、提高人生修养的一种途径。作为学者或教师能够深刻认识、挖掘古代文学的当代现实意义，并推进古代文学与现代社会生活结合，这样古代文学作品在每代人心中是常新，在每个研究者笔下也是常新的，对每个读者也都是有吸引力、有实际意义的。

---

① 李文英：《中国古代文学研究的现代意义阐释》，《商丘师范学院学报》2011 年第 2 期。

② 詹福瑞：《中国古代文学研究的边缘化问题》，《文学评论》2001 年第 6 期。

其次，古代文学教研和科研需要注入人文关怀和审美体验，从而在提高人生境界、丰富情感上发挥难以替代的作用。古代文学及其研究成果本不应该是枯燥的、难懂的，甚至曲高和寡的，因为文学本身就是需要心灵沟通、情感体验与人生感悟的。古代文学有时候就是一座曾经无比繁荣的古城，教学和研究的过程就是在探索、解密，研究者和教师需要在如何抓住观众好奇心理、如何倾注情感上下功夫。很多当代学者会有这样的共鸣，很多研究者（如叶嘉莹、顾随等），都是带着浓厚的学术情感、文化情感开展教学和研究的，而今天还有多少学者是带着情感进行教学和研究并体现这种情感和担当的呢。情感重要，因为它是决定教学和研究是否有血有肉，是否活生生的关键。这样的教学或成果也是通俗而不低俗的。通俗的背后往往需要有研究者艰辛而高深的学术支持。所以，在古代文学的传播过程中如何通俗的同时又不低俗值得我们深思。

再次，可以多编著一些通俗的古代文学知识读物，多写一些普及性文章，新编选一些适合当下的总集、别集，使古文底子、社会文化背景隔阂不再成为读者阅读的障碍。文学研究者应该担负起将经典通俗化、生动化的重任。20 世纪 80 年代，上海古籍出版社出版了由当时的古代文学各个领域里的著名学者撰写的一套普及古代文学知识的读物——《中国古代文学基本知识丛书》。叶嘉莹先生也曾萌生过普及古代诗词的愿望并身体力行，2007 年中华书局和北京出版社推出了根据她上课或演讲而整理的录音稿，主要是面向社会大众的普及读本，包括《唐宋词十七讲》等。2013 年首届“诗词中国”传统诗词创作大赛上中华书局出版了《诗词写作常识》《诗词格律》《怎样赏诗》等“诗词中国”普及读物。这些书籍对于普及古代文学知识起到了很重要的作用，但是总量少，宣传力度不够，受众范围有限。比如，我们至今背诵经典唐诗依然沿用清人孙洙（蘅塘退士）辑选的《唐诗三百首》，两百多年过去了，它是否还适合当下审美需要值得我们怀疑。结合当下编选新的《唐诗三百首》及其他总集、别集也是极有必要的。另外，学术普及意识在整个社会还没有引起足够的重视，部分学者也不屑为此事。所以，学者们躬下身来，有意识的以老百姓喜闻乐见的形式、喜欢的语言多编写一些古代文学通俗读物、多结合时代发展编选一些集子是非常有意义的。

2. 从受众方面看，要培养与引导并重，要处理好普及与提高的关系

要“培养成熟的受众群体”。① 受众的文化和文学选择能力高低直接影响古代文学传播质量。历史上的文学大众化问题，一方面繁荣了文学的发展，另一方面也隐藏了对文学发展带来的致命伤害，主要表现在降低文学审美水平和质量上。为避免或缩小这种伤害，培养高素质的受众群体，加大对大众阅读的引导尤为重要。学校教育应该更加重视对学生的文言文阅读训练和古代优秀文学作品的学习，承担起培养成熟受众的重任。研究者或教育部门可以有意识地做些阅读引导工作。1997 年北京大学哲学系举办了读书文化节活动，主要目的是倡导读书风气、指导读书门径，由此产生了季羡林、张岱年等国内 54 位著名学者联合推荐的《人文经典应读选读书目》。10 年后，王荣奎据此编著了《你在读什么：54 位名家推荐的人文经典》。② 可是这样的工作还远远不够。各个层面有意识地进行传统文化、古代文学的宣传也很有必要，如在各种宣传品上印古代诗词名句、经典名篇名句，在城市街道旁印刷图文并茂的古代文学名篇。

3. 充分利用现代媒体，使古代文学走出学术圈，走向社会大众

现代网络、传媒高速发展，深刻地影响着人们生活的方方面面。尽管目前其对古代文学的影响不如其他领域多，但是也会带来一些负面影响，在古代文学大众化的道路上我们不能采取无视或回避的态度。在评议百家讲坛时有人说“高雅文化与现代电视媒体联姻，便找到了一种覆盖面最广和受众人数最多的现代传播的载体”。古代文学文本及其研究中的艰难晦涩往往给其广泛传播带来困难，而电视作为大众传播媒介中受众面最广，观众平均教育水平相对较低的大众化传播媒介，恰可以弥补文字传播的不足。电视、电脑等媒介集图像、声音、文字等多种艺术手段为一体，具有很强的包容性，能把高雅文化中用语言塑造的间接形象转换为直观的视觉形象，能用通俗生动的方式消除文字那种需要通过接受教育才能理解的间接性，使观众容易接受，因而能扩大传播的广

① 杜素娟：《试论当下文学的大众化与商业化》，《创作研究》2008 年第 6 期。

② 王荣奎：《你在读什么：54 位名家推荐的人文经典》，京华出版社 2007 年版。

度。在这样一种现实趋势下，以高雅文化为内核的经典文学文化借助现代传媒引起了人们的关注和兴趣，也就实现了高雅文化的大众传播。在网络化的今天，如何进一步扩大古代文学与现代媒体的结合度值得我们思索。

吟诵、歌唱、说唱、讲唱、演唱等是古代文学较为常见的传播方式。当前"唱"在古代文学的传播中依然有现实意义，《一剪梅》《虞美人》《雨霖铃》等被谱成曲后，其传唱之广泛几乎到了无人不知、无人不唱的程度，通过传唱大众既娱乐了身心，又获得了古诗词意蕴美之熏陶。今天，我们也不妨借鉴历史经验，重新为诗词谱曲，以古代小说等文学作品为基础编写剧本、歌词。

很多古代文学、文化、历史题材影视剧及解读经典的讲座备受欢迎的同时批评声也不断，认为他们使经典走向娱乐，他们的解读、拍摄存在很多硬伤，是对经典的玷污，是在媚俗。但不可否认，在普及和适应的过程中，以娱乐的方式在现代传媒中生存，这是现代传媒高速发展的必然。古代文学不能因为时间久远而无视或回避现代科技的高速发展，这个问题上笔者认为可以实行鲁迅先生的"拿来主义"。只不过传播者一定要在如何保持原滋味和艺术水准上多下功夫。研究者在学术走向公众的浪潮中，也应该保持研究的独立、沉静，要恬淡地面对喧嚣的社会，以保持研究本身的独立和纯净，为后续传播工作提供更准确更权威的研究信息和信息资源。

综上所述，当前古代文学表面的风光热潮与深层的曲高和寡之间存在巨大落差，在文化建设大潮中，无论是教师还是研究者都应该增强学术普及意识，注重教学和科研的实用性、通俗性、人文性和审美性，不断提升古代文学的吸引力。在保持研究和传播水准的同时，培养成熟的受众，加大阅读引导力度，寻求更多与现实生活、与普通大众、与现代传媒接洽的渠道，担当起古代文学研究者传播优秀传统文化，繁荣现代文化建设的重任，不断提升大众文化品位。

（韩芳）

第二部分

史　　论

关于中国古代文学史分期的思考

史的编写，往往不纯然是材料的打捞与描述，著者才、胆、识、力的综合考验之外，尚有太多无法形于文字的思考和感受。① 目下新兴学科、新兴研究方法、新的思想和观点不断涌现，碰撞交汇。在中国古代文学这片园地里，冷静地审视自身的教学实际需要，思考如何将这些新变和知识贯穿到本专业的研究和教学，以不变应万变，显得特别重要。就本学科而言，这个“不变”，即包括了关于我国古代文学发展史如何分期的问题。视角不同，应需各异，加上难免歧变的学术观点和研究方法，学界关于怎样分期，自来出现了这样那样的差异。这是正常的，也是应该允许的，而且可以预见，将来的很长时间，这种差异还会继续下去。然而既有着同一的观照客体——中国古代文学，那么我们所谓此分彼分，也不过“百家腾跃，终入环内”（见于《文心雕龙·宗经》）而已。

我们首先要面对的是一个再平常不过的问题：文学史为什么一定要分期？尤其是当下越来越重视“人的本身”，提倡整体视域，高呼“大文学史观”的语境里，我们分期的主张是否有些“逆流”的意味？这不能不令人时时陷入沉重而认真的思考。的确，中国古代文学自身的特殊性、复杂性和微妙性似乎在不断昭示着她本应作完璧观，而反衬出人为操刀分期的荒诞。学界的这种呼声有它的深刻性和正当处。显然，我

① 葛兆光：《中国思想史》，复旦大学出版社 2004 年版。该书“导论”部分多处谈到此种感受，还有很多著史时的追求、超越和遗憾，其中很多内容值得我们在编写文学史的过程中思考和借鉴。

们也可以选择趋时。但另一个问题马上就会冲淡我们刚刚获得的释然：主张对中国古代文学作整体观照而不予强制分期，这是更加尊重古代文学、回归文学本身的结果，当然是一种文学史观的进步。然而就当下国民教育的实际、提升民族文化修养的大背景下，不得不说，上述对于文学本身的回归，却在一定程度上同时成为对普通受众群体的疏离。这个"普通受众"，除了一般对中国古代文学的爱好者、品读者，还可以包括大量就读普通高校的大学生。大家在多少程度上能真正理解和接受不经分期的大文学史，并在此基础上建构起相应的知识谱系，恐怕还是一个需要长期研讨和试验的课题。而中国古代文学本身确曾有的"一代有一代文学之胜"的现象，加上现行的大学教育体制，诸如汉语言文学专业本科阶段"中国古代文学史"课程的分学年、分学期授课，硕士、博士研究生阶段中国古代文学专业分方向、分阶段招生和学习等，迫使我们不得不静下心来思考：也许，在当下语境，对中国古代文学进行分期观照仍不失为一种明智之举，至少，也可算是实事求是。

其实，只要略加检讨自南朝以来的历代文学理论著作，就不难发现，对文学发展的历史划出阶段，分期研究，这是一种老方法、老眼光，这种自觉早在我国古代较早成熟起来的一批文艺理论家那里就已然开始了。我们所熟知的刘勰《文心雕龙》、钟嵘《诗品》、萧统《文选·序》、沈约《宋书·谢灵运传论》等无不如此，并在此后接续为一种传统，绵延不衰，直至近世①。这是有其合理性的，也是为中国古代文学发展史本身的特点所决定的。

但是，马上就有另一个问题浮现：究竟如何分期，才能更接近中国古代文学发展历史的真实，才能让人们在把握古代文学源流态势的同时，不致得到一个支离破碎、似乎几经折断再加以焊接的文学史印象？大致说来，20世纪80年代以前的文学史著作提出的分期法主要有三种意见：或按社会形态分，如谭丕谟的《中国文学史纲》即依奴隶制时代、地方分权的封建时代、中央集权的封建制创始时代、中央集权的封建制衰弱时代四个阶段分为四期；或按大尺度的历史时期分段，如郑振

---

① 这在历代各类诗话、文话，以及历代正史当中的《文苑传》《文学传》中体现最真，毋庸赘述。

铎《插图本中国文学史》（以下简称郑《史》）最初便是以古代（远古到西晋）、中世（东晋到明中叶）、近代（明嘉靖到五四运动）、现代（五四运动以后）的模式将文学史分期的，1958 年又在此基础上发展为上古、中代、中世、近代和现代五个时期；或按照王朝政治史的起讫分段，如曾毅和谢无量均以上古（唐虞、三代至秦）、中古（两汉至隋）、近古（唐至明）、近世（清）划分中国文学的时段。如果说这还大体沿袭郑《史》，那么 1963 年出版的游国恩等主编的《中国文学史》（以下简称游《史》），则将王朝政治史分期法进行到一个更细化、更分明的地步，分作“上古至战国的文学”“秦汉文学”“魏晋南北朝文学”“隋唐五代文学”“宋代文学”“元代文学”“明代文学”“清初至清中叶的文学”等阶段。

上述三种分期模式，以最末一种最见简便实用，易于操作。某种程度上，它实际是默认了王国维所谓“凡一代有一代之文学，楚之骚，汉之赋，六代之骈语，唐之诗，宋之词，元之曲，皆所谓一代之文学，而后世莫能继焉者”（见于王国维《宋元戏曲史》）的说法并以之作为前提的。但更值得强调的是，以游《史》以及比它早一年出版的中国社科院文研所中国文学史编写组编写的《中国文学史》，在那样一个特定时期，非常有利于当时和此后“中国文学史”的学科建设，建立起了一种也许不算完全合理但却十分“耐用”的文学史体系，尤以游《史》后出转精，影响广远，多年作为国内高校“中国文学史”课程的标准教材，确立了其崇高的学术价值。此后郭预衡主编的《中国古代文学史》除了内容和体例的增减变动，在史的流变与分期上基本沿用了游《史》模式，依然按“先秦”“秦汉”“魏晋南北朝”等阶段划分。而差不多同期出版的由中国社科院文研所总纂的“中国文学通史系列”，名为“通史”，实际是多卷本著作，“按时代分为十种十四册”。这“十种”当中，除了将魏晋南北朝文学细化为《魏晋文学史》和《南北朝文学史》，每一册都以王朝的始终为起讫，一概未脱游《史》划定的分期阶段。从《先秦文学史》《秦汉文学史》直到《近代文学史》的煌煌 14 册内容，以断代史的面貌，更加明白地昭示和坐实了文学史王朝分期的自然和合理。

这种大体以王朝政治史的始末来划分文学发展阶段的眼光似已沉淀

为一种共识，也早已习惯性地成为我们多年执教《中国古代文学史》及相关课程的所执之辔。然而颇显尴尬的是它从一开始就受到过质疑和批评。郑振铎在给翟理士所著《中国文学史》的评论中就说该书的王朝分期框架导致“不能详述文学潮流的起讫”①；钱钟书也反对文学史按政治朝代分期，认为这种做法“有如框格”，文学发展并“不必尽与朝政国事之治乱盛衰吻合”②。其实即使在文学史编著者本身，也清醒地认识到这种分期的不足和无奈，正如游《史》一书的“说明”里所陈述的：“尽管以主要封建王朝作为分期标志，不是严格的科学划分，但它也有助于我们掌握我国文学的发展，我们还是采取了这种办法。”③所以自来就有关于文学史分期的许多不同的声音。讨论之热烈，早年有曹道衡先生著专文论及，后来罗宗强、宁宗一、郭英德、王齐洲、钱志熙、刘毓庆、戴燕、何锡章、佴荣本等人也都有相关论述。④ 观点虽不尽相同，但仍可从中窥得一些共通的精神和指向，那就是多数主张文学史分期的学者认为，按王朝的起讫划分文学阶段的做法不符合文学发展的历史实际。文学史的分期应尽量贴近文学本身，应综合参照不同的体系建构立体的、丰满的文学史。

实际自20世纪90年代，文学史的编写者已经开始为打破王朝政治的分期方式进行了许多尝试。如袁行霈主编的《中国文学史》采用

---

① 郑振铎：《中国文学论集》（下），开明书店1934年版。

② 钱钟书：《谈艺录》，中华书局1984年版，第313页。

③ 游国恩等主编：《中国文学史·说明》，人民文学出版社1963年版。

④ 曹道衡：《试论中国文学史的分期问题》，《文学评论》1960年第3期；刘毓庆：《中国文学史分期刍议——兼论文学史的编写》，《中州学刊》1987年第5期；廖文：《文学史的分期应突破旧史王朝体系的局限》，《聊城大学学报》1988年第7期；戴燕：《怎样写中国文学史——本世纪初文学史学的一个回顾》，《文学遗产》1997年第1期；熊笃：《中国文学史分期构架刍议》，《重庆师范大学学报》1991年第10期；王齐洲：《观念转换：中国古代文学研究的世纪话题》，《华中师范大学学报》1998年第5期；宁宗一：《二十世纪中国文学史研究与中国社会》，《复旦学报》2000年第4期；钱志熙：《中国古代的文学史构建及其特点》，《文学遗产》2003年第6期；佴荣本：《论文学史的分期》，《江苏社会科学》2003年第3期；郭英德：《关于中国古代文学史写作的思考》，《陕西师范大学学报》2005年第3期；何锡章：《文学史分期与价值立场》，《南京大学学报》2005年第6期；李翰：《论文学史编纂体例之“通”“变”》，《广西师范大学学报》2007年第2期。（专著部分）戴燕《文学史的权力》，北京大学出版社2002年版；陈伯海：《中国文学史之宏观》，中国社会科学出版社1995年版；郭英德等：《中国古典文学研究史》，中华书局1995年版；董乃斌、陈伯海、刘扬忠等：《中国文学史学史》，河北人民出版社2003年版。

“三古七段双视角”，章培恒、骆玉明主编的《中国文学史（新著）》的人性化视角等。袁行霈先生曾自述他的“三古七段的分期和现在通行的分期法相比，一个重大变化就是打破朝代的局限，完全从文学本身出发，以文学本身的发展阶段作为文学史分期的根据”①。章培恒先生等也声称要围绕人性发展的历史来写作。从客观效果上看，文学大的流变在他们的著作中的确显得比以往清晰了许多。但具体到每一章，这些文学史著作还是不得不以朝代作为叙述单元，行文时的线索脉络仍难摆脱王朝政治这一叙述坐标。而时序上也几乎毫无例外地从先秦文学起源讲起，以作家作品的轻重次第品流的描述作横断。观念上的革新与实际操作中的落实显然有一定差距。②

应该说，先贤时彦的所有这些观点都有其独到之处和一定的合理性，都是深入思考和体会的理念闪现，其中的每种见解都应得到足够的重视和尊重。因为这本来就是一个无法用某一“权威”的条律来框定和统一的问题，仁智之辩在所难免。其实，当下千百成堆的文学史著作所存在的争议，甚至可以说缺陷又何止“分期”一点？举个很平常的例子，我们经常提到一句口号：“文学是人学”，并不乏学者以此作为令箭直指文学史分期问题，似乎一下子击中了“分期说”的软肋。可是目下又有几部文学史著作真正反映出这一命题的深刻内涵？换句话说，有几部文学史真正是以“人学”的本质揭示作为最终旨归呢？的确，“文学”也许可以说成是“人学”，但“人学”却远远不是一个“文”字所能参透和涵盖的。即使不从“人学”的全视角着眼，单单聚焦于与文学密切相关的“人学”元素，比如有关人类生活、情感的各种艺术（尤其是音乐、舞蹈、书法、绘画、雕塑、陶器、建筑等），它们与文学的离合、渗透，相辅相成，相互辉映，便是中国古代文学的一大特色所在，这是由汉语言及汉字的一些本质特征决定的。其中有些因素（比如音乐），在某些特定的历史条件下甚至能左右和规定文学的走向。然而它们何尝在眼下的各类文学史著作中得到过应有的分量？不，

① 袁行霈：《守正出新及其他——关于中国文学史的编写与教学》，《中国大学教学》1999年第6期。

② 方丽萍：《贞元的价值及意义——兼及对古代文学史分期的思考》一文，《江西师范大学学报》（哲社版）2009年第2期。

它们往往被边缘化甚至被忽略了。相反，学界很多有关这方面的真知灼见只是散见于各类期刊以及一些论著中。什么时候，这些沧海明珠才能堂而皇之地纳入以反映和还原古代文学本来面目为己任的文学史著作中呢？

基于种种这样的疑问，也基于某种使命和期望，我们不懈地进行着也许微末但希望并非徒劳的一次次探求，并且还将继续下去。

在此，我们从中国古代文学的实际发展特征出发，考虑到一般受众的需求，并结合自身的教学实际，依然采用王朝政治史的分期方法，但避免过于琐细，将文学史划分为先秦文学、两汉魏晋南北朝文学、唐宋文学、元明清文学四个阶段。

所以作这样的处理，首先是因为中国古代文学确曾表现出“一代有一代文学之胜”的特点，这是共识，也已经成为一种常识。中国历史上每一次朝代变革和更替，都必然伴随着一系列重大变化，其中就包括意识形态——有个人的，也有社会的。这又必然对文学产生影响，司马相如、司马迁、曹氏父子、陈子昂等都可视为这方面的典型个案。而在同一朝代，某种文体的“与世浮沉”对我们也已司空见惯，比如汉赋，又比如唐诗。因此，朝代分期的未可遽废，不仅仅是由于易于操作，其中还是有些深层的合理内核存在。而对于非有专力深入研究功底的一般读者——包括大多数高校在校本科学生，文学史的朝代分期也是他们早期教育中业已接受、巩固并易于再次深化、吸收的模式。最后，统共两学年（计四个学期）的古代文学史课程安排，也是我们进行这样分期的一个重要出发点。

（李成林）

先秦文学史教学论

先秦是中国文化的发轫期，也是中国文学的初创期，它在多方面奠定了中国文学的基础。但先秦文学并非纯文学，有人称之为“杂文学时代”。我们今天所说的先秦文学中的许多作品，除《诗经》和《楚辞》外，本身都不是文学作品。严格意义上讲，即便是《诗经》《楚辞》也并非完全意义上的文学。因为其创作意图、传播目的以及对其价值的确认，并不都是文学意义上的。《诗经》虽然在春秋时代已经成为重要典籍，但人们并不把它当作文学作品看，而是重视其礼仪和人伦教化方面的作用。在后来的传播中，其地位越来越高，但离作品本来的文学意义却越来越远。《楚辞》是先秦最富文采的作品，可以见出作者对文学效果的有意追求，但就其创作目的看，政治因素、宗教目的恐怕要高于艺术意图。就连作者的社会身份都还是政治家，而不是文学家，虽然屈原是以中国文学史上第一位伟大诗人而名世的。这些都说明，先秦还只是文学的自发时代，文学还依附于文化大母体中，尚未独立，文学的价值自然不会受到重视。鉴于这样的独特性，先秦文学史的教学，既要遵循文学史教学的普遍规律，也应凸显其与其它史段不同的教学特点。

一　以文学为本位对先秦文学作“整体叙述”

中国文学史作为一门学科，自诞生之日起，对它的书写、描述以及评价，就因各派理解的不同而面目各异。但大致而言，基本遵循着文学本位、史学思维的研究思路和叙述模式，这是文学史的书写与研究必然秉承的两个基本原则。文学史教学，显然也不能避开这两个基本原则，即使是先秦，具有“文学依附于文化大母体”这样独特性的史段，其叙述的思路与模式也概莫能外。

我们知道，所谓“文学史”是由三方面构成的，本来存在的文学史事实、主观认识的文学史以及叙述文学史的话语和文本。而文学史的叙述是以对文学史的理解为基本前提的，但历来文学史家对文学史的理解各不相同。对于教学而言，首先面临的就是对文学史叙述文本的选择问题。也就是说，选择了什么样的文学史叙述文本，就等于默认了此文本对文学史的理解。因而从某种意义说，文学史叙述文本的选择，决定着文学史教学的品质。但无论选择什么样的叙述文本，教学活动中都应该有基本遵循的叙述原则。我们这里强调“文学本位”和“整体叙述”，是基于这样的认识：首先，“文学本位”是文学史叙述应该遵循的最基本原则。文学史是文学的历史，文学史叙述的主体自然是描述文学本身演进的历程，这是不言而喻的。至于文学史的叙述对象，历来文学史建构中，大致有三种，即社会性的文学风貌、主体性的作家心态和话语性的文学作品[①]，它们相互关联又相互区别。三者中文学作品是其核心，没有作品就没有文学，更没有文学史。换句话说，文学史教学的核心内容就是阐释文学作品的演变历程。其次，选择一个叙述文本就等于选择了一套叙述系统，我们的教学叙述就基本框定在一个前后统一的叙述系统中。例如，选择袁行霈的《中国文学史》，就是选择了一个打破朝代分期的“三古七段”的叙述系统，与传统的按朝代分期的叙述系统是不同的。再次，立足于整个中国文学系统的大视野，宏观梳理中国文学发展演变的轨迹，把各阶段文学发展的特点整合到整个文学体系中，使之理论化、系统化。尽管中国文学的发展有着很明显的阶段性特点，但各阶段之间承转流变的内在理路也是明确而显见的。我们在教学中应该追求那种在各文学史段与整个文学史之间彼此照应、轻松转换、点面结合的能力，既能集中强化阶段性特色，又能宏观把握总体性特点和规律，不断在阶段性教学中频频观照整体性特征，从而高屋建瓴地驾驭整个教学活动。当然，我们这里所谓的“整体叙述”，是指历来习见的“文学史叙述”的“大传统”模式，而不包括文学史研究应有的对“小

① 郭英德、过常宝：《中国文学史·绪论》，四川大学出版社2003年版。

传统”的关注①。

我们之所以强调在文学大传统中对先秦文学作“整体叙述”，是因为先秦时期，文化呈现出一种综合的形态，即文史哲不分、诗乐舞结合。这种不同功用或不同艺术形式杂糅的特性，显示了早期文学创作所经历的不自觉过程。但这样的独特性，很有可能让我们过度用力于文化和其它艺术形式的研究与描述，而偏离甚至忽略文学本位的原则，这是我们以往在研究和教学中曾经出现过的。例如，对先秦诸子散文的文学研究一直以来相对薄弱。这也许是因为先秦诸子在思想文化上的巨大价值，使得我们望而生畏而不知如何从文学的角度把握吧。但细细考察陷入这种尴尬的原因，更主要的还是没有以历史存在的观念去看待先秦散文。也就是说，我们不能忽视先秦散文“文史哲不分”的历史存在状态。这种历史性原则要求我们不能以把握果实的方式来把握种子、芽和花，不能以把握近现代散文甚至唐宋明清散文的方式来把握先秦散文。我们要善于在这种“历史存在状态”中把握其文学品质，建构其文学视野，毕竟文学史是文学的历史，文学史的叙述对象自然要以文学为本位。“整体叙述”就是强调先秦文学史教学中应采用的文学本位、史学思维的讲述模式，以及与整个中国文学大传统相勾连的一种宏观叙事。也就是说，虽然先秦文学并非纯文学，但我们要善于在中国文学的宏观视野中充分认识那些历史著作、哲学著作等“非文学”之所以纳入文学视野的审美价值及其文学意义所在。而这样的“纳入”是基于这样的基本认识的：在文学与非文学的界定上，我们要根据文学发展的不同时代特点设定不同的判断尺度，先秦、两汉尺度可以适当放宽，因为这个时段的文史哲还没有分家，但不论纯文学、杂文学乃至非文学，对后世影响都很大，文学史不能不讲；魏晋以降，文学的概念日益明确，要求可以稍严，文学的范围宜逐渐精确。由粗到精，由界限不严到逐渐清

① 现在通行的文学史，主要陈述基本的系统化的文学史知识，感受古代文学的意境情趣等，这当然是必要的，或许也应该是主流的。但一个民族文学的产生和发展的因素真的那么简单吗？真的如我们在文学史中所描述的那样是静态的、整齐划一的文学史链吗？我们除了关注对文学大传统的“整体叙述”外，是否也应注意对小传统作细致考察呢？如近来有许多学者试图挑战以往文学史的书写和描述模式，从“文学生态学”和“文学功能学”的视角对文学史作动态描述，这必然会涉及很多文学的小传统，其中未必会有什么规律，也许还有可能是偶发现象，但这样的探求对文学研究的深入与多元定是大有裨益的。

楚，这本来也是符合文学形式发展的规律的。①

先秦时期，虽然文学尚未从文化中独立出来，但这个时期所确立的文化精神以及奠定的文学基础，对后世文学所产生的深远影响，所昭示出的强大生命力，都是不可估量的。所以，把先秦文学纳入整个中国大的文学传统中进行解读，强化其文学价值，而不是其文化大背景，是“整体叙述”的关键。例如，强化先秦文学对中国文学在多方面所奠定的基础：（1）中国文学的各种体裁几乎都孕育于这个时期。散文可以追溯到甲骨卜辞；诗歌可以追溯到《诗经》、《楚辞》；小说可以追溯到神话传说、《左传》、《史记》等历史散文，以及诸子散文中的寓言故事；辞赋可以追溯到《楚辞》，骈文中对偶的修辞手法，在这个时期也已出现；就连戏曲的因素在《九歌》中也已有了萌芽。（2）中国文学的思想基础也是孕育于这个时期。特别是儒道两家的思想影响着此后几千年作家的世界观、人生观和价值观。（3）中国古典文论以儒道两家为主，儒家注重文学的社会功能，道家注重文学的审美价值，这在先秦时期业已形成，诸如“诗言志”“法自然”“思无邪”“温柔敦厚”等这些影响着整个中国文学的一些观念，都是在这个时期提出来的。② 另外，中国文学的基本精神也是在这个时期确立的。先秦文学给后世文学的内容也作出了基本规定，如要遵循“风雅传统”“春秋之义”，要“为道言文”等，这些中国的文学精神，千百年来对中国文学发挥着主导性影响。因此，即便先秦还不是文学的自觉时期，但中国文学的基本因素却已经奠定，这些都为汉魏六朝文学意识的发生，以及文学自觉时代的到来蓄足了气势。正如刘勰在《文心雕龙》中所言，要了解中国人“为文之用心”，首先就要“原道”“征圣”“宗经”，然后再“辨骚”“正纬”，这才是“法度之本原”，“为文之极轨”。先秦文学对后世文学的影响和经典意义，正是通过对传统的延续得以实现的。

对先秦文学作“整体叙述”，“文学本位”是其基本原则，但也不能忽略“史学思维”，因为文学史除了文学属性外，又属于史学范畴，所以，文学史的叙述自然也要强调宏观把握和历史脉络的梳理，在教学

① 谭家健：《中国古代散文史稿·导论》，重庆出版社2006年版，第10页。

② 袁行霈：《中国文学史·总绪论》，高等教育出版社2005年版，第13页。

中做到全史在胸，纵论古今，梳理出文学史的发展轨迹和之所以形成某种文学特性的内在脉络。先秦文学的教学也自然不能例外，紧紧围绕先秦文学的创作及其自身特性，来阐述其发展的历程，关注其之所以成为文学并具有艺术感染力的特点及其审美价值。尤其对那些核心意义非文学的作品，如何将其纳入整个中国文学的宏观视野作整体叙述，是先秦文学教学的关键，也是难点。如先秦史家散文《左传》《国语》《战国策》，就本来意义而言，其核心价值为历史记录，但它们或记人事或记人言，写作中动用了多种文学手法，如安排情节、描绘人物、渲染气氛，乃至某种程度上的虚构（尤以《战国策》为甚），这些都显示出了叙事文学的基本特征，奠定了中国叙事文学的传统。“文学本位”“整体叙述”，就是要求我们在教学中重点把握这种显著的文学特性，并且与之后的文学发展和影响相勾连，点出这些突出的文学特征发展到《史记》而臻于顶点，从而构成中国古代文史结合的传统，并对中国古代小说的形成与发展带来重大影响，也为中国戏剧提供了许多精彩的素材。还有诸子之文也非文学作品，其核心价值为哲学思考或政治伦理表达，但因其所包含的文学因素和审美价值，更因其对后世文人深层文化心理所产生的深远影响，而在文学史上具有独特而重要的地位。可以说，研读中国文学不从先秦诸子入手，就无法体悟和解读其深层的思想内蕴和文化精神。而其审美价值也是一望而知的。尤其《庄子》《孟子》这样的作品，不作抽象的哲学思辨或枯燥的政治、人生问题讨论，而是以鲜明的个性、浓郁的情感、丰富的形象来表达，具备了相当强的文学性。

虽然，就先秦散文而言，无论像《左传》《国语》《战国策》这样的以叙事为主的历史散文，还是如《孟子》《庄子》这样辩论色彩浓厚的说理散文，实际上还都不能构成真正的审美特征，它们与后代柳宗元的散文、明代公安派的散文，尚不属于同一范畴；但先秦两汉散文作为后代一切散文之发端，其体裁、技巧在这个时代已经慢慢形成、成熟，甚至登峰造极，无疑是为后代散文树立了楷模的，因而才有历代文章改革时每每以此为旗帜回首膜拜的情形。正因为如此，我们在教学中就要对先秦文学这种既具奠基意义，又显高超技巧的特点充分强化，在中国文学史的链条中对这种“开端即高潮”的特点作宏观叙事的过程中，充分彰显其在文学史上的价值和地位。

强调“整体叙述”，还在于高校教育的理论性与系统性特点。我们知道，学习任何一门学科，如果不能掌握本学科的理论体系，就等于没有学。中学教育具有它那个阶段的普及性、基础性特点，不可能用力于某一学科的理论体系和知识系统的有序性与完整性，所以不可避免地带着其先天的局限性：理论浅显单一，知识零散无序。高校教学的一大任务，就是首先着重建构本学科学生的知识结构和理论体系，使他们具备扎实的专业功底和健全的知识结构。这也是高校教学的一大特征。文学教育也是如此，首先建构其理论与知识体系，使学生对整个中国文学有一个宏观认识和把握。而各阶段的教学，不仅古代文学，甚至现当代文学，在教学中都应与这个大体系相勾连。先秦作为整个中国文学的发轫期，其奠基性的特点，以及对整个中国文学经典示范的意义，应该是中国文学史教学中体系建构的基点。

二 在文化大视野下对先秦文学作境界拓展

文学不仅仅是文学，它还是人类的一种文化样式和文化活动，它从来都不是一个孤立的存在，而总是与其它文化形态的互动中存在发展的，它是人类文化的一部分。这种文化身份决定了文学必须从文化的视角来考察和研究，才能深入其内里，拓展出新的境界。事实上，任何文学的产生和发展都有其深厚的文化渊源，尤其中国早期文学，文史哲不分，文学依附于文化之上，是其显著特征。另外，古典文学的学习和研究作为一种“通古今之变”的精神和文化传承活动，其文化视野的建立既是学术研究本身的客观需要，也是传承和发扬民族文化这一学术活动的终极目的所规定的。因此，对先秦文学进行文化阐释，是一个非常有价值的学术视野。正如陈英德所言：“文学史叙述的职责不在于重新构置这种历史文化语境，而在于以这种历史文化语境衬托出、显影出特定历史时期的文学风貌。而一定历史时期的文学风貌，应该是一定时期的历史文化在文学活动范围内所展现的独特面貌，这种独特的面貌必须也只能经由文学作品得以具体形象的体现。因此，寻找文学作品话语和历史文化语境之间内在的隐含关系，勾勒一定历史时期的文学风貌，以历史的‘文化文本’作为展现文学作品的内涵的舞台，这才是文学史叙述应尽的职责。”①

事实上，从近年来古典文学研究的态势中可以见出，欲从文化的视角寻求文学研究的新突破，已成学界共识，甚至成为了一个新的学术生长点，呈现出方兴未艾之势。古典文学的教学自然也不能无视这样一个渐成气候的学术视野，尤其是先秦文学，从历史文化的大视野去关注其生成语境，已成为学界的一个基本思路和研究趋势。这不仅是文化研究热潮的问题，更主要的是由先秦文学的基本特性决定的。

梳理先秦文学，一个显而易见的特征就是，先秦文学发展的每一个阶段都是与文化的发展相表里的，而且呈现出由原始文化向理性文化嬗变的特点。有学者甚至根据文化发展的线索来清理散文发展的线索，将先秦散文分为巫卜散文、史官散文、士人散文三个发展阶段，探讨了三个阶段散文的审美取向和写作特征以及相互之间的嬗变关系，非常具有启发意义②。的确，先秦文学与文化的密切关系是之后其它任何文学时段都不能比拟的。例如，夏商时期的文化是以巫文化为代表的，其核心是原始宗教，故早期的夏商文学就与原始宗教关系密切，许多韵文歌谣实际上是出于巫术祭祀目的而创制的，有的直接就是宗教活动的产物。如《楚辞》中一再提及的《九歌》，被认为是夏代祭天活动的产物；《诗经·商颂》是商代祭祀时用于颂祖娱神的；《周易》中那些谣谚形式的卦爻辞，更是巫术占卜行为的结果。自西周开始，中国进入了理性文明阶段，其重要标志就是礼乐文化的建构。礼乐文化的核心价值就是敬礼重德意识的确立，其实质是人类把日光从天上转向人间，把注意力从鬼神世界移向人类本身，人自身的价值开始确立。反映在文学上，就是周代文学更加关注历史、关注社会人生。而这种对现实的关注，最早是通过“修史”来表达的。因为中国古代很早就有总结历史经验、保存历史资料的传统。商代就“有册有典”，有专司此职的“巫史”，至周代已有发达的史官制度，历史意识也得到空前发展，史官以自己的历史知识和职业信念自觉地肩负起对现实的责任，所谓“史官文化”也

① 郭英德、过常宝：《中国文学史·绪论》，四川大学出版社 2003 年版，第 7 页。

② 参见程水金《中国早期文化意识的嬗变·先秦散文发展线索探寻》，武汉大学出版社 2003 年版。

因此而成熟，而《尚书》《春秋》《左传》《国语》《战国策》等著作都是史官文化的产物，其共同特点就是倡导儒家敬德崇礼、尊王攘夷、固本保民等思想，借修史表达深切的现实关注。尤其《左传》《战国策》等史家散文的顶峰之作，其记述史实，刻画形象，以及高超的表现技巧把中国叙事文推向成熟，开《史记》等史传散文之先河。研究这些历史散文又怎么能够游离于“史官文化”之外呢？而中国的“史官文化”之所以发达又可以追根溯源到“农耕文化”。由于尊礼、敬祖，由于农耕民族务实精神的代代相传，所以先民们极其重视历史，从而使得历史著述代代不断。还如，礼乐文化的内在影响，使周代文学在精神和风格上都体现为一种和谐、典雅的特质，一种婉而多讽的特征，这一特征表现在各种文体之中。如《春秋》《左传》“皮里阳秋”的“笔法”，《诗经》比兴等所体现的审美倾向，为后世多种文体所宗尚。可见，研究先秦文学，这些深层的历史文化语境是我们须臾难以忽略的。

先秦文学作为中国早期文化的重要载体，其文化视野不仅是一个天然存在，而且是先秦文学产生的母体和土壤。只是过去由于思路的局限和方法论的匮乏，限制了我们的视野。尤其传统的古典文学教学，只关注文学本身而忽略文化渊源是常态，最多也只是一个简单的背景交代，思路单一，视野狭窄。近来，从文化角度拓展出文学新视野的解读，已然蔚为大观。

我们不难发现，先秦时期几乎每一部称之为“文学”的典籍都是特定的历史文化语境的产物。例如，研究《诗经》，我们不能不关注礼乐文化，不能不关注作者及其结集的历史文化语境，不能不对其“经学”面纱下深层文化根基的基本形态，以及《诗经》自产生之初到漫长的阐释史，何以那么深刻地进入了主流文化的核心等问题，产生强烈的追究欲望。有些问题可能永远没有答案，却可能直接关乎我们对《诗经》解释的有效性。因为所谓“有效的解释”，虽然最可靠的是“文本”本身，但也直接关乎文学创作的主体——作者及其所处的“语境”（包括作者的处境、心境、面临的听读对象以及隶属的文化等）。历来对《诗经》之所以有各种截然不同的解释，就是因为作者的不确定，语境的考辨不清等问题带来的；研究《楚辞》，我们不能不关注以“巫祭”为核心的楚国文化，以及更深层的原始宗教和神话思维；研究诸子散文也不能不关注士人文化与“百家争鸣”的文化氛围的相辅相成，以及诸子各家在构建各家社会理想和人生理念时，其意义生成的历史文化语境等。可以说，先秦文学史的叙述如果偏离了文化视野，就是一部“伪历史”。

对先秦文学作文化阐释，不仅是多元解读、有效解读的必要途径，而且有可能会借此拓展出一个面目全新的学术视野。例如，有学者认为《庄子》中的鲲鹏互化与庄周化蝶，不能像通常解释的那样，认为是庄子本人想象力特别丰富的体现。古人评价《庄子》为“粹天地精华之气”；今人也认为，庄子是那个时代出类拔萃的人，下笔自然不同（贾平凹语）。这就把一代人、一个时代的思维简单化为某一个人的天才灵感，这是一种失败的解释。《庄子》中有丰富的想象，这实际上牵涉到了原始人的生死观。上古时，中国人的生死观是一种物化的生死观。如大禹的父亲死了化为黄熊，望帝化为杜鹃，精卫化为鸟。在中国上古人的想象中，凡是悲剧性的死亡，都是化成异物的。还有一些民族认为，人死之后，他的灵魂要回归到自己所属的大家族的图腾当中。而中国上古神话中所反映出来的生死观则是化为异物，其中包含了部族之间相互争夺、相互残杀所造成的悲剧气氛。由此来看，鲲鹏互化、庄周化蝶，都是从中国人的物化观当中延伸出来的笔法，不单单是庄子个人想象力丰富、才能杰出的表现。只有这样把看上去的一些文学现象嵌入文化的大背景中，才能找到一种体现内在思维的，同时也是更符合中国人早期意识状态的科学解释。甚至有学者认为，先秦文学的渊源就是神话思维和原始意识。先秦文化、文学研究应该由此取得新突破。曾经的古典文学研究只关注零散的文学个案，而忽略整体的文学思维的发展。黑格尔和维柯就曾提出过诗性思维和散文思维的概念。事实上，任何民族在上古都经历过从诗性思维向散文思维发展的阶段。中国文学自然也经历了由诗性时代转向散文时代，从朦胧的、以具体物象去把握万物的时代走到意义明朗化，即突破形象外壳而自我展现的时代。如果先秦文学的研究要有一个开阔的气象，就必须把握这一点。任何一个作家、一部作品都应该在历史链条上找到特殊的地位，不论是《诗经》《楚辞》，还是诸子百家，我们都要把它放在特定的历史环节上和文化语境中加以认识。如果我们只注意零散的研究，而没有注意整个民族宏观的内在的深沉的思维进程，将很难创造出大气磅礴的东西。荣格认为，集体无意识是对于民族的远古的回忆。中华民族的远古回忆实际就存在于先秦文学与文化中，我们只有返回到民族的远古的回忆当中，才能获取智慧。①

三　在理论观照下对先秦文学作深度解读

文学史叙述的所谓“文学本位”原则，说穿了实际就是“作品本位”。而作品解读的魅力，在于如何避开教科书习见的似乎已成定论的观点，在无疑处质疑，从“文本表面”进入到“文本底层”，从而使阐释解读走向深刻。尤其先秦文学，有着历史、哲学、宗教内核的文本，其本身所包蕴的“厚重”，是我们不可能走马观花、浅尝辄止就能完成的任务。就先秦文学的教学而言，“深度解读”是对古圣先贤的博大精深的起码敬意，也是高校文学教育必要的教学手段。而达成“深度解读”的途径也很多，但方法论的导引无疑是最有效的手段之一。作为高校教师，在教学中帮助学生搭建阅读“桥梁”，授之以“渔”，传之以“术”，引入一定的文学理论和文学批评方法，将其渗透于课堂教学和课外指导中，这对拓宽学生阅读视野，探寻隐藏于文本深处的精粹，提升学生的求异思维和深度思维，无疑都是大有裨益的。

新时期以来，许多学者都试图走出中国古典文学长期存在的研究模式单一、方法陈旧、格局狭小的困境，以寻求新的研究思路和新的学术生长点。纵观 20 世纪 80 年代以来中国古典文学的研究状况，我们不难发现，学术界在方法论上寻求突破口的意愿及其努力比较明显，成果也相对突出，问题也显而易见。

随着西方新的方法论的大量涌进，20 世纪末，中国文学研究呈现出过度“西化”与固守“本土化”相对立的困境。面对这种局面，学界似乎非常需要一种既能根植于民族文化的本土学术精神，又能吸纳外来学术思想的一个和解策略。因为只有这样，中国文学研究才能在全球化语境下与世界对话，使中国文学传统经由学者的现代诠释而使之指向未来，面向世界，并最终建立一个具有开放性的以本土化文学研究为基

① 参见王钟陵《先秦文化文学研究新的突破点在哪里》，《中州学刊》2005 年第 1 期。

点的多元并存结构。这样的一个学术愿景，正是中国学术的希望，也是目前中国学者努力的方向。而这自然也应该成为高校文学教育的一个风向标。因为关注学术前沿，一向是高校教育培养学生科研兴趣和科学思维，指导教学与科研活动的有效手段，而高校教育的专业层次和学术品质也只有在与学术前沿的沟通与互动中才能得以实现。

事实上，上文所说的从文化视角阐释古代文学之所以成为研究热点，更多的乃是因为对文化人类学等新的方法论的接受和认识。从20世纪末到21世纪初，中国古代文学研究正处于方法更新的阶段。在方法论上学界业已形成的共识是，力求研究范式的多视角、多层次，这体现了学术转型的学理和精神。在众多的新方法中，仿佛是应运而来的文化人类学，以其开放和宽容的学术品质进入文学批评的视野，并因其理论方法的多学科性和学术资源的多样化，而日渐显示出它的优势，以至被认为是“最有生命力的新兴学科”。而古典文学研究正处在局面僵化、手段匮乏的极度饥渴中，又有想要走出困境、有所突破的迫切愿望，因而几乎是迫不及待地接受了文化人类学这一综合性最强、解释相对有效的理论方法。当然，任何理论都并非尽善尽美，文化人类学因其缺乏审美向度而在文学批评视野中也屡遭诟病。毋庸置疑，文学研究当然不能脱离文学文本的本质特征，否则就会成为泛文化研究，丧失了文学研究自身的独立性。因此，审慎运用各种有效的方法论，在多视角、多层次的前提下寻求文学立足点，以最终达成对文学文本的有效解释，是我们应该秉持的基本原则。

文化人类学的研究方法尤其在先秦文学的研究中被广泛使用。这是因为先秦文学作为中国文学的源头，不仅呈现出复杂多样的面貌，而且还留下许多难题。由于年代久远，可鉴参考的资料极为奇缺，这些难题中的相当一部分实际上成了千百年来的不解之谜。近年来，一些学者运用人类学的方法，从发生学的角度探讨先秦文学，取得了颇为可观的成绩。如萧兵、叶舒宪用文化人类学方法研究楚辞、老子、庄子、《史记》，出版了一系列著作，成果斐然；李炳海的《部族文化与先秦文学》细致深入地从上古部族文化考察先秦文学；赵霈林《兴的源起》，以《诗经》为研究对象，具体考察了各种原始兴象与宗教观念之间的关系。虽然，有些研究成果被学界诟病，但其探索的价值及其学术史上的意义不容小视。

事实上，早在20世纪上半叶，郑振铎、闻一多就用文化人类学的方法来研究《诗经》和神话，取得了开创性成果。其研究的价值及其示范性作用至今不可超越。例如闻一多跳出历代《诗经》研究的窠臼，开创出《诗经》研究的全新时代，这与他贯通古今、融会中西的学术视野和理论驾驭能力有密切关系。他以民俗学、宗教学、文化人类学等相结合的研究方法，摆脱传统观念的束缚，大胆革除旧说，提出了许多新颖独到的见解，把《诗经》的研究视界扩展到史无前例的广度。如他在文化人类学的框架下直接引用弗洛伊德学说，从男女两性关系的角度重新解读《诗经》，揭示了古代中华民族在生活习俗和诗歌艺术中显现出的强烈生命意识和浓厚的氏族血缘观念；他还以图腾学说和文艺发生学理论考证鸟为女子象征之说①，开拓了《诗经》解读的全新视野。虽然他的某些结论还有值得商榷的地方，但他用新的方法论对《诗经》所作的全新阐释以及综合分析的方法，为《诗经》研究开辟了一条新路，推动了《诗经》研究的现代化进程。

多年来从事古典文学教学和研究的体会，使笔者深感，方法论不仅是方法，更是视野。我们常会有这样的体验，有些信息在我们熟知的知识系统中可能因为其先入为主的固定义涵而被我们熟视无睹；由于某种机缘这个信息被放置在了不同的知识系统中，有可能会激发出前所未有的全新的意义。研读先秦散文，笔者常常会纠结于先秦诸子和史家以譬喻寓言等暗示性的言说方式作哲学思考和历史记录的背后动因。后来受到接受美学理论有关“隐含的读者”的启发，一些曾经习见的或被忽略的信息陡然间有了新的意义，长期的困惑谜思也豁然开朗，有了新的解读可能。

所谓“隐含的读者”是接受美学提出来的概念，是指作者在创作活动中预先构想的接受者。作者在创作过程中会揣摩“隐含读者”的需要和兴趣，设想它可能作出的反应，从而决定自己创作的思路和方法。这个理论启发我从另外的视角重新审视先秦文学创作者的言说方式，开始关注先秦文学的创作语境中对“听读对象”的态度，从而有了不一

① 参见李定凯等《闻一多学术文钞·诗经研究》，巴蜀书社2002年版，第144页。

样的解读思路，之前的一些熟视无睹的信息陡然间也绽放出了别样的意义。这样的例子很多，典型的譬如《庄子》。《庄子》的核心价值是其哲学思想，但他的表达方式是以洋洋洒洒的寓言为主，所谓“以卮言为曼衍，以重言为真，以寓言为广”，之所以如此，传统的解释就是庄子丰富的想象力。但是有了“读者”视角之后，就对《天下》篇中庄子“以天下为沉浊，不可以庄语”有了全新的认识。也就是说，庄子把当时的“天下”看作他的“隐含的读者”，并且认为这个“天下”（听读对象）太黑暗，你不能严肃认真地跟它说话，故而就以“谬悠之说、荒唐之言、无端崖之辞”（见于《天下》）来言说，表达他的哲学思考和对现实人生的看法。《庄子》一书之所以复杂难懂，就是因为他不肯跟这个世界好好说话。因为有了“读者”视角，《庄子》以“寓言”为主的言说方式顿时有了更深层的解读思路。

在创作过程中，对于这种“隐含的读者”的预想有人是不自觉的，但有人则具有明确的自觉意识。如孟子文章，之所以理直气壮、义正词严，表现出极度高昂的气势，除了他的精神修养、人格气质以及他对自己理论的自信外，还有一点很重要，即他对“听读对象”的藐视。他认为这些所谓“大人”：“堂高数仞，榱题数尺”，“食前方丈，侍妾数百人”，“般乐饮酒，驱聘田猎，后车千乘”（见于《尽心》），而这一切奢靡的生活享受，孟子皆所“弗为也”，哪怕自己“得志”了，也不屑于去追求，“在彼者，皆我所不为也；在我者，皆古之制也，吾何畏彼哉？”也就是说，孟子首先把自己放在“无欲则刚”的道德高地，而把那些“听者”放在高尚道德的对立面，故而“说大人，则藐之，勿视其巍巍然”（见于《尽心》）。还有《战国策》，其说辞之所以大多引类譬喻，出以寓言，是因为“听者”多为粗鄙无文的庸主暴君，而且“君德浅薄”，说者并非有意为文，而是为了“说之易合”，所以用了大量通俗浅显，甚至不避粗俗的寓言。

所谓“深度解读”就是善于在无疑处质疑，正如陆九渊所说：“为学患无疑，疑则有进；小疑则小进，大疑则大进。”哪怕前人对某个问题早有定论，我们也不妨斟酌一番。也许，就在我们有意无意的咂摸中，就能咂出一番新意和深意来。深度的解读，不可忽视这种在无疑处质疑、在咂摸中品味的个性化解读。我们知道，高校学生已非白纸一张，而是带着许多既定的思维，简单的甚至单一的答案，这也许是应试教育的恶果之一，但这也是中学教育的阶段性特征带来的有限性。他们是带着“然”来的，高校教学的一个重要任务，就是进一步探寻“之所以然”，并寻求可能存在的多种或然性。尤其像庄子、屈原这样“更愿意让人领会事物，而不愿直接说出来”的作者，他们作品的内涵往往是通过象征、隐喻等手法暗示出来的，这就给理解提供了多种可能性，对其解读的路径和答案自然也不可能是简单单一的。例如，对于屈原的神话世界，仅仅以传统的“浪漫主义”“想象力丰富”这样的批评话语来解读，未免太浅层次，太过于表面化了。研究屈原的诗，“我们千万不能被表面的一切所迷惑，学术研究如果满足于表层印象的话，就没有存在的理由了。我们需要探究的是事物的深层本质”，要特别关注其“背后那个异常深厚、异常浪漫的原始神话传统”①。屈原以神话思维构筑了独特的隐喻象征系统，如香草美人、人神之恋、日月龙凤、天地神游等，在这一系列充满神性特质的原型意象中，无不隐含着存在的神秘力量，给予读者神秘性的精神启示。也许，平凡与常规不足以表达诗人内心深处的幽暗与深度，不足以承担他神圣性的“精神家园”的建构，于是，他常常把灵魂与笔触伸进遥远而隐秘的神话世界，伸到人类的远古记忆和“集体无意识”之中，用隐喻象征的话语方式表达着幽深的内心世界，成为了一个“用原始意象说话的人”（荣格语）。对这样的内涵复杂幽深、境界高远博大的创作主体，我们怎么能以粗陋浅薄、简单平庸的答案浅尝辄止、草草了事呢？高校文学教育的任务之一，就是引导学生从中学教学追求“标准答案”的“一元解读”为主要取向的迷境中走出，以多元解读来突破思维定式，引导学生不受文本观点或权威性理论的束缚，独立探究，主动融合，自我反思，深度阐释，形成并提出自己的全新见解，以提升学生的思维品质，培养学生对文本的创造性解读的能力。当然，深度解读要掌握度，不能解读过度。深度解读应该是以对作者本意的理解、对历史文化语境的深刻体认为前提的。

总之，对作品的深度解读是“文学本位”叙述原则的核心内容，正如陈平原所言，大学的文学教育要“直面‘经典’，而不是借道‘概

① 常森：《先秦文学专题讲义》，山西教育出版社2005年版，第199页。

论’或‘文学史’，更能激发起读者对于语言文字、历史文化、精神境界等的强烈兴趣。需要的是保持一种‘痴迷’的状态，持之以恒地品鉴、推敲、探究”[①]。目前的教学大纲和学时安排，使我们过度倾向于对“体系”作大一统的历史叙述，“以综述代替研究，以记忆代替体味”，以完成教学任务，而没有足够的时间对文学作品作涵泳品味，沉潜把玩，最终结果就如朱熹所言，读了等于没读，没读又好像读过，培养出的学生也是“常识丰富，趣味欠佳”。这样的结果不是我们所乐见的，也与我们的培养目标相去甚远。

（李措吉）

① 陈平原：《作为学科的文学史·重建“文学史”（代序）》，北京大学出版社2011年版。

两汉魏晋南北朝文学史教学论

自先秦始，中国文学呈日渐发展与繁荣之势。每个文学时代在积极推进已有文学的同时，产生了代表时代精神的文学样式和文学创作群体，形成了中国文学浩荡延绵的文学长河。而任何一个时代的文学史都体现出独具特色的文学风貌，具有代表整个时代的文学风格。所谓“时运交移，质文代变”正言此意，王国维所说“一代有一代之文学”亦同此一理。纵观中国文学史，因不同时代有着不同的政治环境和文化背景，文学在内涵、思想、语言、表达方式等方面因时而变，因此，讲授一个文学时代的文学，首先要理清文学发展的脉络，在此基础上，引导学生概括出体现该时代的文学风格和文学特征。

一　以赋为宗，诸体大备——汉代文学总览

公元前221年秦灭齐，结束春秋以来纷争的局面，建立了中国历史上第一个中央集权的封建专制帝国，秦王嬴政为“始皇帝”。秦虽国祚甚短，仅享二世，却在政治文化等领域，进行了一系列有利于集权统治的改革，尤其实行“焚书坑儒”的文化暴行，践踏文化生命。“史官非《秦记》皆烧之。非博士官所职，天下敢有藏《诗》《书》百家语者，悉诣守尉杂烧之。有敢偶语《诗》《书》者弃市，以古非今者族，吏见知不举者与同罪。”（见于《史记·秦始皇本纪》）在咸阳一举坑杀“为妖言以乱黔首”的儒生460余人。极权政治埋葬了先秦文学蓬勃兴盛的成果，结束了先秦思想界百家争鸣的局面，也破坏了百花齐放的多元文学格局，出现“秦世不文”的局面。

两汉文学的发展离不开时代思潮和政治环境，而文学作为有机的生命整体，继承文学的命脉是其使命。刘勰在《文心雕龙·时序篇》中总结汉文学：“爰自汉室，迄至成、哀，虽世渐百龄，辞人九变，而大抵所归，祖述《楚辞》，灵均余影，于是乎在。”可见汉代文学虽然多有变化，但终归因受楚辞的影响，颇有骚体遗风。然而，汉室中兴之后，经学大盛，辞赋尚华丽，作家关乎政治，或斟酌经辞，倡经世致用；或以史为鉴，以文论政，儒学思想蔚然成风。东汉后期，国家机器腐朽不堪，各种祸乱相继而起。统治者对士阶层的打压异常严重，党锢之祸使许多有良知的知识分子或被杀、或被逐，将他们无情地抛向社会的边缘。故而文学随之而变，反映时乱，揭露时弊，一时间感伤情绪弥漫文坛。刘勰言：“观其时文，雅好慷慨，良由世积乱离，风衰俗怨，并志深而笔长，故梗概而多气也。”因此，汉末文风已经失去大汉气象，走向慷慨悲歌。

这是学习两汉文学首先必须掌握的一条线索，也是教师在讲授本阶段文学发展史的切入点。其意义在于：其一，表明了两汉文学精神的渊源；其二，明确两汉文学的独到之处；其三，使学生有一个总体的把握，而不至于零散。

在具体的文学史的教授中，首先做到结合具体作品而串起文学史，并充分展示文学内在的变化和轨迹。

两汉文学之变，首先表现在文体之变。赋和乐府是汉代兴起的文体，分别表现了文学朦胧的自觉意识和关注现实的人生思考。汉赋始于骚体，其表现手法显然受骚体诗的影响，以抒发怀才不遇之悲为主，句法多用四字句，长于用语气词“兮”，汉初贾谊《吊屈原赋》和《鵩鸟赋》是其典范。骚体赋重在抒发个体情怀，并不适合统一大帝国的文化建设需求。因此，在西汉初并不受文人的追捧。应运而生的汉大赋很快占领文坛主位，枚乘的《七发》是标志着汉大赋正式形成的作品，其铺陈七事以启发太子，而欲引之圣人妙道的主题，却在过于铺排描写的感官享乐情景中被消解。散体赋在司马相如的手中发展到高峰，其后班固、扬雄、张衡等人踵其武而重事增华，将赋体铺张之法发挥到了极致。大赋以宏大的结构，铺陈的手法，华丽的语言，极尽文字之能事而描写汉帝国的盛世景象：将浩瀚辽阔的江山河海、恢宏富丽的宫殿园林、壮观浩荡的田猎交游、异彩纷呈的歌舞百戏、富庶繁荣的京都城邑等描绘得气势磅礴、淋漓尽致，最大限度地呈现了大汉帝国的声威，极大地满足了帝国最高统治者的欲望。因此，散体大赋是最具有汉代恢弘气息的文学形式，其文学目的则是以歌颂帝国富强与声威为主，讽劝为辅。大赋体物是“润色鸿业”的需求，展示帝国的强盛，显示升平的政治环境；歌功颂德的主旨则是对统治者由衷的赞美和文人对所处时代的满足感。从另一方面也反映出汉代笼络人心的文化策略。

东汉中叶之后，随着汉王朝迅速走向衰落的命运，大赋则失去了存在的体制基础。社会政治黑暗加剧，传统信念的被颠覆，使大批知识人对王朝失去了信心，甚至走向了对立，由歌功颂德转向揭露时弊，赋由此走向了以抒发文士愤懑之情和讽刺政治弊端为目的的道路，由原来的体物转向抒情，由鸿篇巨制转向小品化。其中，以张衡《归田赋》和赵壹《刺世疾邪赋》为代表的抒情小赋很快得到文人们的青睐，最终取代了大赋一体独尊的地位。与大赋相比，抒情小赋体制短小，以抒情为主，语言清新自然，更具有个性化的特征。发展至六朝，抒情小赋受时代文学思潮的影响，走向骈体化成为必然。；抒情小赋是赋体内部发生巨大裂变的必然结果，使赋向诗歌靠近，具有了诗歌的品格，使之成为了真正的抒情文学样式，也使赋获得了新生。故而，后世凡言纯文学者，往往诗赋并举，如曹丕《典论·论文》言：“诗赋欲丽”陆机《文赋》则称“诗缘情而绮靡，赋体物而浏亮”，说明了赋在文学艺术方面，足以与诗比肩。汉赋虽然有着很多弊端，但是作为一代文学的代表，则有着体现时代精神和时代风貌的意义。这是讲授汉代文学必须要突出的一点。

在讲授汉赋流变的过程中，目的不是纯粹地展示一种文学因受到时风的而发生变化的流程，其意义在于彰显文学由外而内发生变化，更重要的是体现出文人心态和思想的变化。

汉赋的变化实际上反映出汉代士人精神变化的轨迹。中国文学是文人政治理想和事功情结的载体，是价值观的体现。随着时代的变迁，宦海沉浮，士人在儒道思想取舍和价值观间徘徊苦恼，文学成了宣泄这一苦闷的最佳形式。从汉初贾谊《吊屈原赋》和《鵩鸟赋》以道家思想为消解痛苦之法，至班固《幽通赋》体现出儒道融合，二者不同程度地成为精神支点，张衡《归田赋》则彻底将道家思想作为作者厌倦官场而回归田园的借口，出世与入世的矛盾在汉赋的流变中表现得清晰明了。另外，这三个阶段反映出汉人思想波动的三个过程，也是汉人建构性格的过程。欲要建功立业，入世却受挫，汉人首先体会到的是生命之重，故而选择回归田园，但仅仅将此作为消解痛苦的手段，并没有真正走向山水田园，去真诚地与自然相处而感受生命的富足，也不可能在田园间安身立命，痛苦始终萦绕在心头挥之不去。所以，汉人的性格深处多了内敛和忧患，而少了潇洒与欢欣。

如果说汉大赋反映的是士大夫阶层的理想，甚至是一个时代的理想。那么，汉乐府更多流露的是普通人的情怀。乐府本是主管音乐的官署机构，汉人称其配乐演唱的诗为歌诗，后人称之为乐府，唐人仿乐府做新乐府，宋元以后成为词曲的别称。

苦难是汉乐府的主旋律，如《妇病行》《孤儿行》《十五从军征》《战城南》等都从不同侧面反映人生的各种悲剧与不幸。在汉乐府中，即使是爱情诗也含有苦难的声音，《有所思》不加掩饰地表达爱人离弃的痛苦。《孔雀东南飞》就是一出人间爱情的大悲剧，焦仲卿与刘兰芝最终走向死亡之路，以生命的代价表达对现实苦难的反抗。《陌上桑》则别调独弹，以轻喜剧的格调，描述了罗敷的睿智，夸耀她的美丽，对男性进行善意的取笑，形成了轻喜剧的尴尬场面，也营造了一种浪漫的氛围。当然，未必非要理解为民间女子反抗统治者的诗篇。汉乐府不依赖外在的形式，因为音乐的需要，多五言句法而兼有长短句，打破形式的障碍，获得真正的情感体验与艺术魅力。在表现上，汉乐府多叙事。

与乐府有所不同的是，《古诗十九首》是东汉边缘文人群体的创作，是中国文学史上第一组文人五言诗，是古典文坛上一束彰显文人自我情感思想的光芒。在《古诗十九首》中，中国古代士大夫第一次敞开心扉，诉说他们的痛苦、愤激、孤独与寂寞，表现他们欲为世所用却又被排斥、摒弃的彷徨与苦闷。十九首突出的命意则是生命短暂、人生苦难。其内容涉及爱情、婚姻、友情、游宦等，诗人以直接的方式表达对人生诸多问题的思考，给人以刺激的感受。感慨人生短暂，低吟悲欢离合。作者擅长借景抒情，以萧瑟景物表达悲凉的心境和对死亡的恐惧。面对猝不及防的死亡，诗人以极端的方式提出了消解死亡带来的恐惧：“生年不满百，常怀千岁忧。昼短苦夜长，何不秉烛游。为乐当及时，何能待来兹。”及时行乐则是消释悲情的手段，短暂的人生中，一切变得虚幻无望，唯有情感方可体验，当外在的世界缩小后，内心世界得以扩大。因此，对爱情的召唤是其另一主题。十九首以清丽的文字，书写人世的悲哀以及情感的脆弱。语言朴实，情感深沉；深哀浅貌，语短情长。那么，十九首在文学史上的意义在于：它确立了五言诗体，对后世诗歌影响深远。

汉代是中国文化定型的关键时期，上承自秦而来的中央集权专制主义政治，确立“罢黜百家，独尊儒术”的社会意识形态，树立以“经明行修”为标准举荐士人的为官制度，以及经学与文学的双向互动，这些构成了两汉文学发展的重要背景。

汉代散文从先秦散文中汲取养分，取得了较高的成就，有政论文和史传文学两种基本类型。政论文创作目的为统治者提供历史借鉴，劝谏统治者吸取历史教训，实行更好的政治统治。贾谊的《过秦论》和晁错的《论贵粟疏》是汉代政论文的重要代表作。政论文较好地体现了汉代士人积极干预时政的使命感和责任感，这也是中国儒家知识人的基本精神。在汉代文学的教学中，政论散文作为一个知识点，以知识人的使命感和责任感为切入点，是打开汉代政论散文的窗口。汉代政论散文是中国散文中的基型，历代有良知的士人都沿此道，或言志，或针砭时弊，创作出了许多优秀的散文作品。

相较于政论散文，司马迁的《史记》在汉代文学乃至中国文学上是一颗璀璨的珍珠。获酷刑而忍辱活下来的司马迁，其目光、思想、见识亦非从前，也使后世其他史学家难以与之比肩。他那超迈的情怀和高远的志趣，被残暴的制度所折辱，历经风霜苦雨，却也铁骨铮铮；他那优秀的品性和倜傥的风度，被无情的现实所践踏，尝遍人间苦难，却也傲然卓绝。他洞穿了历史王道的虚伪性，也看穿了封建统治者的残酷性，他以犀利的目光，深沉的思想，把批判的矛头对准了封建制度，直逼历史的心脏；他用辛辣的语言，层层剥蚀封建政治华丽的外衣，揭露统治者丑陋的嘴脸，为那些被历史车轮碾过的灵魂扼腕叹息，悲悯不已。任何一个史学家都清楚，历史是人为的，尤其那些侠义倜傥的英杰才是推动历史车轮的强大力量。真实的历史就是个体生命的感受和体会，空洞概念化的历史是不存在的。于是，司马迁一改以往史书以事系人的写法，而首创以人系事的纪传体，突出人在历史中的重要性。

《史记》以人为纲，以事为辅的纪传体手法决定了它将历史人物的性格及命运作为使命，为了能完美地表现历史人物的全貌，太史公独出心裁地创“互见法”这一绝美的写人技巧。这种写人法既避免了重复又使人物形象获得了全面展示，也使每一个相关的历史人物互相映照，活灵活现。《史记》写人物尤其关注非常之人，子长爱奇，尤其爱英雄。大凡英雄，皆在逆境中奋起，忍辱负重，建功立业，但历史的必然性与个人自由意志的永恒冲突，使这些英雄都富有了浓浓的悲剧色彩，这是作者讴歌的原因。司马迁饱含深情，为那些曾在历史上辉煌过的人物歌唱着一首首生命的赞歌，他的作品唤醒了沉沦在历史长河中的生命。他以悲悯的情怀关注每一个历史人物，他无比深情又无限悲怆地仰天长啸，他写项羽、李广、荆轲等历史人物，寄托了自我强烈的生命意识和悲剧意识，借历史人物抒发自己心中的愤懑与悲慨。在他的笔下，那些非常之英雄得以肯定与歌颂，那些暴君、小人得到拷问与审判。他淡化了历史进程的必然性，漠视了时间的有序性，凸显了个体生命的历程与意义，还原了生命应该享有的尊严。一部《史记》，充满了强烈的英雄主义色彩和悲剧意识。

纵观汉代文学，赋乃一代文学之宗，而散文、诗歌蔚为大观，尤其五言诗体的定型，标志着中国诗歌创作体式的确立与成熟。诗、文、赋，三种中国文学的基本形态在汉代完成。刘师培言：“文章各体，至东汉而大备。”①

二 经学视域下的汉代文学特征

较之于先秦，两汉文学汲取了先秦黄河流域文学的质朴与沅湘区域楚辞的奇艳，形成了质实古朴、雄浑闳丽的汉文学风格。在思想上，“独尊儒术”成为汉代思想的核心，在此召唤下极力改造先秦以来形成的儒学传统而成为独具汉代特色的经学，并深刻地影响着两汉的文人思想、文学创作以及学术思想。

---

① 刘师培：《中国中古文学史讲义》，上海古籍出版社2000年版，第8页。

1. 经学对汉代文学的制约

经学是指对儒家思想和经典的传习、注解和诠释的学问。经学滥觞于先秦而大兴于汉，孔子晚年编订和整理传统文献，将《诗》《书》《礼》《易》《乐》《春秋》等被世人公认为的典籍作为六经，初步确立了儒家思想的正统地位。汉初文景之时，风行的黄老思想，并不利于对统一帝国政治思想的建构，于是汉武帝即位后，听从董仲舒“罢黜百家，独尊儒术”的建议，实行儒学独尊，经学大兴。与先秦儒家所不同的是，汉代经学实际上成为统治者巩固王权、统一民众的思想，将儒家的哲学思想转化为实用主义的工具。以六经为对象的治“经”之学遂应运而生且演为经学。关于“经”的概念和内涵，刘勰《文心雕龙·宗经》有着十分精确的解释：“经也者，恒久之至道，不刊之鸿教也。”可见，经学的实质就是以巩固王权为宗的教化思想。在此意义上，经学就不可替代地成整个封建社会的核心思想，经过历代王朝统治者的倡导与学者的阐释，经学以其特有的内在性、稳定性、传承性、兼容性、自足性而形成了强大的经学传统，并渗透在中国古代的思想意识、文化艺术、学术研究等领域，发挥着强大的作用。汉代经学从产生之日起，就形成为追求经世致用的“今文经学”和倡导实事求是的“古文经学”两大流派。刘师培在《经学教科书·序例》中指出：“大抵两汉之时，经学有今文、古文之分。今文多属齐学，古文多属鲁学；今文家多以经术饰吏治，又详于礼制，喜言灾异、五行；古文家言详于训诂，穷声音、文字之原。各有偏长，不可诬也。”的确，“今文经学”以讲阴阳五行、天人感应为论，致力于发掘、发挥经文背后的微言大意，为统治者提供思想的依据，有其很强的政治性和统治意味，故而颇得统治者的青睐，一度成为官方意识形态。而“古文经学”家则尊崇周公，重视《周礼》，主张六经皆史的思想，讲究以史明诗，以文证史的客观治学之法，力求文字训诂，尊重历史事实，厘清事物，有浓厚的实证色彩和严谨的治学态度。汉代经学对文人心态和文学创作的影响主要有以下几个方面：

首先，对汉代文人心态的影响。（1）培养了文人们立足经典阐释，崇尚学以致用的务实思想。（2）涵蕴了他们治学以为政治，学以明道的使命感和渴望通过“立德”、“立功”、“立言”实现生命不朽的人生价值观。(3) 孕育了他们内敛深沉的人格精神。(4) 滋养了学者们犀利的目光和理性的批判精神，这在司马迁、班固、扬雄、王充、张衡、赵壹等汉代学人身上不同程度地得以表现。

其次，对文学创作的影响。(1) 游于“六经”的文学思想，一切创作离不开“六经”的儒家之旨，强调文学创作的社会功能的同时，文学创作始终以经学为底色，文人并以此为荣。如司马相如《上林赋》直言：“游乎六艺之圃，驰骛乎仁义之涂（途），观览《春秋》之林……”班固《两都赋》亦云：“且夫建武之元，天地革命，四海之内，更造夫妇，肇有父子，君臣初建，人伦实始……案六经而校德，眇古昔而论功，仁圣之事既该，而帝王之道备矣。”(2) 在“六经注我”与“我注六经”的生发过程中，使文学创作走向了繁复厚重，如汉大赋洋洋洒洒动辄数千言。(3) 尊经征圣使道德观成为评判一切的准绳，汉大赋虽然不惜数千言铺叙江山事物之盛，但最终将文章的旨意归向儒家思想的说教上。(4) 以六经为尊致使汉代不少文体与经学或有瓜葛，刘勰《文心雕龙·宗经》指出：“故论说辞序，则《易》统其首；诏策章奏，则《书》发其源；赋颂歌赞，则《诗》立其本；铭诔箴祝，则《礼》总其端；纪传盟檄，则《春秋》为根。并穷高以树表，极远以启疆，所以百家腾跃，终入环内者也。”刘氏之言虽有臆断之嫌，但也道出了汉代文学在体制上多少受到经学影响的痕迹。(5) 与原始儒学所不同的是，经学突出教化思想，汉代文学在如实反映生活各方面的同时，往往强调教化的伦理思想。因而纠正社会风气，纯净思想环境成为一代文学追求的理想，也是汉代文学思想的内涵。就诗歌而言，汉儒眼中只有《诗经》是真正的诗歌，《毛诗序》漠视《诗经》的本意，而肆意发挥一己之思想，解释“风雅颂”谓：“上以风化下，下以风刺上。主文而谲谏，言之者无罪，闻之者足以戒，故曰风。”“雅者，正也言王政之所由兴废。政有小大故有小雅焉，有大雅焉。”“颂者，美盛德之形容，以其成功告于神明者也。”见其用心所在。诗论则强调“经夫妇、成孝敬、厚人伦、美教化、移风俗”的教化意义，突出《诗经》的政治功能，使之成为礼教说明的载体，以期达到维护王朝的政治统治目的、净化社会伦理纲常和维护社会稳定的目的。

以上简要说明汉代经学的特征以及对文学创作产生的影响，而事物之间的影响都是互相的，有其积极意义的同时也不乏消极影响，应客观而论，不可褊狭。

2. 汉代文学的特征

汉代虽不是中国历史上文学成就最高的阶段，却对于中国文学传统的确立和文人品格的塑造起了至关重要的作用，决定了此后中国文学的形态和方向。

刘熙载在《艺概》中指出："秦文雄奇，汉文醇厚。大抵越世高谈，汉不如秦；本经立义，秦亦不如汉。"胡应麟《诗薮》亦言："汉尚质，故古诗、乐府多质；然自是两汉之质，非后世之质……文质彬彬，周也。两汉以质胜，六朝以文胜。魏稍文，所以逊两汉也；唐稍质，所以过六朝也。"的确，醇厚雄奇、质胜于文是汉代文学的风格。这是讲授汉代文学的立足点，在此基点上，对于具体的文学予以具体的分析和把握。

讲授一代文学，展示文学现象或归纳总体特征，这仅是前提，更重要的是要探究汉代文学发展的轨迹和演变的规律，分析归纳汉代文学的总特征。总览汉代文学，其主要特征如下：

第一，文学与史学、哲学貌合神离。在先秦，文学或依附于历史著作，或寄寓哲学中，诗也因为将其功用化而淡漠了诗性的特质，骚因曲高和寡，难成气候。而至汉代，文学的价值越来越受到重视，其审美功能日益显现。汉赋是以文学感染力为目的的文学样式，其文学意义正是通过华美的文辞、严谨的结构以及绚丽多姿的物象，激发读者无穷的想象，获得审美的快感。汉赋的出现意味着中国文学的审美功能得以认可，文学并不仅仅是言志或歌功颂德的工具，文学更是精神的、审美的。因此，两汉赋家鼎沸，名家辈出，赋篇极盛一时，文学创作首次呈现欣欣向荣之局面。此时的文学并不依附于哲学或历史著作而存在，与先秦文学相比，汉代文学获得了相对独立的地位，当然这个地位微乎其微。

第二，儒家道德观念仍然是评判文学价值的标准。汉大赋在内容上以体物为主，以歌功颂德与劝百讽一为核心的思想，决定了它追求"辩丽可喜"美感享受的同时，将倡导"仁义讽喻"的主旨成为其创作宗旨。

第三，文学批判现实的功能日益凸显。汉代散文源于先秦诸子之文和历史散文，分别为史传文学和政论散文。汉代政论散文大多着眼于时弊，立足时政，以秦为戒，为帝国提供借鉴之道，体现一代文人关怀国家、心系天下的责任感。以司马迁《史记》、班固《汉书》为代表的历史散文，堪为中国历史散文的典范。尤其《史记》站在统一大帝国的高度，以巨大的时空意识，俯瞰历史，总揽人物，以“究天人之际，通古今之变，成一家之言”的史学思想，贯通从“五帝”到武帝时代的中国历史，是一部真正的通史。《史记》的意义在于给汉代统治者提供一部完整的华夏的世界史、人类史和精神史，以史为鉴是《史记》的真实意义。同样，汉乐府上承《诗经》“国风”的写实精神，进而发展为“感于哀乐，缘事而发”的诗歌创作宗旨，重风俗、重民情的采诗目的，使乐府反映出深沉厚重的社会内容，成为批判现实政治的强大工具。

第四，文体发展较为全面。除了赋、散文之外，诗歌在汉代也取得了较大的发展。成熟于汉代的五言诗，以一股强大的暗流涌动于东汉文人之间，《古诗十九首》代表了这种新兴的诗体，并预示着四言体必将退出诗坛。这种五言体成为魏晋南北朝诗歌体式的主流，在唐代与七言体一并构成了中国古典诗歌的基本模式。

另外，汉代文学内部在语言、表达等方面也有不同的变化与演进。刘师培在《论文杂记》中指出：“由汉至魏，文章变迁，计有四端”：(1) 出散趋骈。“西汉之时……或加润色之功，然大抵皆单行之语，不杂骈俪之词，或出语雄奇，或行文平实，咸能抑扬顿挫，以期语意之简明。东京以降，论辩诸作，往往以单行之语，运排偶之词，而奇偶相生，致文体迥殊于西汉。建安之世，七子继兴，偶有撰著，悉以排偶易单行；即非有韵之文，亦用偶文之体，而华靡之作，遂开四六之先，而文体复殊于东汉。其变迁一也。”自汉初至建安，文学语言的变化尤为明显，由散化趋向骈俪成为趋势。(2) 由简趋繁。刘氏言：“西汉之书，言词简直，故句法贵短，或以二字成一言，而形容事物不爽锱铢。东汉之文，句法较长，即研炼之词，亦以四字成一语。魏代之文，则合二语成一意。由简趋繁，昭然不爽。其变迁者二也。”随着文学意识的逐渐觉醒，文学语言由简练走向繁复成为必然。(3) 语言表现由朴实转向华美对偶。“西汉之时，虽属韵文，而对偶之法未严。东汉之文，渐尚对偶。若魏代之体，则又以声色相矜，以藻绘相饰，靡曼纤冶，致失本真。其变迁者三也。”文学的语言之美由修辞藻饰和音韵和谐构成，华美的语言加上悦耳的声韵，呈现出文学艺术取得的长足进步。（4）由深奥艰涩至浅显生动。“西汉文人，如杨、马之流，咸能洞明字学，故选词遣字，亦能古训是式，非浅学所能窥。东汉文人，既与儒林分列，故文古奥，远逊西京。魏代文人，则又语意易明，无俟后儒之解释。其变迁者四也。”文学的每一次进步都是以语言为直接表现的，文学表达的目的即是以生动清晰的语言传达最深刻的思想感情。然而，不同的文体所用的语言表达各有不同，如赋体中骚体之古朴，大赋之华丽，小赋之清新；诗歌之婉转；散文之平实，可谓各有特色。故刘氏亦言：“要而论之，文虽小道，实与时代而迁变。故东京之文，殊于西京；魏代之文，复殊东汉。”

汉代是文学审美意识萌生的时代，汉人对于文字特有的审美效果的清晰认识、对文学之美的感受、专职文人的产生、文学体式的推进与创新等等，这些文学要素的汇聚，使得文学在汉代，特别是东汉时期有了长足的发展，并呈现出较为自觉的态势。

综上所述，两汉文学既呈现出强烈的时代特征及其审美意义，充分展示出文学特有的时代风貌与传统精神，也表现出文学自身的发展轨迹与美学特征，但这一切始终离不开经学的影响和拘囿，经学不仅影响着汉代文学的特质，更从深层次制约着汉代文人的思想和心态以及文学创作的发展。

诚然，深刻思考汉代文学的艺术渊源及美学意义，理解“楚汉浪漫主义是继先秦理性精神之后，并与它相辅相成的中国古代又一伟大艺术传统。它是主宰两汉艺术的美学思潮”① 的真正含义以及阐明两汉艺术的根本特征是学习两汉文学的意义所在，同时，把握它在中国文学史上的地位和对后世文学的深远影响。

---

① 李泽厚：《美的历程》，中国社会科学出版社 1989 年版，第 67 页。

三 人的觉醒与魏晋风度

文学史上的魏晋南北朝，始于东汉建安时代，迄于隋朝统一，历时约400年。历史上的魏晋南北朝错综复杂，纷纭变化，社会动荡不安，政权更替频繁，南北长期处于分裂状态。这一时期，政治上充满着杀气和血腥，社会思潮波澜起伏，文学表现出强烈的活力。这是“一个思想异常活跃、精神生活空间开阔、文化环境较为宽松的时期”①。不仅如此，随着东汉末年儒学的动摇，魏晋南北朝时期各种思想纷纭呈现，缺乏主流意识，社会思想和文学思想也十分活跃。

讲授魏晋南北朝文学，着重要解决以下问题：一是简要梳理该时期的社会思潮与文学思想。二是总述文学风貌与文学特征，探求文学发展的轨迹。三是厘清文学变迁与社会思潮的关系。四是廓清从汉魏之际文学发展的态势，即：（1）诗歌发展迅猛，骈文（包括骈赋）蔚然，小说兴起，文论著作大兴；（2）作家群体诞生；（3）文学风格多样；（4）文体流变清晰；（5）题材多样化；（6）追求华美成为一代文学创作风气；（7）文与笔之别观念的形成；（8）文学主题丰富；（9）生命意识凸显；（10）作家个性突出。

诚如鲁迅所言，魏晋南北朝与前代所不同的即是自觉为文更为突出，文的自觉首先与人的觉醒密切相关。

所谓人的觉醒，指人的思想的觉醒，即人的主体意识突出和生命价值突显。以《古诗十九首》为代表的东汉中后期文学意在讨论生命情感的问题，魏晋南北朝文学则探讨人存在的价值问题，生命意识突出，追求本体意义成为一种风气。因感之于时代的纷乱，政治的残酷，社会各阶层感受到前所未有的生存恐惧，深情观照尚属于个体的生命，充分体验生命存在的意义表现出前所未有的悲剧意味。

朝代更替，很难有主流意识形态。当目睹了司马氏集团以礼教杀人的残酷现实，文人们纷纷抛弃儒教，走向了追求个性解放的道路，这显然与先秦两汉士大夫温文尔雅的谦恭有所不同。以极端的个性精神反抗

① 罗宗强：《魏晋南北朝文学思想史》，中华书局1996年版，第1页。

统治者的虚伪与残忍，极力表现文人的自我性情，魏晋风度就是文人追求个性自由的表现。然而，由于无主流意识，而过度追求自由，致使文人精神无所归依，感伤悲情之下是生命之痛，魏晋风度则作为文人的精神支柱而富有了深层意义。

诚然，思想史意义上的魏晋风度更具有广泛性与渗透性，它不能确指某一个人或者某一群体的精神内涵，也不仅仅是某一阶段的思潮，它几乎贯穿了整个魏晋南北朝，也影响了整个魏晋南北朝文人的心态与文学的发展。魏晋风度的实质即是人对生命的透视与反思，是生命意识的外在呈现，是主体人格精神自觉的表现，具体表现在以下方面：

第一，体验到生命的悲凉。外在行为上追求“服食五石散”，意在感受生命存在的此在意义。外在的潇洒无法掩饰内心巨大的恐惧，无法把持生命而产生的悲剧感。

第二，对生命的深情。《世说新语》多记录魏晋文人多情与深情之事，此处不赘言。冯友兰先生指出，魏晋风度的标志就是有深情；宗白华先生亦言，晋人看似洒脱却未能忘情，可谓中的之语。

第三，真性情的追求。王子猷“雪夜访戴”、刘伶病酒的故事即是此意。魏晋人以独特的方式表达对生命的尊重，充分体验生命的意义，让脆弱的生命在苦难的现实中尽量过得适意、自由。看惯了残酷杀戮的魏晋文人，追求以加大生命密度的方式消释内心的恐慌。瞬间体验强烈的生命意义，而淡化生命长度无望的痛苦。

第四，反抗世俗的精神。魏晋时代，统治者往往以名教统治人的思想，也借用礼教来杀人。礼教约束人的个性，禁锢人的精神，甚至扼杀人的生命。社会文化以前所未有的力量压制主体的生命意识，故而文人以极端的形式反抗社会世俗，表现极度的不满。时人以极端的语言或狂放的行为蔑视权威、藐视官宦。他们或裸体成风，或纵酒放达，或行为怪诞，皆表现出对世俗的反抗和厌弃。

第五，冶游和隐逸之趣。中国文人赏山乐水之风始于魏晋，这也是生命意识觉醒的体现。因洞穿王道的荒诞与残酷，魏晋文人失去了对事功的热情和对社会的关怀，怀揣的一颗良心渐渐转凉，他们将热情收起的同时，把关注的目光投向大自然。与汉大赋家模山范水所不同的是，魏晋文人不单纯玩赏山水，更是寄情于山水，将浓浓的生命情韵寄托于山水之间，山水成了生命的外化存在，视山水为一种实实在在的生命形态，有意亲近，达到融于山水，物我交流的境界。会心处不必在远方，只要心近自然，滤去尘垢，等闲小园也会日涉成趣，情韵无限。中国文人钟情大自然的原因在于：在瞬息万变的万象中，唯有自然永恒不变，这使得脆弱的生命得以永恒的安顿。

总之，魏晋文人的潇洒实质上是一种痛苦深沉的极端形式，其外在的风流中隐含最深刻的生命意识，表现着那个时代里文人个体生命的觉醒。

四　文的自觉与魏晋南北朝文学的特征

在中国文学史上，魏晋南北朝文学沿着先秦两汉文学的发展轨迹、借助其前进的惯性，并踩着自己的节拍继续向前发展。历史上，它上承汉末大乱，下止于隋代统一。然而，魏晋南北朝因社会变动之甚，使文章变迁亦趋向繁荣，乃至哲学思想纷纭多变，汉魏、魏晋、晋宋之际以及南北朝各朝易代，对文章发展变化影响颇深。诚如“建安文学，革易前型，迁蜕之由，可得而为：两汉之世，户习七经，虽及子家，必缘经术；魏武治国，颇杂刑名，文体因之，渐趋清峻，一也。建武以还，士民秉礼，迨及建安，渐尚通脱，脱则侈陈哀乐，通则渐藻玄思，二也。献帝之初，诸方棋峙，乘时之士，颇慕纵横，骋词之风，肇端于此，三也。又汉之灵帝，颇好俳词（见于杨赐《蔡邕传》），下习其风，益尚华靡，虽迄魏初，其风未革，四也”①。魏晋南北朝文学约400年，其文学的发展大致经历了三个阶段，即建安、正始文学、两晋文学及南北朝文学。

建安文坛的主要作家以曹氏父子即“三曹”为中心，包括集中于他们身边的邺下文人集团的“建安七子”以及女作家蔡琰等一批作家。这是一批在汉末动乱中成长起来的作家，他们亲历了汉末动乱的残酷现实，见证了动乱时代人民的苦难，大都既有远大的政治理想与建功立业的抱负，又具有务实求真的时代精神与自由通脱的文风和豁达的人生态

① 刘师培：《中国中古文学史讲义》，上海古籍出版社2000年版，第7页。

度，他们的作品挣脱了先秦两汉文学创作“发乎情，止乎礼义”的文学观念束缚，呈现出感时伤乱，欲建功立业，成就一番事业的雄心壮志。故此，个性鲜明，具有慷慨悲凉的感情和鲜明的时代特色，即后世所称的“建安风骨”。始于汉末品评人物的风气也波及文人对文学的批评，曹丕倡导的“文以气为主”的观念表现了建安文人对文学创作的自觉精神，也表现了建安文学向个性化、抒情化发展的趋势。

随着晋室对大量异己文人的残酷屠杀，自觉向上的建安文学精神随之被晦涩压抑的正始之音所取代。一代文学的风骨一旦藏匿起来，就成为后世文人不断追忆的背影。此时，尚虚无为的道家思想居于主流，出现了如何晏、王弼这些以老庄思想诠释经典，并致力于《老子》注释的学者，于是，玄学兴起，并风靡社会。应运而生，植根于夹缝中的正始文学恰恰就是玄学和畸形时代的产物。正始文学的核心作家以“竹林七贤”为代表，其中以阮籍、嵇康的成就最高，而且影响最大。面对司马氏的政治高压与黑暗统治，他们内心极度苦闷，但又无法直接对抗，便借老庄的“自然”为武器对抗司马氏所倡导的名教。其作品大多表现为对虚伪礼教的无情揭露与对黑暗政治的抗议。就总体风格而言，他们的作品中已经消失了建安文学慷慨悲凉的歌唱，而代之以韬晦的遗世独处与忧生之嗟。但就精神实质来讲，正始文学仍然与建安文学一脉相承。正始文人虽然生不逢时，但他们并没有因为生活的境遇的恶劣而自甘沉沦，相反，他们更加积极地追求人格的尊严、生命的完美、生活的自由。阮籍《咏怀》第三十九首写道：“壮士何慷慨，志欲威八荒。驱车远行役，受命念自忘。良弓挟乌号，明甲有精光。临难不顾身，身死魂飞扬。岂为全躯士，效命争战场。忠为百世荣，义使令名彰。垂身谢后世，气节故常有。”在抒情主人翁狂放不羁的外表下，难掩一颗滚烫的心，难抑一片赤诚的诗人情怀。这些诗篇不仅见证着阮籍对生命的执着追求和热爱，也同时反映了全体正始文人对现实社会的关爱情怀和对美好事业的无尽渴望。

不同于建安文学和正始文学，司马氏集团统治时期的两晋文学则向另一个方向发展。西晋文学则以太康年间的“三张（张协、张载、张亢，亦作张华）、二陆（陆机、陆云）、两潘（潘岳、潘尼）、一左（左思）”的作品为代表。除了左思的作品上承汉魏风骨而形成“左思风力”之外，其他作家皆见闻正始文人悲惨处境之故，他们的思想普遍游离于人格之外，眼睛不再倾力关注社会生活，内心不再追慕前贤的伟业，精神也不向往事功的辉煌。于文学创作中更加重视个人感官的体验，明显倾向于对繁缛、对仗等形式美的追求，彻底丧失了建安文学的风骨和精神，但在语言技巧上却有一些新的探索，并对艺术形式的发展做出了一定的成绩，在中国诗歌史上亦有独特的意义。直到东晋时期陶渊明的出现，占据文坛长达百年之久的玄言诗和浮华风气才被取而代之，他以清新朴实的田园诗歌给东晋文坛吹来一股新春的气息，带来一片难得的生机，为相对沉闷的诗坛开拓了一片全新的天地。

南北朝时期，南北方的文学发展不平衡。南朝文人诗歌从宋初由玄言的启迪而转向山水，山水和田园进入诗人的法眼，成为古典诗歌的重要题材。在谢灵运等诗人的笔下山水成了审美的主要对象，但并不是纯粹客观地去欣赏和描摹，而是将深厚的情感熔铸到自然山水中，去探寻生命哲学的底蕴。诗歌通过山水灵气来彰显诗人强烈的生命追求，折射出诗人浓郁的情感特质和盈盈的生命意识，并由此完成了从玄言诗到山水诗的彻底转变。另外，这一时期出身寒微的鲍照继承并发扬了汉乐府的缘事而发的传统精神，他的作品以抨击门阀制度为核心，极具愤世嫉俗的批判意识，成为南朝文坛上一道亮丽的风景，使我们能在南朝普遍柔软的文学中，终于瞥见一丝阳刚之气和一份爱国情怀。

随着音韵学的发展，南朝的周颙首先发现了汉字的“四声”特点，而后沈约首倡将“四声”运用到诗歌的创作中去，并提出“四声八病”之说，于是“永明体”应运而生，并被诗人追捧，为了有别于自由的古体诗，时人赋予她一个全新的名字——“新体诗”。之后，中国诗歌开始走向了格律化的道路，为唐代律诗的出现做好了音韵的准备，奠定了形式的基础。出现在陈朝的“宫体诗”也堪为南朝文学中一朵别样的花朵。她与南北朝民歌、骈赋和小说一起，共同镶嵌并点缀着这一时期的文坛。

当南方以文采风流而著称于世时，北方的文坛则显得较为孤寂，庾信、王褒的北上，无疑给寂寞憔悴的北朝文坛注入一管新鲜的血液。南北不同的文学在对峙中交流，在交流中逐渐融合，至隋统一而使得这种交流、融合大大加强，至唐朝最终汇成一股洪流，形成了波澜起伏，蔚为壮观的唐代文学。

综上所述，可以发现基于哲学思想的差异，社会环境的变化，魏晋南北朝文学与先秦两汉文学相比，显得纷繁复杂，却自觉为文成为风气，呈现出强大的动态发展趋势和别具一格的文学特征，具体表现为：

首先，世人对文学的重视和文学观的发展。曹丕在《典论·论文》中提出："盖文章，经国之大业，不朽之盛事。"诚然，曹丕所言的"文章"含义更广，并非仅仅指纯文学，但文学也是其中之一。无论如何，曹丕首次在中国文论史上将文章提高到"大业"和"盛事"的高度，并与政治同等高度来看待。在曹丕的时代，文学已经获得了应有的独立地位。他们对文学的钟爱，已经不是"固主上所戏弄，倡优畜之"（见于司马迁《报任安书》），而把更多的精力与关注的焦点放在文学作品的审美价值和社会功用上。另外，世人对文学的重视还表现为一些文人对文学作品的自觉收集、整理、编纂和品评，如萧统编的《文选》、徐陵编的《玉台新咏》以及钟嵘的《诗品》就是典型的例证。

在文学史的课堂教学过程中，这些内容往往容易被忽略，但这恰恰是文学趋向自觉的表现之一。另外，在教学中凸显文学观的发展，也是魏晋南北朝文学史教学中的一个重点。主要体现在文学批评理论的空前繁荣，一些文学批评家著书立说，专门对文学进行研究、品评，并涌现出曹丕《典论·论文》、陆机《文赋》、刘勰《文心雕龙》等文学批评篇章和著作。其中刘勰《文心雕龙》的出现，标志着中国文学理论和文学批评开始完整体系的构建。

其次，对文与非文的区别以及不同文学体裁的辨析。魏晋南北朝文人不仅将文学从学术中区分出来，而且从有韵无韵的角度来探求文学的特点、文学的分类、文学的创作规律及社会和艺术价值等。

再次，表现对审美的自觉追求上。曹丕《典论·论文》强调"盖奏议宜雅，书论宜理，铭诔善实，诗赋欲丽"；陆机《文赋》则说"诗缘情而绮丽，赋体物而浏亮"。文学不仅尚用、缘情，而且追求审美。《文心雕龙》则以大量的篇幅和专题专门论述文学作品的情采、声律、丽辞、比兴、夸饰、练字等艺术特征，成为文学自觉的标志。

伴随着社会的演进，文学的自觉成为魏晋南北朝艺术发展的趋势。这虽然是个乱世，却是一个精神更自由、艺术大发展的时代。"汉末魏晋六朝时中国政治上最混乱、社会上最苦痛的时代，然而却是精神史上极自由、极解放，最富于智慧、最浓于热情的一个时代。因此也就是最富有艺术精神的一个时代。”① 这一时期居于文坛主位的依然是诗歌，无论是文人的五言诗还是民歌都取得了很大成就。散文虽然逐渐被骈文所替代，但也不乏有郦道元《水经注》那样传世的优秀之作。至于萌芽于先秦、两汉的小说，六朝便开始以“志人”与“志怪”的方式兴盛起来，并为后世小说、戏曲的发展奠定了坚实的基础。而就内容来说，因为受到世风的浸染，魏晋南北朝时期的文学创作不可避免地沾染上乱世特征。

第一，悲观和放达的感情基调。朝代更迭，战争频仍，许多文人都被莫名其妙地卷进了政治纷争的旋涡。他们中有的受到排挤、压制，有的受到迫害甚至杀头，有的惶恐地生活在战乱之中。这些遭遇使他们感觉到自己对社会、对自我无能为力、无可奈何。表现在文人身上，或悲观绝望，看不到人生的方向；有或放浪形骸，来发泄悲愤的情怀。体现于作品，使这一时期的文学蒙上了悲凄的色彩，奠定了任性放达、个性鲜明的感情基调。阮籍“夜中不能寐，起坐弹鸣琴。薄帷鉴明月，清风吹我襟。孤鸿号外野，翔鸟鸣北林。徘徊将何见，忧思独伤心。”诗歌表现一种无路可走的孤独感和悲凉心情。莫名的忧愁和焦虑来自一种自己存在的感受，“孤鸿”“翔鸟”是充满了孤独、惊恐不安的意象，富有象征意义。“清风”“明月”可视为外界对诗人内心的侵入，表明诗人主观上的虚弱，而更显示出作者内心深处的孤独。末两句则是诗的主旨所在，表明天地之间别无他物，在空寂的自然界只有诗人独自徘徊忧伤。在众人皆醉我独醒的黑暗现实里，诗人本想借助暗夜的掩护，以期进入忘记一切的梦乡，可是内心的孤苦与失望，精神的钳制与无奈像一只撕啮肝胆的蝎子，令他痛不欲生，经受煎熬。于是苦闷与不见任何希望的悲观像窗外挥之不去的月色笼罩在诗人晦暗的心头。无奈的诗人只能以外表貌似旷达怪诞来消释内心的极度苦闷。据《世说新语·德行篇》注引王隐《晋书》记载：“魏末，阮籍嗜酒荒放，露头散发，裸袒箕踞。其后贵游子弟阮瞻、王澄、谢鲲、胡毋辅之徒，皆祖述于籍，谓

① 宗白华：《意境》，北京大学出版社2000年版，第117页。

得大道之本。故去巾帻，脱衣服，露丑恶，同禽兽。甚者名之为‘通’，次者名之为‘达’也。”可见“西晋之士，其以嗣宗为法者，非法其文，惟法其行。用是清谈而外，别为放达”①。希望是狐狸头顶的葡萄，一旦清楚那是不可触摸的水中月、镜中花时，狐狸也会愤然拂袖而去，转而故作放达地甩出一句“那是酸的”。“不侍二姓”（陈寅恪语）的陶渊明，在看透社会黑暗，挣脱樊笼，回归田园后，把心灵的放达写进了诗歌。无论是《归园田居》，还是《饮酒》都是对世俗尘世的摒弃与回归自然的放达恬静心态的平静宣泄。至于谢灵运借助山水掩饰失去权位的不满，佯装放达；郭璞假托游仙表现自己对现实的不满与反抗都是这一基调的最佳佐证。他们所谓的放达，其实是对现实绝望的自我疗伤和自我宽慰而采取的消极应对方式而已，这是其悲观失落情绪的另一表现方式而已。这才是他们真实的内心感受，也是魏晋南北朝文学感情基调的一个层面。

第二，生死与游仙成为主要内容。生死与游仙和这一时代下文人们悲观和放达的感情基调不谋而合。从某种意义上来讲，魏晋南北朝不仅是中国历史上的“春秋”，更是思想上的“乱世”。“乱世”风貌深刻地影响了文人的心态与精神，同时也影响到整个文学创作的情感基调、思想内容。频繁的战争使王朝风雨飘摇，也使得人民流离失所、家破人亡。一个个政治阴谋悄然使朝代更替，改变着历史的轨迹。世间种种天灾人祸让敏感的文人感受到生命的脆弱，目睹命运多舛，感受人性的丑陋，身处飘摇时代的个体面对时代风云变幻却无能为力。于是，魏晋南北朝文学自然而然地表现出了生死主题、游仙主题及隐逸的时代内容。在朝不保夕的乱世，为了珍爱生命，为了苟全性命，文人们可以像曹操那样对酒慷慨悲歌；可以像刘伶那样嗜酒狂放，任诞放达；可以像嵇康一般特立独行；亦可如《古诗十九首》的作者们那般及时行乐，甚至追求声色感官享乐。反映于作品，文风也就相应地呈现出或慷慨悲歌、梗概多气；或隐约曲折、绮丽华靡的时代特点。在朝不保夕，生死难测的时代，感慨风衰世乱、功业难就、人生悲苦以及强烈的生命意识必将成为文学的主要内容。的确，“对生存死亡的重视、哀伤，对人生短促

① 刘师培：《中国中古文学史讲义》，上海古籍出版社2000年版，第51页。

的感慨、喟叹，从建安直到晋宋，成为整个时代的典型音调”①。实际上，文人对死亡并非是害怕，而是对生命的博大深情，“这里没有声嘶力竭的抗议和控诉，只有默然深情的领受和歌吟。我清醒，但并不无情；我深情，但并不狂热。这就是中国文学的特殊审美格调：哀而不伤”②。睿智的诗人深谙死亡是唯一摧毁所有功名荣誉的巨大力量，他们深情地抚慰着尚且属于自己的生命，低吟着一曲曲哀歌，悲壮、深情、潇洒地走向那个生命的尽头。

至于游仙的主题，则是运用大胆的想象，营造一个理想的神仙世界，表现对神仙世界的向往以及对长生的愿望。曹植利用自己的生花的妙笔，精心描绘了一幅翩若惊鸿的洛神图，表达自己近乎柏拉图精神恋爱的美好向往与追求。郭璞的《游仙诗》用大胆的想象勾勒了一个令人无限向往的神仙境界，反映诗人对没有烦恼忧愁的自由快乐生活的渴望与憧憬。其实，无论生死主题，还是游仙主题，无一例外都是乱世文人对生命意义高度关注的另一种表白方式而已。因为黑暗的现实世界生灵涂炭，关注生命的眼光自然会投向老庄哲学里那令人神往的境界和神仙世界。在那里，人们可以挣脱烦恼，亲近自然，餐英卧霞，舐血疗伤，安顿身心。所以除了以上游仙诗之外，又有了陶渊明的《归园田居》和《饮酒》等大量描写隐逸生活和表现神仙般隐逸思想的作品。在具体的教学中，对这一文学现象的诠释，应该本着知人论世，把作品放进这一时代的大环境下，系统考量，才能有利于学生对具体作品的理解和鉴赏。

第三，不平与隐逸成为时代主题。兴盛于魏晋南北朝的门阀制度强化了士族的统治地位，加深了门阀与寒门之间的鸿沟，严重阻碍了寒族子弟的仕进之路，加剧了士庶之间的矛盾。门阀制度作为这一时期的一个重要的政治制度，对这一时期的文学也产生了深刻的影响。寒士抑郁不平及显达无望而转向隐逸成为该时代文学的一个重要主题。隐逸似乎成了中国乱世文人无奈却唯一的选择，这是中国文学的一大特色，也是

① 李泽厚：《美的历程》，中国社会科学出版社 1989 年版，第 84 页。

② 陶东风、徐莉萍：《死亡·情爱·隐逸·思乡——中国文学四大主题》，杭州大学出版社 1993 年版，第 67 页。

中国文化的一大产物。“无论从哪一方面说，‘隐士’这个名词和它所代表的一类人物，是中国社会的特产。”① 诚然，隐逸充满着诱惑，但若不是英雄迟暮，仕途坎坷，或者报国无门，哪个熟读圣贤之书的士子轻易选择隐逸山林而愿意抱憾终生呢？自古以来，封建文人的人生信仰与生命价值追求往往随着人生遭际的变化而变化。春风得意时渴望入世，而身逢乱世，历经坎坷时，又倾向遁世隐逸。魏文帝时代那种“上品无寒门，下品无势族”泾渭分明的难堪局面，自然地使许多仕进无望的寒门子弟心中产生难以抑制的不平之气，产生隐逸田园寄情山水的冲动。或许从那灵秀的自然山水里，他们才能找到精神的栖居地和生命的归宿！康德说：“对于自然美具有一个直接的兴趣（不但具有评定它的鉴赏力）是一个善良灵魂的标志。”② 寒门文人心底的抑郁与不平、隐逸与冲动酝酿于笔端，迸溅于纸上，反映到文学创作中，便又成为了这一时期文学的另一个显著特征了。出身寒门的左思笔下《咏史》中，对门阀制度进行大胆揭露与勇敢反抗。而“久在樊笼里，复得反自然”的陶渊明，不再为五斗米而折腰，不再因尘世而烦恼，也不再因“误落尘网”而惶恐。曾抑郁不平地喊出“韩亡子房奋，秦帝鲁连耻”的谢灵运，借助山水掩饰自己对失去权势的不满，借助湖光山色寻求生活的惬意，借助诗句表达对归隐“南径”的愉悦。从此，承其衣钵，踵其武而重事增华者络绎不绝，谢朓可谓其中的另一佼佼者。他们虽然各有侧重，成就不尽相同，但他们都有一个共同特点，那就是都以自己独特的方式表现了不平与隐逸的时代主题，这是诗歌教学尤其是山水诗教学过程中不可忽视的内容，在本书个案教学之《生命情韵与山水诗教学》中已有详论，此处不再赘述。

第四，文学中渗透着儒学、玄学与佛学思想。魏晋南北朝文学史的教学，阐释当时的时代思潮与哲学思想是不可回避的话题。这一时期，中华民族分裂多于统一，战争多于和平。战争与政变使社会经济遭到严重破坏，民众生活犹艰，文人目睹种种苦难与丑陋的政治。此时，社会各阶层民众忧心忡忡，脸上写满悲色成为时代风气。心灰意冷的人生急

① 蒋星煜：《中国隐士与中国文化》，上海三联书店 1988 年版，第 1 页。

② ［德］康德：《判断力批判·上卷》，商务印书馆 1964 年版，第 143—144 页。

迫需要一种思想来消解笼罩在世人心头的悲凉，失意的文人更是需要一种精神的慰藉。于是，呼唤精神疗治的社会里，玄学、佛学转而占据时代思潮的上风，对儒家思想产生了极大的冲击。这正是当时文学中渗透着儒学、玄学与佛学思想的一个内在原因。就外因而言，儒学独尊局面的瓦解，给精神王国留下一块有待补白的缺憾，也使人们的思想得到了空前的解放。所以，在思想界出现了玄学、儒学、佛学并行于世的现象。这一时期的思想领域内异端思想活跃，各种思潮纷纷兴起，表现为儒学式微，玄学兴起，佛、道二教因广泛传播而流行。

从社会角度而言，汉末黄巾大起义动摇了两汉数百年间儒学一尊的地位。曹操倡导法治，任人唯贤，选拔“不仁不孝，而有汉国用兵之术”（见于《求逸才令》）的人，加速了儒学的衰落。儒学独尊的地位一旦打破，潘多拉魔盒被认为打开的同时，以往被禁锢的思想便迅速从精神束缚中解放出来，各种“异端”思想便会像秋后的蚕蛾破茧而出，转瞬铺天盖地，扑面而来，风行于世。与此同时，兴起的玄学打破了汉代以来经学的统治，对于解放人的思想、活跃思维都起了重大作用。而玄学的一些命题，如玄学崇尚虚无、贵自然、辨形神的探讨，对于文学创作中尤其是玄言诗以及后来的山水诗，追求自然神韵就产生了深刻的影响，也促使时代文学创作风貌的变化。所谓“嵇志清俊，阮旨遥深”，陶渊明回归自然，正是玄学影响文学风貌的最好例证。

除了玄学的兴起外，另一值得关注的现象是佛、道二教的流行。佛教传入后，在中国生根、变化、发展，形成了中国化的佛教，受到传统文化的影响，并最终溶入中国文化之洪流，融化为中国传统文化不可割裂的一部分。佛学的东浸并与玄、儒的交流给中国本土的政治、思想、经济、文学、音乐、美术、雕塑、习俗等带来了一系列的变化。仅就文学，特别是“志怪”小说而言，它丰富了文学的思想、美化了艺术形式，乃至增加了表现手法。与佛教相比，道教是中国土生土长的一种宗教，它求长生、慕神仙以及炼丹、服食等，对魏晋南北朝时期的文人影响更大。这一时期文学作品中的游仙诗，“志人”小说，以及作品中个性张扬的生命意识与主题，莫不与道教精神的追求与实践相关。这种觉醒了的生命意识是道教神仙之说流行的外在需求，而道教神仙之说的流行，反过来也促进了人的主体生命意识的进一步觉醒，刺激了中国文人越发丰富的想象力。与儒家循规蹈矩、关注功利与实用所不同的是，道教因为享乐求仙的冲动，他们用怪诞不经的想象，给身处现实的人们描绘了一幅奇异美妙的仙界。偶又会与佛教联手，诱发历经挫折的文人们回归自然的生命本能，促使嵇康喊出"逾思长林而志在丰草也"（见于嵇康《与山巨源绝交书》）的冲动。这无疑对于文人潜在想象力的开发，对于文学作品浪漫的艺术境界的描绘、艺术手法的开发与运用，起了不可估量作用。为了教好这段文学，学好这段文学，以上知识无论是教师还是学生都是不可不知的内容，因为它是开启文晋南北朝文学的精神锁钥。

基于社会的变故，环境的变化，尤其是以上哲学思潮的影响，在课堂教学过程中不得不强调的是，魏晋南北朝时期五彩纷呈的文学作品，悲观和放达是其特有的感情基调；生死、游仙成为它的主要内容；不平与隐逸便是它不可回避的时代主题；儒学、玄学与佛学思想更是其坚实厚重的精神基础。毕竟任何作品都是时代征候、风尚的反映与作者感情的外化，因而这些时代因素就不可避免地要影响和渗透到当时的文学创作中来，并在充满活力、个性张扬的作品里烙上深深的时代印记。

（纳秀艳　王顺中）

唐宋文学史课程教学探索研究

中国古代不同时期的文学在语言表达、体裁样式、思想内涵、形象构成、形式要素等许多方面表现出某种程度的不同，有时甚至差异很大。唐宋文学包括隋、唐、五代、北宋、南宋五朝近700年的文学史。五朝时间上前后相承，文学观念、文学表现有相似处，但差异也很大。教学中，需根据不同时期的文学特点区别对待，有所侧重。

隋、唐、五代经历了379年，其中隋38年（581—618年），唐289年（618—907年），五代53年（907—960年）。这个时期的文学统称为隋唐五代文学。

隋朝文学是北周和梁陈文风的延续。文帝用政治手段提倡质朴文风，但收效甚微。炀帝喜爱宫体，文坛浮艳淫靡之风弥漫，但几位由北周入隋的作家所写之诗有贞刚之气。唐建国后，文化政治等的多元开放格局，使得唐代文学逐渐摆脱梁陈遗风，清刚、慷慨之气不断涌现，诗歌也逐渐从宫廷移到了市井，从台阁移到江山和塞漠，离别、怀乡、边塞、市井生活、山川景物等进入诗歌，使得诗歌有了充实的社会内容、严肃的思想和真实的感情，走向鼎盛，致使后人发出了“一切好诗到唐代已经做尽”（鲁迅语）的感叹。安史之乱是唐历史的分水岭，也是文学的重大转折点。

平息了安史之乱的唐帝国元气大伤。中央对地方的控制大大减弱，各路藩镇拥兵自重，有的甚至攻打长安，迫使皇帝“出奔”。大历年间，一批经历过盛世繁华的诗人在社会急剧的衰落中落寞索然，用十分精致的语言吟唱着清冷、孤寂与哀怨之歌。到贞元、元和时，国力有所恢复，作家队伍的构成也发生了变化。见证过盛世的诗人们已经辞世，一代文学新人渐次登上文坛。政治上，他们在中兴的希望中积极干谒，励精图治；文学上，则在努力摆脱盛唐其盛难继的影响焦虑，寻找诗歌革新之路。

历史发展到晚唐，“中兴的愿望化作一声不无眷恋的深沉的叹息了”[①]。曾经以为的曙光变成了衰飒的夕照，笼罩人心的，是失望和沮丧。这时的诗人，一方面慨叹着历史盛衰兴亡的不可逆转，眷恋并热烈讴歌着过去的好时光；另一方面转向个人情思，抒写隐约幽深的情怀，或者躲进山水，在对自然的凝神谛视中获得心灵的安宁与休憩，也借此宣示精神的优越。怀古咏史、个人情思、自然风物成为晚唐诗歌的三大主题。活跃在晚唐诗坛的，有李商隐、杜牧、温庭筠、贾岛、姚合等人。他们的共同之处在于意象的提炼、意境的营造和字句的锤炼。盛唐的自由奔放、中唐的求新求变到他们这里都已成为过去，部分开始“苦吟”，“吟安一个字，捻断数茎须”（见于卢延让《苦吟》），“追求细美幽约的情致”[②]，在表现的精巧、细腻、婉转含蓄等方面为唐诗开创了又一新的局面。有学者认为，中国诗歌，最美的，在晚唐。

到军阀割据的五个小王朝时，社会思想发生了极大的变化。“全民皆商，金钱万能，斯文扫地，仕宦绝途，文人学者已无出路”[③]，或者毫无操守、无抱负可言，或者寄食于强权，写一些“应时之文”，或者干脆无耻，做“长乐老”。五代文学，聊以补阙的，有南唐二主，有《花间集》。至于文学贡献，可算是探索了词的写作，为宋词的繁荣做了一些准备。

宋代文学分北宋（960—1127 年）、南宋（1127—1279 年）两期，历时 320 年。宋代实行右文政策，“不杀士大夫及上书言事人”，中央及地方官吏多用文士，大办学校，大开科举，因而造就了一批集学者、官僚、诗人于一身的人。宋代的社会风尚大体上呈现出重文、尚理、崇雅的特点。而“理”是哲理，还是义理、事理、性理、情理或禅理。宋文化以复雅崇格为特色，风流儒雅是宋代士大夫所崇尚的美学风范，

---

① 罗宗强：《隋唐五代文学思想史》，中华书局 2011 年版，第 318 页。

② 同上书，第 319 页。

③ 郭预衡：《中国散文史》（中），上海古籍出版社 1993 年版，第 21 页。

文化艺术上也多呈现出雅致化的倾向。中国封建社会文化至宋而登峰造极，两宋文人士大夫为我们留下了丰厚的文化遗产，取得了很高的文学成就，“华夏民族之文化，历数千载之演进，造极于赵宋之世”①。中国封建文化在两宋定型，我们甚至可以说，今天中国知识分子乃至一般民众的心理、思维习惯也可在两宋找到渊源。

北宋初年，国家统一，社会安定，经济发展，城市繁荣。人们追求享乐，文人竞写浮艳以点缀升平。于是有柳开、欧阳修等古文家出现，呼唤韩柳传统的回归。到北宋中期，随着民族危机的日趋严重，政治上革新变法的呼声高涨。经过几代古文家的共同努力，如范仲淹的包含有文风改革的政治改革；王安石文贵致用，文学发挥其社会职能，切实反映现实生活的创作实践；苏轼“行于所当行，至于不可不知”的文学主张共同带来了北宋古文创作的新局面。北宋古文的影响，远及明清乃至今日。

中国古代文学史上，唐诗是高峰，宋诗也绝不是低谷。只是二者有些区别，唐诗“主情”而宋诗“主理”（见于杨慎《升庵诗话》），“唐诗以韵胜，故浑雅，而贵蕴藉空灵；宋诗以意胜，故精能，而贵深析透辟。唐诗之美在情辞，故丰腴；宋诗之美在气骨，故瘦劲。唐诗如芍药海棠，秾华繁采；宋诗如寒梅秋菊，幽冷生香。唐诗如啖荔枝，一颗入口则甘芳盈颊；宋诗如食橄榄，初觉生涩，而回味隽永……就内容论，宋诗比唐诗更为广阔。就技巧论，宋诗较唐诗更为精细”（缪钺《论宋诗》）。唐人以诗达情，喜笑哀怨都在诗里。宋诗是在唐诗影响焦虑下的创作，是中国古代文学史上又一道美丽的风景。宋诗记录的是诗人对世界的思考，讲究文字的精巧，造句的生新、深远、曲折，追求深厚的蕴蓄，情感表现静弱而不雄强，内敛而不向外扩发，深微而不广阔。

和散文一样，宋诗也有一个发展变化的过程。宋开国之初，诗坛承袭晚唐五代余风，主要效法唐人诗歌，出现了以王禹偁为代表的白体（效法白居易）、以杨亿为代表的西昆体（学习李商隐）和以林逋为代表的晚唐体（学贾姚）。随着苏舜钦、梅尧臣、欧阳修等对西昆体的批判，西昆体的影响渐渐淡去，宋诗呈现出重意境、尚平淡、提倡“意新

① 陈寅恪：《金明馆丛稿初编》，上海古籍出版社1980年版，第296页。

语工”的崭新面貌。随后，王安石、苏轼、黄庭坚等名家先后崛起于诗坛，宋诗创作的第一个高潮到来。活跃在南宋前期诗坛上的是“中兴四大诗人”。他们大多出入江西诗派，或多或少受苏黄诗风的影响，但他们开始了对江西诗派的反思，表现出独创意识的觉醒，面向生活，师法自然，而靖康之乱、南宋小朝廷的残山剩水更使得诗歌中的忧时伤乱之情表现得尤为浓郁。南宋后期，永嘉四灵、江湖诗人先后出现。他们不满于理学家的“以道学为诗”和江西末流的“资书以为诗”，提倡在诗中少用典故，少发议论，追求清新流畅。尽管他们因为个人的才力、阅历等原因成就不高，但也出现了一些脍炙人口的名篇佳作。而宋亡前夕，文天祥、汪元量等一批爱国志士奔赴国难，写下了一批慷慨悲壮的诗篇，为宋诗画下了一个圆满的句号。

“一代有一代之文学”，宋的代表文体是词。北宋初期的词基本上承袭五代词风，多为短章小令。虽然开始由五代词的浮艳走向清丽，显示出文人词与“伶工之词”的不同，但内容仍多为流连诗酒、歌舞升平。只有个别抒写个人怀抱的作品，能写出含意较深的意境，表现出某些生命哲思。作为宋初著名的政治革新家，范仲淹用词来反映边塞生活，抒写政治怀抱，词风刚健，在北宋词坛独树一帜，开豪放派之先河。北宋后期，婉约词占统治地位，词形成了写情、写愁和崇尚格律的倾向。周邦彦工于描写，擅长铺叙，词律工巧，用语清新，是词的成熟期代表，北宋词坛婉约派的集大成者。靖康难后，民众抗金呼声很高，一些爱国志士和将领，力主收复失地，反对求和，并继承苏轼豪放词风，写出不少慷慨悲壮的爱国佳作，影响了辛弃疾等爱国词人。南宋中后期，宋、金对峙的局面大体形成，词坛上出现两个不同风格的作家群：一个是以辛弃疾为首的豪放词派，另一个是以姜夔为首的格律词派，都对后世文学有深远影响。

文、诗、词而外，唐宋时期还出现了传奇、话本等新兴文体。据说传奇是行卷的产物，而话本是“说话”的底本。话本产生于唐，繁盛于宋，延及元、明、清，至今尚有一定影响。传奇、话本都是一种叙事性文本，情节曲折，语言或雅丽或通俗，与唐宋社会风尚休戚相关，为后代通俗小说的发展开辟了道路。

一 唐宋文学史课程的价值定位

第一，唐宋文学居于中国古代文学史的中段，它与前后文学时段的勾连十分密切。唐诗胎息于梁陈，明清文学又深受宋诗影响。理解了唐宋，进一步前伸后延，整个中国古代文学的脉络基本可以弄清了。它还是古代文学、文化的高峰期。无数的大家名作产生于唐宋，是中国古代文学的主要标志之一。唐宋时期，有新文体诞生，更有律诗、散文的成熟。它还是古代文学接受中最广泛、认知度最高的时期之一。无数的唐宋经典作品和文学大家成为了中国古代文学的重要符号，深入到了国人的血脉中。李白、杜甫、司马光、王安石、苏轼、陆游、辛弃疾，阳关羌笛，“青海长云暗雪山”，“西出阳关无故人”，神游在九万里神州大地上的，满眼都是唐宋风光。在中国，从耄耋老人到牙牙学语的孩童，几乎都知道“独在异乡为异客，每逢佳节倍思亲”，能诵得“问渠哪得清如许？为有源头活水来”。说唐诗宋词是中国人的血脉毫不为过。

第二，两个文学时段之间具有较大的差异。小而言之，有唐宋诗之争，后代有宗唐宗宋之别。大而言之，是唐型文化与宋型文化的差异。在政治制度、社会思潮、经济思想及文学思潮中都有相当大的差别，“唐代是中世的结束，而宋代则是近世的开始”①。“华夏民族之文化，历数千载之演进，造极于赵宋之世”②。唐宋文人士子为我们留下了丰厚的文化遗产，取得了很高的文学成就，而“宋型文化”又决定了我国文化后来的走向及主要特征，美国学者包弼德在他的著作《斯文：唐宋思想的转型》中指出，公元755年后士人经历了门阀士族——文官——地方精英的转型，这个过程基本是在北宋完成的。因此，唐宋文学史在传统文化的谱系中意义重大。

第三，“唐诗主情”，“宋诗主理”。唐型文化爽朗热情，是青春气息，是直观感悟，但从中唐开始，理性思维开始显露，春秋学派为理学

① ［日］内藤湖南：《概括的唐宋时代观》，见于刘文主编《日本学者研究中国史论著选译》第一卷，中华书局1992年版，第10页。

② 陈寅恪：《金明馆丛稿初编》，上海古籍出版社1980年版，第296页。

导夫先路。宋人在诗文中主理，成熟、稳重、矜持、顾全大局，但在词作中又情思洋溢，百转千回。一般学生所了解的本段的文学知识相较于其他时段，估计要多许多，但一知半解、似是而非甚至“误读”的东西也最多。为本科学生讲述这样一段非常重要、内部又有着巨大差异的文学时段，自然需要有它特别的侧重与教学目标。

二 应提倡综合与研究相结合的教学方法

教师追求什么样的教学境界，期待达到什么样的教学目的是教好一门课的关键。唐宋文学史的教学目标在于通过对唐宋时期文学事件、文学现象的了解，体味唐宋文学精神的精髓与宝贵处，如积极向上、奋发有为、纯真自然、忧国忧民、爱国爱家、责任与担当、坚持与坚定的品格，淡泊名利、出入自在的境界等。学生学习唐宋文学史，基本已经到大二甚至大三了，已经有了比较扎实的古汉语训诂、音韵等方面的知识作支撑，有之前至少两个学期的先秦两汉魏晋南北朝史的学习，加上唐宋文学中的文言相对比较好懂，所以教师不需要在文字、典故等的梳理上下太大工夫，而可以加大学生的自学量、阅读量，教师主要采取“专题讲授法”和“协商会话法”较为妥当。

专题讲授法是指教师根据教材提供的知识，提炼出具有共同特性及典型性的“纲”（专题）进行纵横比较，如诗派专题、隐逸、思乡主题、科举题材、文体的贯穿演变等。纲举目张，唐宋文学甚至整个古代文学的面貌就不会被生硬隔断在一个个的封建王朝里，隔断在不同的作家作品的分析中了。专题的讲授还可以培养学生的问题意识，帮他们跳出传统，从新的角度来审视问题，而不是被动接受知识。如科举取士制度，唐是首创，必然“始创未公”，而宋则是在借鉴唐制度的基础上不断完善、规范，在录取比例上基本是唐的 10 倍甚至以上。这就决定了唐宋科举诗区别会很大。选择不同时代同主题的诗歌作“抓手”，制度、文化以及心态的区别就会昭然若揭。唐宋文学史教学中教师可选择的类似的专题很多，教师可示范性地讲解一二，其他问题可作为学期论文让学生尝试着自己解决。

“协商会话法”是在文学史教学中，教师充分尊重学生的主体作用，发挥教师的主导作用。一方面，引导学生游览各种美丽的文学风景；另一方面，也引导他们主动在堂上堂下表达自己的观点，形成自己的判断。具体做法可有：（1）将文学史上还没有定论，尚在争议的问题，甚至是针锋相对的观点客观排列在学生面前，请他们思索并表达自己的立场。（2）改变课堂结构，提前布置有关书目，指出问题，请学生在规定时间内讨论（类似于藏传佛教的辩经）。教师在讨论过程中，可扮演辩难者甚至可以故意胡搅蛮缠，训练学生的思维能力及表达以及维护自己观点的意识。（3）学期论文训练。受现代传播环境的影响，当代大学生最大的不足就是阅读、记诵及语言表达能力。他们习惯于在互联网上搜索一切知识，懒于有条理、有层次地组织思维与语言。学期论文可逼迫学生读书，动手找问题，找资料支撑自己的观点，训练学生的语言表达。

唐宋文学研究是古代文学研究最发达的领域，集中了很大一批优秀的学术力量，取得了很多骄人的学术成果，如罗宗强、张毅先生的唐宋文学思想史的成果，蒋寅先生大历诗人、诗风的研究等都已进入文学史教材。这几年，也不断有很多很好的研究成果面世。教师在讲课时应当及时、不断地将这些新思索、新发现介绍给学生，为他们的课堂探寻研究型学习示范，从而引导他们自主学习、独立思考。这也有助于培养学生发现、解决问题的能力。

三 衔接并深化学生原有知识积累

唐宋文学本就是一般民众最熟悉的古代文学经典，加之近些年的国学热以及中小学语文教学内容的深化与发展，它更成为了最为人们熟知的古代文学知识之一。家喻户晓的诗人，布在儿口的诗句，“赐金还乡”“此人不堪”一类的故实使得唐宋文人成了我们亲近多年的朋友。2000年教育部修订颁布的中小学语文教学大纲，把多背多读古诗文提到非常重要的地位，这是历史上第一次明确规定中小学生要背诵的古诗文篇目（如表1所示），其中唐宋诗词所占分量极重。李白、杜甫、王维、孟浩然、高适、岑参、李商隐、杜牧、刘禹锡、元白韩孟，苏轼、陆游、大小晏、李清照等等，几乎唐宋文学的主要作家都在中小学被涉及了，代表作品也基本上都被要求背诵了。作家的生平、生活背景、代表作品等也被中小学老师介绍过。但这并不等于学生最了解唐宋文学。毕竟这些知识距离真正的大学中文专业的有关知识相差甚远，但对学生而言，是“都学过”甚至“背过”，难以产生新鲜感。因为学生年龄、教师素质等关系，学生在基础教育阶段学习到的唐宋文学还有很多习非为是的错误，有语焉不详而造成的糊涂，还有很多被忽略的东西。更悲惨的是中小学教师本身的素质及教学方法还极有让很美的东西变得索然寡味甚至错误百出的可能。熟悉与陌生交杂，正确与错误参半，加上因“熟悉”而造成的缺乏新鲜感，缺少兴趣以及习惯的遮蔽等使得较之其他时段的文学史教学，唐宋文学史的教学难度更大。

表1　**中小学生要背诵的古诗文篇目**

	古诗文背诵总数	唐宋诗词数	在背诵篇目中所占比例
小学	80 首诗	71 首	80%
初中	70 篇，诗词 50 首	36 首	72%
高中	70 篇，诗词曲 50 首	35 首	70%

在教学过程中，我们首先需要克服学生的熟悉感，颠覆他们固有的某些观念。这就给大学的唐宋文学史教师提出了“衔接”问题：既要照顾学生曾经的知识积累，又要能吸引学生的兴趣，补偏救弊，还原唐宋文学本来的真实面目，令这门课“美”而且“有益”，以实现教学目标。

教师还需要解决精讲篇目的选取问题。尽管新中国成立后已有数千种文学史教材面世，但“作品选”绝大多数高校选取的还是朱东润的六卷本。这个选本有它的优点，但也有它特定时代不能避免的缺憾。主要表现在：第一，过于浓郁的意识形态色彩，导致反映阶级矛盾的作品入选太多，作家作品的审美价值有所缺失；第二，过于在乎作家思想的积极健康成分，那些有所谓颓废、哀伤基调的作品少有入选；第三，与中小学教材的选篇存在大量重复（这可能与这个选本的权威性，以及中小学教材的编选者在这个范围内选文有关系）。笔者一般会在每学期开课之前，让学生将学过的篇目勾出。最后的结果是假如排除学生在中小学阶段曾经学习过的篇目，教师几乎没有东西可讲。假如没有什么新鲜东西，让学生继续听一遍“思想内容”“风格”之类内容，倒不如不讲。

其次是需要颠覆学生已经形成的一些知识、观点。大学必须比中学要“深”，要“全”。“深”依靠思想的深度来实现，“全”是对时代、作家、作品更全面的了解与把握。如白居易，在中学，是完全知识性地将他的诗作分为闲适、讽喻、感伤、杂律四类，对于作品，基本是孤立地讲解《长恨歌》《琵琶行》《卖炭翁》。篇目之间没有整体感，知识与具体诗作之间也是割裂的。大学课堂里的白居易，就应该多一些综合的把握，如他各类诗作，尤其是“闲适”产生的社会历史背景及个人的主观原因，并应选取具体的作品说明“闲适”的思想基调，适当说明与传统儒道文化之间的对应关系。教师还可以就此进行横向、纵向的大的勾连，引导学生思索。

我们还应当适当补充一些优秀篇目，如李白，除了《蜀道难》《将进酒》《行路难》《古风》等人们耳熟能详的诗篇之外，几乎未进入任何选本的《临路歌》就值得大讲特讲。尽管这首诗不长，但它是李白的绝笔，是他精神、人格以及生命最后时刻的最凝练的反映，是李白的巨大哀婉与思索。学生结合自身的知识储备，读懂这首诗中的情感内涵，就基本可以理解李白了。适当补充一些不是十分流行但极具代表性的篇目，避免了熟悉化伴随的厌倦，也十分有利于学生形成新知识。

大学与中学课堂的区别就在于大学生看问题会更全面、更深刻，也只有在全局了然于胸时才有资格下判断。上述白居易才是大学生们需要认识的白居易。再比如李白被称为“诗仙”，起因在于贺知章初见李白，惊呼“天上谪仙人”。那么，“谪仙”这个词，在李白的意义是什么？是他写了《梦游天姥吟留别》那样的游仙诗吗？是李白有仙风道骨、飘逸若仙吗？这些都是中学里没有解决，需要在大学进一步深化的问题。这种深化，也是提高“识”的最佳手段。

综上所述，作为专业基础课，唐宋文学史在文化传承中意义重大，在古代文学史中地位重要，是理解民族精神的重要途径。教师需充分发挥自身的知识储备、文化修养以及兴趣爱好等优长，根据本时段文学现象的特点进行既深入浅出又能发人深省的教授，要善于组织、优化各类教学资源，达到学习效果的最优化。

（方丽萍）

元明清文学史课程教学探索研究

元、明、清三朝是承宋、金分裂之后走向大一统的三个封建王朝。

公元1206年蒙古贵族铁木真建立了蒙古帝国，他也因此被尊为成吉思汗。此后，蒙古族凭借强大的武力，征服了东西方广大的地域。公元1279年成吉思汗之孙忽必烈灭南宋，统一全国，建立了“北逾阴山，西及流沙，东尽辽左，南越海表……元东南所至不下汉唐，而西北则过之，有难以里数限者矣”① 的幅员极其辽阔的元帝国。元王朝是中国历史上第一个由少数民族建立的大一统的政权，这个空前统一的王朝，既出现了各民族人民之间的融合，产生了丰富多元的文化成果，又是“一个充满苦难的时代”。② 元朝立国后，经济得到恢复和发展的同时，在政治上，统治者实行民族压迫政策，他们不仅将人民划分为蒙古人、色目人、汉人、南人四个等级，并且由元朝的法律将之明确：“诸蒙古人与汉人争，殴汉人，汉人勿还报，许诉于有司”，“诸蒙古人因争及乘醉殴死汉人者，断罚出征，并全征烧埋银”。③ 与此同时，文人也因为元代的科举废立无常而失去了仕进机会，社会地位下降，其中一部分沦入社会的底层，他们或隐逸于山水，或流连于市井，出入于勾栏瓦肆，这样的处境使他们的人生价值取向、审美情趣都不同于此前的文人。由此，中国古代文学也进入了一个特殊而多彩的时期。这一时期由于社会政治、经济、文化以及社会思潮的激烈变化，使整个文坛的审美情趣也

---

① 《元史·地理志序》

② 郭预衡：《中国古代文学史长编》（元明清卷），首都师范大学出版社1998年版，第3页。

③ 《元史·刑法志》。

发生了剧烈的变化，原本在尚雅观念影响下很难被认可的俗文学得到发展的契机，因而，元明清三朝，俗文学得以堂而皇之地取代传统雅文学登上文坛的主导地位，取得了不菲的成就。因此，学习元明清文学，就应当关注到其时所发生的种种变化。

一 准确把握思想背景

一代有一代之文学。元明清三朝文学最为明显的特征是文学的主流由传统的抒情性文学——诗词文赋变而成为叙事性文学——小说、戏曲，这一变化标志着中国古代文学由雅趋向于俗，戏曲、小说则分别成为元及明、清的“一代之文学”①。我们知道每一种文学现象的产生都有其合理性，都能在滋养它的土壤中找到充分的内证。那么，长久以来，被正统文学观鄙视为“小道”的小说以及不能登大雅之堂的戏曲等俗文学能成为那个时代文学的主流，也一定有它的合理性。

首先，元明清三朝社会经济快速发展，商品经济的发展所带来的意识形态的变化以及不断增长的市民阶层，包括商人、手工业者、经纪人、小贩、小吏、侍从、奴仆、妓女、医卜星相以及一般的文人士子的市民群体，他们需要文化娱乐，有表达喜怒哀乐的情感心理的需求，这大大刺激了包括戏曲、小说在内的一切都市文艺的繁荣。“同时，群众的接受情况，又制约着文学的创作，促进了作家审美观念的转变。”②商品经济的发达，不仅使得市民文化日趋高涨，而且文人的价值观念也随之发生了变化。中国传统的“贵义轻利”观念，在明代中后期发生了实质性的改变，商人的社会地位也相应地提高。“好色”、“好货”成为一种社会风尚，“文人士子也逐渐改变不屑与商贾为伍的清高态度”，他们开始“留恋繁华的城市，习惯于出入市井，乐意与商人、名工巧匠、出色艺人等交游，越来越具有一种世俗化的特征”③。出现了文人审美趣味与市民消费诉求的互动局面。虽然传统样式诗文在元明清都有

---

① 王国维：《宋元戏曲史·序》。

② 袁行霈：《中国古代文学史》第三卷，高等教育出版社 1999 年版，第 225 页。

③ 袁行霈：《中国古代文学史》第四卷，高等教育出版社 1999 年版，第 5 页。

着不错的表现，取得了一定的成就，但作为封建文人陶情写意的诗文，其表现方法，艺术造诣早已发挥殆尽，后人很难出新。特别是生活在诗文高度发达的唐宋之后的元明清文人，更是难于在诗文方面超越前人，诗文也难很好的贴近市井百姓为其发声。[1] 戏曲、小说则能以其题材广泛，内容丰富，表现手法的多样性更广泛、深刻的反映市井生活，表现了他们的喜怒哀乐，塑造了众多的商人、手工业者、小吏、妓女等人物形象。“和前代文学比较，如果说先秦两汉文学所反映的主要是事功、行动，魏晋南北朝文学表现了更多的风度、思辨，唐宋文学展现出特有的襟怀、意绪，那么元明清的戏曲小说所描绘的却是一幅幅平淡无奇却五花八门、多姿多彩的社会风俗画面，是使我们感到颇为切近的世态人情。”如“三言”、“二拍”将市井中的各种角色淋漓尽致地表现出来，为我们展示出了一幅幅多姿多彩的社会风俗画。与元代文人大多因为社会原因和个人的遭际变化而投入俗文学领域不同，明清两代文人对于俗文学的喜好更多带有一种自觉的意识，因而在思想内容和艺术方面取得了极高的成就。这种代表元明清文学主流的俗文学“以其丰富多彩的故事性为中国文学增添了新的色彩，经过艺人记录、文人加工、文人模仿等几个阶段，遂蔚为大观。在元明清三代，其成就高出于士林文学之上”[2]。

其次，任何文学作品都是一定社会生活的表现，它的内容和形式是与其所处的政治、经济、社会文化等诸多因素密切相关联，一种文学样式的兴起，往往意味着人们的心理和社会思潮发生了变化，元明清通俗文学的兴起与社会思潮的变化密不可分。元朝的建立，结束了唐末以来国内长期分裂割据的政治局面，奠定了元明清三代六百多年统一的基础。元代是一个尚武轻文的社会，科举制度曾被废止七十余年，即使后来科举时开时停，也因人分四等政策而使汉人南人不能取得与蒙古人、色目人同等的地位。这是与文学发展关系最为密切的社会现象之一，它使得大批读书人失去了以往优越的社会地位和政治前途，人们长久以来形成的人生追求和价值观念被迫改变，“他们作为社会的普通成员而存

① 郭兴良：《略论元明清文学特点》，《曲靖师范学院学报》1993 年第 4 期。
② 袁行霈：《中国文学概论》，高等教育出版社 1990 年版，第 63 页。

在，通过向社会出卖自己的智力创造谋取生活资料，因而既加强了个人的独立意识，也加强了同一般民众尤其是市民阶层的联系，他们的人生观念、审美情趣，由此发生了与以往所谓‘士人’明显不同的变化。”①元代是一个多民族相互融合时期，因而多元文化并存的特点十分显著。较为宽松的社会氛围也使通俗文学有了相对自由的发展空间，于是元曲（包括杂剧和散曲）以它“一代之绝作”② 的姿态登上了文坛并取得了令人瞩目的成就。清人焦循《易余龠录》（卷十五）说：“一代有一代之所胜……余尝欲自楚骚以下至明八股撰为一集，汉则专取其赋，魏、晋、六朝（按当系南北朝之误——引者）至隋，则专录其五言诗，唐则专录其律诗，宋专录其词，元专录其曲。”王国维也将元曲与楚辞、汉赋、唐诗、宋词并称，赞为“一代之文学，而后世莫能继焉者也”③。

明建国伊始，朱元璋在政治上实行集权统治，将军政大权独揽于一身。通过大兴冤狱，诛杀功臣（仅胡惟庸一案延续十年，究其党羽“所连及坐诛者三万余人”），以巩固中央集权统治；思想文化方面，统治者大力提倡程朱理学，实行八股文取士制度，以束缚人们的思想。明初因社会经济得到了恢复和发展，汉族传统文化备受重视，元末明初文学上出现了短暂的繁荣，小说如《三国演义》、《水浒传》，戏曲如“四大传奇”及明初杂剧的继续发展；诗文如宋濂、刘基、高启等也取得了很好的成就，但这初步的繁荣很快就被明初的文化专制主义政策所扼杀。直至明中叶以后文学才开始由沉寂到复继而走上繁荣。文学上的发展是因为新的社会意识形态的出现带来的契机所致。明中叶以后，工商经济出现了“机户出资，机工出力，相依为命”④ 的新型雇佣关系，是资本主义生产关系的萌芽，与经济方面出现的这种新局面相适应的是思想界表现的更加活跃，新的社会思潮和文学思潮应时而出。作为统治思想的程朱理学受到了大胆的质疑和批判，甚至“为广大士子所鄙弃”⑤。明万历十五年（公元1587年）二月礼部上奏云：“近日士子为文，不

① 章培恒：《中国文学史》（下），复旦大学出版社1997年版，第8页。

② 王国维：《宋元戏曲史·元剧之文章》。

③ 王国维：《宋元戏曲考》。

④ 《神宗实录》卷三六一。

⑤ 郭预衡：《中国古代文学史》（四），上海古籍出版社2000年版，第10页。

用六经，甚取佛经、道藏，摘其句法口语为之，敝至此极。”① 如此，世风、士风都发生了巨大的变化。在王学左派的思想影响下，思想界和文学界出现了李贽、袁宏道、徐渭、汤显祖等一批具有叛逆精神和“异端”思想的代表人物，他们批判“去人欲，存天理”的理学思想，宣扬自然的人性，认为“穿衣吃饭，即是人伦物理”②，“道”不在于禁人欲，而在于满足人们的需要；主张人类平等，“夫天生一人，自有一人之用，不待取给于孔子而后足也”③。李贽反对以孔子之是非为是非，大胆否定了孔孟学说是“道冠古今”的“万世至论”。这些新思潮的影响下，适合表达市民生活和情感的通俗文学取得了空前的繁荣。这种繁荣不仅表现为作品多，成就高，更主要的是在于它们表现了新的文学思潮，新的时代风貌。新思潮为背景，明清两朝那些描摹市民生活，为“为市井细民写心”的戏曲小说等突出表现“情”与“理”的斗争，即使现实中“理”仍占统治地位，也要通过幻想来表达“情”对“理”的胜利，汤显祖等人提出了“世总为情”④、“情有者理必无，理有者情必无”⑤ 的命题，进一步将“情”与“理”相对立，大力宣扬“情”的解放，反映在戏曲小说中，作家往往通过对“情”的残害来激发人们对“理”的憎恨（如《牡丹亭》）。而个性解放的追求，使创作主体意识明显加强，他们反对理学对文学的桎梏，破除把文学仅仅看作载道之器的狭隘观念，追求文学的独立性、主体性，文学也随之有了鲜明的个性特征。戏曲小说中具有人格独立、张扬个性的人物形象不断涌现。肯定“人欲”和追求个性自由解放，批判假道学的新的人文主义思潮一直或弱或强地延续到有清一代。……反映在形式上，作家们将目光投向了“穿衣吃饭”、“百姓日用”举凡市井生活的方方面面都可以入题，扩大了题材范围，各种文学样式异彩纷呈，各种艺术风格争奇斗艳，所刻画的人物形象个性千姿百态，所采用的艺术手法丰富多彩，或庄或谐，或浓或淡，或含蓄或直白……它们呈现出的个体意识和欲望的表

① 《神宗实录》卷一八三。
② 李贽：《焚书·答邓石阳》。
③ 李贽：《焚书·答耿中丞》。
④ 汤显祖：《汤显祖诗文集》卷三四《南昌学田记》。
⑤ 汤显祖：《寄达观》。

达，也正是社会思潮、文学思潮发生巨大变化，张扬个性的体现。元明清时期，戏曲小说之外的雅文学也取得了可观的成就，涌现出了众多的文学流派，它们依时而变，也都表现出了所依之时代的精神。

二 观照叙事文学主流

元明清以叙事文学为主流，其显著的特点还在于它是“文学化”的文学。

元明清戏曲小说的数量之多、成就之高超过了之前的任何一个时期。其中不乏优秀的戏曲小说经典之作，这也是我们学习该时段文学的重中之重。任何艺术都在反映社会生活过程中，依据某种审美观念、审美理想去选择题材，处理题材，并以最佳形式体现它们。这之前虽然已有了片段叙事的志怪志人小说及文备众体的唐传奇，但规模都不大，除了几篇优秀作品外，其它写人叙事均有不足。到元明清三朝，这种局面得以彻底改变。元代是中国古代文学发展的转折期，这一时期叙事文学成为创作的主流，戏曲、散曲、小说创作呈现出兴盛的局面。元代是中国戏曲（杂剧、南戏）走向成熟的时期，由于一批具有很高文化修养的元代文人也投身到了戏剧剧本的创作乃至演出中，从而促进了这种叙事性文学的发展和繁荣，成为“一代文学”。据《录鬼簿》记载，仅元世祖至元年间到元成宗元贞、大德年间，就有剧作家 56 人，作品 373 种。其中优秀的剧作家有关汉卿、王实甫、白朴、马致远、高文秀、石君宝、纪君祥、康进之等十余人。元杂剧的繁荣由此可见一斑。元杂剧反映了广阔的社会生活“上则朝廷君臣政治之得失，下则闾里市井父子兄弟夫妇朋友之厚薄，以至医药卜筮释道商贾之人情物性，殊方异域风俗语言之不同，无一物不得其情、不穷其态”①。这种受各阶层人民所喜爱的题材广泛、叙事抒情结合的叙事载体成为了有元一代文学的主流，在文学史上取得了和唐诗宋词并称的地位。元代的戏剧有杂剧和南戏两种类型。这两个剧种的剧本虽然都有曲词、宾白、科（介）三个部分，但体制又有不同。杂剧一般由四折一个楔子组成一个剧本，每折

① （元）胡祗遹：《紫山先生大全集》卷八《赠宋氏序》

相当于今天的一幕；演剧角色可分末、旦、净三类。在音乐上，一折只采用一个宫调，不相重复。全剧只能由正末或正旦一人主唱。南戏流行于东南沿海一带。剧本由若干“出”组成，“出”数不作规定。曲词的宫调使用较为灵活。南戏角色分为生、旦、净、末、丑等各类，均可歌唱。歌唱形式多种多样，既有独唱，又可对唱、合唱、轮唱。杂剧和南戏在唱腔上有明显的区别。杂剧的曲调是由北方民间歌曲、少数民族的乐曲和中原传统的曲调结合而成；南戏的曲调则由东南沿海的民间音乐与中原传统的音乐结合而成。元代，无论杂剧、南戏还是散曲都取得了很高的成就。杂剧有王实甫《西厢记》；关汉卿《窦娥冤》、《救风尘》、《拜月亭》；马致远《汉宫秋》、《青衫泪》；白朴《梧桐雨》、《墙头马上》；郑光祖《倩女离魂》。南戏有高明《琵琶记》；散曲有马致远《天净沙·秋思》、睢景臣《高祖还乡》、张养浩《山坡羊·潼关怀古》等。他们共同使元代戏曲成为中国戏曲史上的第一个高峰。

元代是中国文学史上的转折期。元之前，传统的文学载体是抒情性的诗歌散文。元之后，以叙事为主的戏曲小说成为文学创作的主流，此种现象延续到明清两朝。

明清时期，叙事文学走向全面成熟，在明朝建国到清王朝灭亡近550年间，小说创作取得了丰硕的成果，形成了历史演义、英雄传奇、神魔小说、世情小说、讽刺小说、公案侠义小说、才子佳人小说、话本小说等小说类型。涌现出了一大批文学巨匠和优秀作品，如：罗贯中和《三国演义》，施耐庵和《水浒传》，吴承恩和《西游记》，笑笑生和《金瓶梅》，冯梦龙、凌濛初和“三言”、“二拍”，吴敬梓和《儒林外史》，曹雪芹、高鹗和《红楼梦》，蒲松龄和《聊斋志异》等。不仅如此，明清戏曲创作进入了一个全盛的时期，徐渭的杂剧合集《四声猿》通过历史题材，抨击了当时社会的丑恶，短杂剧创作开始流行；同时，魏良辅对昆腔的改革，使戏曲创作进入到一个新的阶段，产生了大批有特色的传奇作品。如《宝剑记》、《鸣凤记》、《浣纱记》等。此后，戏曲领域出现了以汤显祖为代表的文采派和以沈璟为代表的格律派。汤显祖受王守仁“心学”泰州学派的影响，作品在一定程度上反对封建礼教，要求个性解放。他的《牡丹亭》成为当时最有影响的剧目。清代洪昇的《长生殿》、孔尚任的《桃花扇》都是传世之作，对后世戏剧创作产生了极大的影响。

"文学是人学"，元明清的叙事文学将写人放在了突出的位置，塑造出了众多的典型人物形象，例如，戏曲《窦娥冤》中的窦娥，《西厢记》中的崔莺莺、张生，《牡丹亭》中的杜丽娘，《桃花扇》中的李香君、侯方域和小说《水浒传》中的宋江、武松等，《金瓶梅》中的西门庆、潘金莲等，《儒林外史》中的范进、严贡生等，《红楼梦》中的贾宝玉、林黛玉等。元明清戏曲小说不仅通过众多栩栩如生的人物形象，充分展示广阔的社会生活画面和复杂纷繁的人际关系，而且还以人物一生的变迁及所处环境的描写来反映了一个时代，甚而浓缩了整个封建社会，这是传统的抒情诗文所难以达到的。"伴随着众多艺术形象出现的是新的社会思潮留给人们的印记"。[①] 美国人类学家克利福德·格尔茨说："我们的思想、我们的价值、我们的行动，甚至我们情感，像我们的神经系统自身一样，都是文化的产物。"[②] 我们通过对人物形象的探讨，就能更好地了解、把握元明清社会的主脉。与叙事文学发展相同步的是就其创作理论的探讨。例如，元杂剧中众多人物的悲欢际遇，令观众"宛若身当其处而几忘其事之乌有，能使人快者掀髯，愤者扼腕，悲者掩泣，羡者色飞"[③]。这是讲典型形象的艺术功能；"人不必有其事，事不必丽其人，事真而理不赝，即事赝而理亦真"[④]，十分精当地讲清了艺术真实与生活真实的关系；"《水浒传》一百八个人性格，真是一百八样"[⑤]，这不仅明确提出了"性格"的概念，而且讲到了典型的个性化问题等。明清时代小说理论家们的种种理论，如李贽的"童心说"，叶昼的"真实论"，冯梦龙的"通俗化"，金圣叹的"性格论"，毛崇岗的"叙事论"，张竹坡的"情理论"等，无一不说明元明清文学是更加"文学化"的文学，更加"审美化"的文学。[⑥]

① 郭兴良：《略论元明清文学特点》，《曲靖师范学院学报》1993 年第 4 期。

② ［美］克利福德·格尔茨：《文化的解释》，韩莉译，译林出版社 1999 年版，第 61—63 页。

③ 臧懋循：《元曲选序》。

④ 无碍居士：《警世通言序》。

⑤ 金圣叹：《读第五才子书法》。

⑥ 郭兴良：《略论元明清文学特点》，《曲靖师范学院学报》1993 年第 4 期。

三 体味抒情文学传统

元明清三朝文学以叙事文学取胜，抒情文学不及高度发达的唐宋诗文，并显现出走向衰微的总的趋势，但传统的雅文学阵容蔚为壮观，其作家作品的数量之多、规模之大远远超过了唐宋，呈现出集大成的特点。就元代诗文来看，仅清人顾嗣立编纂的《元诗选》就收录诗人2600多人，北京师范大学古籍所编撰的《全元文》收录作者3200余人，文35000余篇；明代诗歌，仅清人朱彝尊编的《明诗综》所收多至3400多家。散文方面，著录于《千顷堂书目》的明人别集则达4900多种，数量之巨，超过以往各朝；到清代，仅近人徐世昌编辑的《晚晴簃诗汇》就收录6168家诗人的27669首诗；其中，清初至清中叶的诗人数就比《全唐诗》的两千余家高出一倍。面对元明清浩如烟海的诗文，教学中，需理清线索，把握抒情文学在中国古代文学后期呈现出的面貌，而又有侧重，有突出。

元代诗文成就不及元曲。探其缘由，理学思想对元代诗文的影响是非常明显的。在统治者不重科举重理学的元朝，“元代一些著名诗文作家，多数与理学家有着师友渊源或者身兼理学家与文学家两重身份”①。元代作家中，身兼理学者有许衡、姚枢、方回、吴澄、刘因等等，而著名作家如戴表元、赵孟頫、虞集、揭傒斯、马祖常、杨维桢等等又皆出于诸理学家门下。由此可见，与元代戏曲不同的是诗文作家多为具有正统思想的官僚士大夫，多受理学道统影响，故重道轻文的倾向在元代诗文中表现得十分明显。元初和元中期诗人的作品大都缺乏现实内容，如被誉为“元诗四大家”之一的揭傒斯主张诗文当“扶世立教”，“夫为诗与政同。心欲其平也，气欲其和也，情欲其真也，思欲其深也，纪纲于明，法度欲齐，而温柔敦厚之教常行其中也”②。一时间诗文领域“温柔敦厚”、“雅正”之风成为主导。《四库总目》说：“元代诗人，世推虞杨范揭，史称其文章一以气为主，而于诗尤有法度。自其诗出，

① 马积高主编《中国古代文学史》（下），湖南文艺出版社1992年版，第13页。

② 揭傒斯：《萧孚有诗序》，见于《揭傒斯全集》，上海古籍出版社2012年版。

一洗宋季之陋云云。”“唐诗主性情，故于风雅为犹近；宋诗主议论，则其去风雅远矣。然能得夫风雅之正声，以一扫宋人之弊，其惟我朝乎。”① 元人欲矫宋人之弊，走的是宗唐学古的复古之路，少了创新，因而成就不高。虞集曾评价说，杨载之诗如百战健儿，范梈之诗如唐临晋帖，揭傒斯之诗如美女簪花，而自己的诗则如“汉廷老吏”，概括了四人的某些特点。明人胡应麟评这一时期诗风特征时说：“皆雄浑流利，步骤中程。然格调音响，人人如一，大概多模往局，少有新规。视宋人藻绘有余，古谈不足。”②

值得注意的是，元代诗坛上出现了一批成就较高的以汉文字创作的少数民族诗人，著名者有耶律楚材、贯云石、萨都剌、马祖常、迺贤等，他们的诗歌成就超过了同时代的汉族诗人，其中以萨都剌的成就为最高。“要而论之，有元之兴，西北子弟，为横经。涵养既深，异才并出。”③ 这些少数民族作家在受汉文化熏染的同时，也带有其自身的民族文化思想和审美情趣，因而他们的作品，豪迈奔放者有之，清新绮丽者有之，清俊遒劲者有之，为“温柔敦厚”、“雅正”之风为主导的诗坛上带来了别样的风格，丰富了元代文坛。

明代276年间，不仅作家众多，而且流派纷起，诗歌数量之巨，超过以往各朝。明初，除洪武年间曾出现诗文短暂繁荣外，近百年的文坛基本由“台阁体”把持，诗文创作与其他文学样式相同，进入了“沉寂期”。标榜门户，互相争论，表面上十分热闹，但这些流派的对立，并非思想活跃的产物，而是明王朝推行思想钳制的结果。诗人作家或提倡拟古，或讲性灵，但思想上不敢有所逾越，复古主义和形式主义愈演愈烈。明中期出现的前后七子主张“文必秦汉，诗必盛唐”的拟古流派，一直保持影响到明朝灭亡，中间虽有提倡“韩柳欧苏王曾”的唐宋派，力主“独抒性灵，不拘格套”的公安派，提倡“幽深孤峭”风格的精灵派，意图矫弊革新，终因琐碎纤细，未能奏效。幸有晚明小品文和复社、几社的诗文，才为明代文坛增添了异彩。“有明之文，莫盛

① 戴良：《皇元风雅序》。
② 胡应麟：《诗薮》外编卷六。
③ 顾嗣立：《元诗选》。

于国初，再盛于嘉靖，三盛于崇祯……盖以一章一体论之，则有明未尝无韩、柳、欧、苏、遗山、牧庵、道园之文；若成就以名一家，则如韩、柳、欧、苏、遗山、牧庵、道园之家，有明固未尝有其一人也。”① 因此，享国时间与唐宋相近的有明一代，诗文作家作品众多，流派纷起，但却并未出现杰出的作家作品，如此来看，明代文坛抒情文学有时又是沉寂的。

清代是中国历史上最后一个封建王朝，其辉煌虽不及汉唐，但在文治武功方面取得了较好的成就，文学亦然。文学方面，清代不同于元明的是，无论是传统的抒情文学诗词文还是后来居上的叙事文学戏曲小说，都呈现出全面繁荣的局面。诗文作家如林，作品繁多。经两千多年诗歌传统的浇灌，到清代，诗文得到了全面的中兴，清初至清中叶的诗人人数也多出《全唐诗》收录诗人的一倍。“清初词派，承明末余波，百家腾跃。虽其病为芜犷，为纤仄，而丧乱之余，家国文物之感，蕴发无端，笑啼非假。其才思充沛者，复以分途奔放，各极所长。故清初诸家，实各具特色，不愧前茅，远胜乾嘉间之肤庸浅薄，陈陈相因者。”② 郭绍虞《中国文学批评史·绪论》说：“清代学术有一特殊的现象，即是没有它自己一代的特点，而能兼有以前各代的特点……就拿文学来讲，周秦以子称，楚人以骚称，汉人以赋称，魏晋六朝以骈文称，唐人以诗称，宋人以词称，元人以曲称，明人以小说、戏曲或制艺称，至于清代的文学则于上述各种中间，或于上述各种以外，没有一种比较特殊的足以称为清代的文学，却也没有一种不成为清代的文学。盖由清代文学而言，也是包罗万象兼有以前各代的特点的。”清代是我国封建社会的终结期，是中国古代文学及其文学批评的集大成时代，同时也是中国学术文化空前繁荣的时代。悠久的中国古代文学、古代文化厚重而丰富的积淀，使清代文学在传承、变革和发展的过程中表现出其独特的一面。

第一，各体文学的集大成。中国传统抒情文学发展到清代，进入了大总结时期。以诗词来看，清代文人创作了难以计数的作品，他们或尊

① 黄宗羲：《明文案序》。

② 叶恭绰：《广箧中词》卷一。

唐、或宗宋、或独抒性灵，自创一格，创作出了不少如吴伟业的歌行诗、陈维崧的登临怀古词、纳兰性德的出塞悼亡词般的优秀作品。诗歌流派有王士祯为代表的神韵派、沈德潜为代表的格调说、袁枚为代表的性灵派；词坛上陈维崧代表的阳羡派、朱彝尊代表的浙西派、张惠言代表的常州词派也纷纷涌现，显现出集大成的特点。

第二，文学批评理论上的集大成。“清代文学理论批评，是清代三百年政治文化、学术思想、社会风尚、审美情趣和价值观念的集中反映。”① 盛行于乾嘉年间的朴学之风、晚清的“西学东渐”之风对清代文学，特别是文学批评产生了极大的影响。文学批评“既注重实际批评，又注重理论批评，通过对传统诗学的全面总结和理性思考，是诗学理论和古典美学日臻完备，具有明显的集大成性”②。诗文理论出现了如王士祯的《渔洋诗话》、袁枚的《随园诗话》、赵翼的《瓯北诗话》等都带有一定的总结性。此外，随着明清戏曲、小说创作的繁荣，戏曲、小说批评也蓬勃兴起。李渔的《闲情偶寄》就戏曲作为舞台艺术的整体性及其审美特征进行了准确、深入地分析，其中《词曲部》为戏曲创作理论；《演习部》为舞台艺术理论（主要是表演、导演艺术），这两部分几乎包括了古代戏曲理论的主要问题，李渔的戏曲理论不仅具有集大成的特点，同时，也将我国古代戏曲理论提升到了一个新的高度。创作的繁荣与文学理论的繁荣相辅相成，明清小说的创作繁荣促进了小说批评的发展。明末清初的金圣叹是继李卓吾之后享有盛名的评点大家。他评点的《离骚》、《庄子》、《史记》、杜诗、《水浒传》、《西厢记》合称为“第六才子书”。他以文学批评和审美鉴赏融为一体的方式评点《水浒传》等，把小说评点之学提到一个新的高度，具有明清时代文学批评集大成之功。清代小说批评还有毛纶、毛宗岗评点《三国演义》、张竹坡评点《金瓶梅》、脂砚斋评点《红楼梦》等，他们就小说的思想、叙事艺术、人物塑造、审美情趣等进行的评点，在中国小说批评史上，具有独特的审美风貌和巨大的贡献。

第三，新旧杂陈，体现出由古代文学向近代文学过渡的特点。清代

① 蔡镇楚：《中国古代文学批评史》，岳麓书社 1999 年版，第 419、420 页。

② 蔡镇楚：《中国古代文学批评史》，岳麓书社 1999 年版，第 419、420 页。

文学作品浩繁，各种文学样式都取得了一定的成就。就艺术风格而言，传统抒情文学诗词文继承多而创新少，是古代抒情文学发展的尾音；与之相反，叙事文学却因创作者的传承和创新，出现了创作的新的高峰，小说如蒲松龄的《聊斋志异》，吴敬梓的《儒林外史》，曹雪芹、高鹗的《红楼梦》，戏曲如洪昇的《长生殿》，孔尚任的《桃花扇》等呈现出多元发展的特点。

第四，强化了写实的文学观。从清初的黄宗羲、顾炎武、王夫之到乾嘉学派，都强调实事求是、重考据，他们对古文献的整理、考据，对文学创作产生了积极的影响，使清代叙事文学中的写实文学观大大增强，文学创作更加贴近生活、贴近百姓。

总之，作为中国古代文学的终结时段，元明清文学有它独到之处，如叙事文学的发达，通俗文学的兴起等，教师在讲授中需要注意突出、强化它的这些特点，把握此时段文学发展的个性。同时，它也有很多与传统一脉相承的地方，诗文依然在元明清文学景观中占据着非常重要的地位，小说、戏曲批评异常发达的同时诗文批评也蔚为壮观，成果丰硕。如何做到既凸显个性，亦不忘主流与传统，将元明清文学的精髓与深意传达给学生，是一份需要教师悉心琢磨、认真思索的工作。

（童凤畅）

第三部分

文 体 论

中国古代诗歌鉴赏与教学

一部中国文学几乎被诗歌所涵盖。诗歌是我国文学之主流，文学之核心及精神。林语堂先生如是言："中国文人，人人都是诗人，或为假充诗人，而文人文集的十分之五都包含诗。"他认为诗歌在中国人的心目中代替了宗教的任务。诗不仅教给了中国人一种达观的人生态度，也赋予了诗人生命的灵感和活跃的情愫。

诗歌艺术不仅仅是诗人审美判断的载体，也是诗人审美理想的呈现，一首好的诗歌作品，如果没有进入到读者的阅读视域，它的美永远处于封闭状态之中。文学接受活动中，作品的审美得到进一步的激活，甚至升华。"一般地说，读者面对着文学作品中的审美现实，其心理过程的顺序是：诉诸想象—产生感知—唤起情感—进入审美判断和审美玩味。"[①] 诉诸想象、产生感知、唤起情感，这是文学接受过程中必然的活动顺序。而其中之审美判断则不仅仅是文学接受活动的最高境界，也是一个读者审美能力的体现。高级的文学接受活动是读者的感情与理性的全部投入，在充分感受文学作品带来的美感的同时，作出审美判断并获得全新的审美理想和审美趣味，这才意味着进入了文学审美的高级阶段，也圆满完成了一次审美的历程。诗歌鉴赏和诗歌创作一样源远流长，是一种艺术的再创造活动。创作与鉴赏相辅相成，作家创作的文学作品如果离开了鉴赏，也就失去了其实现社会价值的桥梁。正如刘勰所说："夫缀文者情动而辞发，观文者批文以入情。"[②] 因此，好的诗歌作

① 童庆炳：《文学活动的审美维度》，高等教育出版社2001年版，第274页。

② （南朝宋）刘勰：《文心雕龙注释》，周振甫注，人民文学出版社1981年版，第517页。

品是要能被读者接受并喜爱的；但鉴赏者并非消极的接受，对鉴赏者也要求具备一定的思想水平、生活经验、审美趣味等，才能成为作品的“知音”，从而发挥艺术再创造的功能。鉴赏活动中，鉴赏者的感兴是由审美客体引发的，因而二者间具有辩证关系。鉴赏并非被动的接受，故刘勰有了“知音其难哉！音实难知，知实难逢，逢其知音，千载其一乎！”① 的慨叹。

诗歌鉴赏是一个审美的历程，文本作为一个客体进入读者的思维结构中，唤起读者潜在的审美能力。而读者对诗歌的解读，实际上是对诗歌意象系统的破译，诗歌原本的意象系统得以被激活，最终，使读者获得最高的审美感受和审美判断。由此可见，诗歌的阐释是一个双向运动的过程，在这个异质同构的互力作用中，通过对诗歌意象的破译而展示诠释者的审美取向和审美观。

诗歌是语言的艺术，语言是其表达情志、实现美感的介质，而鉴赏诗歌则是穿越语言层面而直至诗歌基本质素——美丽的情志、丰厚的意蕴、圆美的音韵。

那么，如何在诗歌的教学中能够更好地向学生传达诗歌的情志之美，使其感受诗歌的意蕴和音韵之美，进而到达欣赏的最高境界，这是至关重要的问题。结合实际的教学工作，我们以为诗歌的鉴赏必须要有一个循序渐进的教学环节，逐一解决具体的问题，由表及里，由浅入深。虽然诗歌教学重在鉴赏，然而一些具体的诗歌教学之法是鉴赏的基础。当然，教师的个人的诗歌修养、情感体验、审美经验各有所异，诗歌教学之法也仅仅是一己之见，“诗无达诂”自古而然，并无不二法门。

一　初识——从训诂说起

要读懂诗歌作品，这要求我们对一首诗的每一字、每一句都要有正确的理解。如果连诗的本意都没有弄懂，那么我们又如何去对一首诗进行分析和鉴赏呢？吴小如先生在讲到诗歌的鉴赏时，曾经提出“通训诂”“明典故”，这是读懂一首诗的基础。对于我们来说，古典诗歌或

① （南朝宋）刘勰：《文心雕龙注释》，周振甫注，人民文学出版社 1981 年版，第 517 页。

多或少地存在着语言障碍，对有些诗歌，我们必须依靠前人的注释才能够读懂。而且古典诗歌中经常会运用典故，正确地理解典故的含义，对于读懂诗歌也是非常重要的。古人云“诗无达诂”，对一首诗的理解自然可以仁者见仁、智者见智，但毕竟还是有一个相对客观的标准的，那就是要合乎情理，至少自己感觉这样理解是合乎情理的，在这个基础上进行的思想内容和艺术手法的分析才可能有说服力。

古代诗歌教学中，解释和翻译诗句是学习的第一步。但切忌望文生义。有几点需要注意：

首先要注意词义的时代差距，因为在语言发展过程中，词汇的变化比较快，有些词的古今词义变化较大，如不仔细，容易随文作解，以今解古，最终会导致诗意的曲解；其次要注意偏义复词的意旨；再次不能忽略联绵词“合二词成一语”的特性。对词义的阐释中通假字也是一个应当认真辨识的以求疏通文义的重点。

古典诗歌在教学中要注意诗歌的解题。首先可以由诗眼入手，古人写诗作词，讲究锤炼字面。凡在节骨眼处炼得好字，使全句游龙飞动、令人刮目相看的，便是所谓“诗眼”、“词眼”。“诗眼”一词，最早见于北宋。苏轼诗云：“天工忽向背，诗眼巧增损。”范成大也在诗中写到过“诗眼”：“道眼已空诗眼在，梅花欲动雪花稀。”范温的诗话更以“诗眼”为名，题为《潜溪诗眼》。有的诗眼、词眼还有助于铸就诗词的意境。所谓“诗眼”往往是指一句诗中最精练传神的一个字。另外可以由典故入手，古代诗歌是以凝练的文字表现丰富的内容，用一个典故就可以省去许多文字。因此理解典故是把握古代诗歌思想感情的重要途径。从典故的类别来看有引用前人语句的，分为直引和化用；另有引用神话传说和引用历史故事等。而分析典故的方法则有体会诗人用典的目的和意图的用处，可以与现实相结合来体味诗人的情感所在。

古诗词中对词句的考察往往由字面到内涵的深入解说，因此了解各种不同的语言风格很重要。古诗词语言风格一般有庄重、严肃与诙谐、风趣，形象、生动与质朴，简练与缜密，含蓄与明了，犀利与平和，细腻、委婉与豪爽、热烈。对语言感知力的高低，很大程度上决定了诗歌鉴赏力的高低。

二　谙熟——从吟诵说起

诗歌作为一种经久不衰的语言艺术，和音乐有着很深的渊源关系。自古以来，吟诵一直是学习诗歌的一个有效途径。那么，吟诵诗歌时要注意哪些方面的问题呢？

吟诵，是我国传统的读诗读词和读文的方法。所谓“吟”，就是拉长了声音像歌唱似的读；所谓诵，就是用抑扬顿挫的声调有节奏地读。吟诵在我国有着悠久的历史，从周代太学专设吟诵课程，到汉魏六朝人们普遍重视诵习诗书兼声律论兴起，人们注重对作品音节美的玩味，再到唐代格律严整、音调铿锵的近体诗产生，再到宋元明清戏曲音乐影响到吟诵的腔调、文学理论有意识地阐释和指导吟诵的技巧，千百年来，吟诵是由实践证明的中国人诵读诗文的有效途径，并成为中国源远流长的古典诗歌美学的一个有机部分。诗的吟诵，重在五言、七言近体诗（平起和仄起）两种腔调。

1. 吟诵意义

中国古典诗歌中蕴含着一种生生不已的兴发感动的生命，伴随这个生命共同成长的还有一个吟诵的传统。吟诵的主要作用在于表达一种心灵的体悟与感受。《毛诗·大序》上说“诗者，志之所之也，在心为志，发言为诗”，“情动于中而行于言”。值得注意的是，这里的“言”，并不是指诉诸文字的无声之“言”，而是指那种诉诸口头表达的有声之“言”。它是一种凝练、有节奏、带有韵律美的独特语言，这种语言很适于吟咏，诗人心中的感动正是通过这种独特的有声语言才得以传达的。中国古代诗人作诗总说“吟诗”或“咏诗”，显然他们作诗时确实常伴随着吟咏。他们不但伴随着吟咏来作诗，还伴随着吟咏来改诗，如卢延让“吟安一个字，捻断数茎髭”和杜甫“新诗改罢自长吟”的名句，李白也说过“临风一咏诗”，“长吟到五更”的话。宋代赵蕃所写的一首《学诗》中就有“学诗浑似学参禅，要保心传与耳传”。

清代的曾国藩曾经提出过学习古诗文的两种诵读方式：一个是要“高声朗诵”，另一个是要“密咏恬吟”。一般说来，“高声朗诵”时，声音占主要地位，这时你所感受的是诗在声音方面呈现的气势与气概。

在“密咏恬吟”时，声音占次要地位，则可以伴随着较轻的声音去沉思和体会诗中所含的深远意味，使自己的心灵与作品中诗人的心灵能借着吟诵的声音达到一种更为深微密切的交流。总之，根本目的是表达出自己内心的独特体悟与感受，并以自己的感受用声音来对诗歌进行诠释，而绝不是为了要表演给别人看的。因此口头的吟诵实在是读诗、写诗、欣赏诗的一项重要训练。

2. 吟诵方法

第一，要仔细揣摩诗歌的情感。许多诗歌都有其特定的时代背景，诗歌的情感也是特定时代、特定人物、特定场景之下的特定的情感。所以，吟诵时，我们要“口诵心悟”，设身处地地想象作者所处的特定环境和诗歌所描绘的特定场景，把自己当成诗歌的抒情主人公。只有这样才能恰如其分地传达出文章所蕴含的情感。第二，恰当做好诗歌内外在韵律的转换。第三，准确把握诗歌的停顿。不同的诗歌体裁，停顿的方式往往也不同。第四，吟诵诗歌还要处理好语调和重音。语调，根据表示的语气和感情态度的不同，可分为四种：升调、降调、平调、曲调。与此同时，我们也要防止把吟诵当成一种纯技巧性的东西，因为吟诵本身就是一种十分个性化的活动，我们可以根据自己对诗歌的理解和感悟，结合一些朗诵的技巧，创造性地对诗歌进行个性化的吟诵。

3. 诗歌吟诵的方法与规律

首先，我们应该注意的是吟诵时的节奏与顿挫。不同诗歌有不同的节奏，吟诵之前我们必须对此有所了解。吟诵时，凡顿挫之处都不可与下一字连读。处理这种顿挫时可以采用两种方式：一种是略作停顿，另一种是加以拖长。其次，我们应该注意的是如何处理平仄与押韵。如果说激发学生学诗的兴趣，能使学生亲近诗歌，把学生带到了诗的大门外，那么熟读吟诵，是把学生带进诗歌大门的关键一步。由于诗歌具有音乐美、韵律美，讲究节奏和韵律，所以读诗比读一般的文章要求更高，刚开始学诗的时候要做好正确的引导。这种引导包括范读，即教师有感情地将诗歌朗诵出来。范读是准确把握诗歌感情基调最直接和最有效的方式；范读可以作为调动学生情绪，把握作者感情基调的突破口；范读可以对诗歌的韵律美、音乐美有初步的感性认识；范读还能激发学生读诗的兴趣。教师的正确范读能把学生带入诗的境界，使学生感受到读诗带来的美感，就能激起学生读诗的兴趣。

三 品味——从理解说起

一般阅读需要理性的理解，而诗歌的鉴赏是需要感情投入的，感情投入的多少直接影响着鉴赏的质量。而衡量感情投入的最基本的方式是读，看你能不能用心地去读，读的过程就是“品”的过程，是一种有创造性的再现作者心理活动的过程，是接近作者主观世界的过程。用心去读，才能走进诗境。

首先，解读诗歌要有对诗歌的基本兴趣，有了兴趣，才能喜欢诗，学会了读诗才能真正的品诗。诗歌教学的更高一层要求是在整体感知的基础上，进一步品味开掘，感悟诗情。引导学生在联想和想象中反复品味，入乎其内。品味就是在形象感受的基础上，进入作品的特定情境、特定角色之中，去感受生活、体验情感。这就是品尝语言的滋味，揣摩形象的意味。引导学生开掘领悟，创造新境。诵读可以让学生初步感受意境，开掘领悟是品读过程中的进一步提升。鉴赏诗歌不仅能使我们感受到作品的形象，体验到作品的情感，与作者产生共鸣，还能够激发读者的深长之思，由作品生发开去感悟出社会人生的哲理、真谛。知人论世避免规律化。诗歌是一定时代生活的反映，也是一个作家思想、人格的写照。因此理解诗歌不能忽略时代和诗人本身的特征，但是绝不能用时代和诗人的特征局限了对诗歌的理解。

其次，对诗歌的内容要有基本的把握。形象性是诗歌的主要特征之一。诗人在创作时总是通过种种手法，把自己的意念、感情和客观物象融合在一起，组成栩栩如生的形象，表达一定的思想。一般说来，古代诗歌中的形象包括客体形象和主体形象。所谓客体形象就是指作者在诗中刻意描绘的物象，主体形象是指蕴藏在客体形象之下的带有作者浓郁的主观色彩的自我形象。古代诗歌一般分为写景抒情诗、咏物言志诗、边塞征战诗、咏史怀古诗、即事感怀诗等。写景抒情诗的客体形象主要指景物，或雄浑壮丽的山水，或栩栩如生的花草树木、田园风景。然而作者并不是仅仅为了展示这些客体形象，而是通过景物的描写来抒发感情。咏物言志诗主要通过细致描摹事物来表达自己的感情。有咏蝶、咏蝉、咏蜂，有咏松、咏梅、咏莲……或赞叹，或讽刺，或寄寓美好愿望，或表达人生态度，或隐含生活哲理。边塞征战诗是唐宋时期较为盛行的优秀诗歌，多通过描写边塞奇异风光、艰苦战争、壮烈牺牲等客体形象，表达作者报效国家的热情、对建功立业的渴望、报国无门的感叹，或对连年征战、背井离乡的怨恨。因事而发，借以抒发心中感慨，这样的诗称为即事感怀诗。怀古咏史诗是古典诗歌中的一个重要类型，其主要是通过对一些历史故事、古人事迹、历史遗迹等描写，借以表述对社会、人生的思考。

第三，对诗歌的风格和意象要作重点的分析。“风格”是指诗人在选择题材、塑造形象以及语言运用等方面形成的创作特色。如陶渊明的诗恬淡平和，王维的诗诗中有画，李白的诗豪放飘逸，杜甫的诗沉郁顿挫。流派主要指诗歌的流派和词的流派。古代诗词中常见风格有：雄浑（指力的至大至刚及气的浑厚磅礴）、豪放、沉郁、悲慨、冲淡，等等。重视意象的解读，分析出古典诗歌的神韵。古诗词中的意象都有其相对固定的含义、意境及象征意义。比如，东风多指美好的事物或机遇，辛弃疾有诗云“东风夜放花千树”；西风则多象征落寞、惆怅、衰败，李清照就有“帘卷西风，人比黄花瘦”；还有如“归鸟”“东篱”“南浦”“霜月”等意象各自有了相对恒定的意蕴，在今天依然不失其意义，在诗词的创作中可以选用。所以，古诗词的创作要求我们具备丰富的古典文化常识和比较深厚的古典文化的功底，而这是一个长期积累的过程。当然，我们在强调古文化的同时，要给予古诗词新的元素；在保留古诗词传统意象的同时，要尝试寻找具有现代审美眼光的新的意象，去表达现代人的思想情感。

四　诗歌的美感体验

1. 古典诗歌的情志美

诗歌最基本的质素就是情感，诗是情感的载体。我国汉代的《毛诗·大序》言：“诗者，志之所之也。在心为志，发言为诗。情动于中而形于言，言之不足，故嗟叹之；嗟叹之不足，故永歌之；永歌之不足，不知手之舞之、足之蹈之也。”这段文字不仅解释了什么是诗，还说明了诗的产生过程。宋代严羽《沧浪诗话·诗辨》:“夫诗有别材,非关书也;诗有别趣,非关理也。”诗歌是关于情感的文学体裁。

诗歌是情感的载体,她是离灵魂、精神最近的文学。在中国文人的情感世界里,诗歌永远是心灵的家园,台湾地区著名学者林语堂先生曾说,诗歌在中国诗人中承担起了如同宗教在西方的意义。宗教的意义是拯救灵魂,让生命对彼岸世界产生无边的向往,那么,诗歌的意义不正是如此吗?

古典诗歌几乎蕴含与囊括了所有的俗世情怀:如思亲,“慈母手中线,游子身上衣。临行密密缝,意恐迟迟归。谁言寸草心,报得三春晖。”如希望,“野火烧不尽,春风吹又生”。如不屈,“路漫漫其修远兮,吾将上下而求索”。如洒脱,“天生我材必有用,千金散尽还复来”。这样的诗句传递的信息是莫大的鼓舞力量。其他人们常常引用的更多的是“独在异乡为异客,每逢佳节倍思亲”,送别时候千言万语,也抵不上“劝君更尽一杯酒,西出阳关无故人”的感伤和惜别,或者如“海内存知己,天涯若比邻”般的豪气,人生最幸福的莫过于得一知己,而最痛苦的是生离别,《楚辞》“悲莫悲兮生别离,乐莫乐兮新相知”。……古典诗歌好像把我们的每种感情都表达完了。当你刚刚有一种感觉,正在琢磨这种感情怎么表达的时候,古诗就出现了,它非常恰当且不可替代地替你把这种感情不但表达出来了,而且表达得淋漓尽致,让你再也没有第二个替代品。这就是最适合中国人表达感情的艺术形式,就是诗歌。

爱情也是诗歌中永恒的主题。屈原说:“满堂兮美人,忽独与余目成。”如此令人心动的目遇情生的情景。《诗经》时代的诗人说:“执子之手,与子偕老。”这是对生命爱的承诺。花间词人牛希济说:“记得绿罗裙,处处怜芳草。”自从我们初相逢,你穿着一件绿色的罗裙,从此,我的眼里只有春天的颜色,这是怎样的一种情感啊,令人低回无限。对爱情的执着,《古诗十九首》的诗人为爱憔悴也不悔“离家日益远,衣带日趋缓”。后来,宋代的柳永化用此诗句写成传世经典名句“衣带渐宽终不悔,为伊消得人憔悴”。唐代诗人元稹:“曾经沧海难为水,除却巫山不是云。”金代的元好问:“问世间情为何物,直教生死相许。”李商隐说,“春蚕到死丝方尽,蜡炬成灰泪始干。”

这就是中国古典诗歌深入人心的魅力。而创作如此美丽文学的人定然不是平凡之人。诗人的与众不同之处在于他能够感知到常人难以感知的细微变化，诗人一定是人世间怀有赤子情怀的人，他有一颗敏锐的诗心，此心多愁善感，与万物相通。真正的诗人对人间万物怀有悲悯之心，一朵花落或一片叶零，足以使他惆怅万千，他能听到花开的声音，能体贴到叶落的痛苦，他超凡脱俗却并非不食人间烟火。

2. 古典诗歌的意蕴美

如果说古典诗词的情志美仅是对古典诗词寻章摘句式的鉴赏的话，而对诗词意蕴美的体悟就是对诗词整体而言，独特的语言、情感、意境结合起来，形成了诗词独特的意蕴之美。透过诗词语言层面，反复品味诗词所表现出的作者的思想、情感、心理，体会作者敏锐细腻的诗心，从而获得整体意义上的意蕴之美，我们常说的意味深长，含蓄隽永就是这个意思。

一首美丽的诗词作品，会影响一个读者当下的存在的状态和心灵世界，走进诗词的过程就是一个审美的历程。诗歌是诗人心灵的表现，是心与物共感的结晶，是诗人悲悯情怀的投射。品读一首诗词的同时，隐藏在心灵深处那份悲悯柔弱之情被自然引发，那颗敏锐的诗心被激活。

《礼记·乐记》说："人心之动，物使之然也。感于物而动，故形于声。"南朝刘勰《文心雕龙·物色》说："春秋代序，阴阳惨舒，物色之动，心亦摇焉。"钟嵘在《诗品·序》中谈到诗歌的欣赏与创作时说："气之动物，物之感人，故摇荡性情，形诸舞咏。"刘勰在《文心雕龙·物色》中也说："岁有其物，物有其容；情以物迁，辞以情发。"比钟嵘更早的西晋有名的文学家陆机在《文赋》中说："悲落叶于劲秋"，"喜柔条于芳春"。所以，中国古典诗词中悲秋、伤春成了两大基本主题。

走进古代诗歌，伤春主题俯拾即是。如唐代诗人孟浩然《春晓》："春眠不觉晓，处处闻啼鸟。夜来风雨声，花落知多少。"这首诗写得十分浅近，但它所展示的心理活动却相当细致："处处闻啼鸟"的欢喜之情是和"夜来风雨声"是联系在一起的。而"花落知多少"的担忧伴随昨夜的风雨声而起。那是昨夜的心情，只是在睡梦里被遗忘了，清晨的鸟鸣声又唤醒了诗人沉睡的忧心。试想一夜风雨声中有多少人在酣睡，而敏感的诗人却想到的是风雨中花的处境，一片惜春之情跃然纸上，一片悲悯情怀动人心扉。与此诗意义相近的有李清照的《如梦令》：“昨夜雨疏风骤，浓睡不消残酒。试问卷帘人，却道‘海棠依旧’。‘知否？知否？应是绿肥红瘦。’”这首词语言浅显而意蕴丰厚，“雨疏风骤”是鉴赏的关键处，不可将此理解为雨下得很稀疏而风却极狂，如此诗意顿然憔悴无味了。“疏”应该解释为“疏狂”之意，即为“恣肆”，这样的语言解释与诗歌情韵的表达相融和。这首词里明显有一个简单的对话过程。主人公问的应该十分有情，试问卷帘人：“花落知多少?”而答者却不解词人的风情，回答得漫不经心、了无情趣，且答非所问“却道‘海棠依旧’”。这样的回答显然不是词人要知道的结果，她关注的应该是经历了昨夜一场风雨之后那些鲜花的情景，而“知否？知否”的叠句全然是她的不满。而“绿肥红瘦”，乍一看来似乎仍是一片盛景，可细细读来却有无限凄婉之情，却又妙在含蓄“红瘦”中的“红”才是词人真正关怀的对象，可是“乱红飞过”“绿肥红瘦”的香销玉殒情景使主人公的心境黯然，词人惜花之情也溢于言表。这首词用寥寥数语，委婉地表达了女主人惜花的心情，委婉、活泼、平易、精练，极尽传神之妙，这就是诗词富有的浓郁意蕴之美。诗人因有一颗灵动的诗心，所以她对于生活中极为普通的事物总有一种深深的关怀和敏感。以花喻人的托物言志手法源自《诗经》的比兴，而成熟于屈赋的香草美人，后世诗人踵其武而重事增华，使其大放异彩，使古典诗歌更富有无穷之魅力。

如陈子昂《感遇》：“兰若生春夏，芊蔚何青青；幽独空林色，朱蕤冒紫茎。迟迟白日晚，袅袅秋风生；岁华尽摇落，芳意竟何成。”诗人用香草美人的手法以绚丽的春花来比喻，抒写自己的人生感受。他虽然以花的白白开放来抒发自己人生的失意情怀，但给我们的依旧是生命的感发。花似人，人如花！这样的一首诗歌，我们通过层层深入的赏析，会感受到它丰富而深刻的意蕴，带给我们无尽的遐思与想象，含蓄隽永，回味无穷。

诚然，陈子昂的诗歌以兰若自比，带有浓厚的感遇特点，给春花赋予太多的个人色彩，多少有附会之气。而王维的《辛夷坞》虽然也是写花，但与陈子昂的诗在境界、意蕴上大相径庭，相去甚远：

木末芙蓉花，山中发红萼。涧户寂无人，纷纷开且落。

这首诗比陈子昂的诗更加生动，王维诗歌展现的是一个从未有人到过的洪荒原野，“纷纷开且落”中可以看到生命的无尽循环，以及在这种循环中命定的自在和陶醉。这个场景极富意义，这是人类经验非常陌生的，这与生命节律似乎有关但又难以说清。陈子昂的诗是正常的生活节奏和正常的情感体验，而这句诗，洪荒山涧中的瞬时开落与永恒的交替之间，超过了我们的感受，也就漠视了我们的生命节奏。诗人把人类生命派遣在美丽生命节奏之外，辛夷坞里开放着最美的鲜花，但它只为自己开放，与人无关。王维这首诗彻底否定了“孤独”，也淡出了存在的悲哀。

“孤独”可以成为一种存在，可以成为澄明世界的召唤，但“孤独”最终不能解救，这两首诗都是对空寂中话的咏叹，但陈子昂的诗歌中明显地有着主体的话语，而王维的诗中人则完全退出。《辛夷坞》中的山涧是一个没有人迹的世界，那辛夷花也只是在山间自在地开且落，没有挣扎，也没有努力，一切顺应自然的秩序，安详而自得，孤独而富足，而最后只留下绝对的空虚，人类生活的绝对空虚和人类世界的绝对空虚，这种空虚冲击着我们的心灵。王维从小吃素，对禅宗南北两派有着很深的研究，多年实践，以寂为乐，空有无二。对于普通人来说，这首诗指出了人类精神的困境，人类彻底的虚无。从这个意义上来说，王维是空前绝后的。但是，诗歌的终极意义并非是让读者面对虚无而失望，应是懂得虚无而追寻意义，当一个读者若是真的从王维的诗中读懂了孤独的美丽和美丽的孤独，此在的生命也就走向了富足。

五　古典诗歌的音韵美

就中国古典诗歌的发展而言，诗歌体式呈现如下特征：由简至繁、由自由到模式、由古体到近体，从不定格到定格。这是古代诗歌体式发展的基本情况，诗歌发展到唐代的近体诗就已经完全成熟，近体诗是后代人对唐代绝律诗的通称，近体诗这一叫法在我国明代就已经非常流行，(明）董其昌《袁伯应诗集序》："今秋，伯应（袁可立子袁枢）自睢阳寄近体诗一帙，亦以重九至，且属余序。"成熟的唐代的近体诗成为中国古典诗歌的经典模式，唐之后的诗人只要按照近体诗的格式创作的诗都称为近体诗。它的句数、字数和平仄、押韵等都有严格规定。所谓篇有定句，句有定字，字有定音，音有平仄。

讲究音韵和谐，这是古典诗歌很重要的特点。中国古典诗歌发展到南朝，音韵学家们发现了汉字特有的四声，即平、上、去、入，于是诗人们把四声引入诗歌的创作中，要求诗歌创作严格讲四声，提倡诗歌创作应做到："一简之内，音韵尽殊；两句之中，轻重悉异。妙达此旨，始可言文。"（梁）沈约《宋书·谢灵运传》云："夫五色相宣，八音谐畅，由乎玄黄律吕，各适物宜。欲使宫羽相变，低昂互节。若前有浮声，则后须切响。一简之内，音韵尽殊；两句之中，轻重悉异。妙达此旨，始可言文。"从此，诗歌走向了重视音律的道路，永明体的出现标志着诗歌格律化的开始，开启了唐代近体诗的先河。

永明诗人作诗讲求四声，提出"四声八病"之说，唐代诗人将四声二元化，即提出了平仄原则。平指平直，仄指曲折。在古代上声、去声、入声为仄，剩下了的是平声。自元朝周德清开始，平分阳阴，仄归上去，逐步形成阴平，阳平归平，上声，去声归仄，入声取消的格局。但实际上，古代的入声派入三声，要严格辨别。自古平仄失调，平仄和不拘平仄之争是永恒的话题。

近体诗有四种基本的平仄格式：仄起仄收式、仄起平收式、平起平收式、平起仄收式。以五绝为例，四种格式就是：

（1）仄仄平平仄，平平仄仄平。平平平仄仄，仄仄仄平平。

（2）仄仄仄平平，平平仄仄平。平平平仄仄，仄仄仄平平。

（3）平平仄仄平，仄仄仄平平。仄仄平平仄，平平仄仄平。

（4）平平平仄仄，仄仄仄平平。仄仄平平仄，平平仄仄平。

初学者应该掌握这四种基本格式。所以，学作古典诗歌，首先从学作近体诗开始，这样就能很好地训练自己对音律的能力。近体诗的基本平仄掌握了，就容易形成诗歌音律的感觉，之后可以写其他的古体诗。一般来讲，古体诗的创作相对于近体诗就灵活自由了。虽然它也要求做到音律和谐，但不至于像近体诗的严格，比如除了押韵、平仄外，律诗必须要做到颔联、颈联对仗，而古体就没有这个要求。

总之，古典诗词的鉴赏既要遵循诗词的格律要求，更要学习诗词的神韵和精神，音韵使诗词更加回旋往复，而不能成为束缚、阻碍你思想的发挥、情感的表达的障碍。既要讲求形似更要追求神韵和风骨。

（纳秀艳　耿朝晖）

中国古代散文的鉴赏与教学

中国的散文由甲骨文发展而来，至春秋，诸子散文已创造了中国散文发展史上的一个黄金时代。这一发展过程决定了散文在诞生之时就承载着史、文、政治的多重角色。散文不仅是实用性的，同时也是审美性的，因而在中国历史的长河中，散文浩如烟海。

作为中国古代文学当中最重要的一种文学体裁，古代散文的教学既是重点也是难点。在各种文学样式中，散文形式灵活，写法多样，是一种非常富有灵动色彩的文体。小说、戏剧等大多有较规范的程式与不可缺少的要素，但于散文而言，它的结构没有严格的限制和固定的模式，散文之所以为“散”文，其形式上的自由为原因之一，灵活自如是散文的特点也是散文的优势所在。但散文之“散”，不是天马行空、无所系挂，而是形散神不散。“形散”指散文意到笔随，不拘成例，文理自然，姿态百出，以苏轼的话说就是：“吾文如万斛泉源，不择地皆可出，在平地滔滔汩汩，虽一日千里无难。及其与山石曲折，随物赋形，而不可知也。所可知者，常行于所当行，常止于不可不止。”① “神不散”，指文章主旨高度明确集中。看上去信笔所至、海阔天空，散漫无序的内容都系挂在思想感情的红线上，文章的主旨时时贯穿于字里行间。散文在各种文学体裁中也是最接近生活本真的文学样式，出于“文以载道”的原则，作者总是以一颗或率真或博大或睿智的心，表达对自然、对社会、对人生的挚真感悟和深刻见解，使读者领略到散文内在的审美特质，感到由衷的愉悦，受到强烈的震撼，从而获得新奇的思想、智慧的

---

① （宋）苏轼：《文说》，见于《苏轼文集》，孔凡礼校点，中华书局1986年版。

启迪、情感的陶冶。散文的这些特征，决定了散文的鉴赏与教学要有别于其他的文体，散文教学过程实际上也是引领学生鉴赏的过程，因此散文教学与散文鉴赏可以说是互为表里。

一 散文审美:共鸣与互动

散文鉴赏是一种具有审美属性的艺术认识，所谓审美属性是指文学作品从情绪情感的层次上打动读者、感染读者，给读者带来美的愉悦的属性。散文之所以具有这种属性，能够给读者以情感上的激荡，首先是因为作家以艺术的形式反映社会生活的面貌以及本质意义的同时，也深深地渗透着作家本人对社会生活的情感态度。当读者走进一篇散文的时候，从阅读文本的那一刻起，读者就已经自觉或不自觉地走进作者所营造的精神世界。随着阅读的层层深入，首先文章记叙的人和事、描写的景和物，会在读者的心中打下深深的烙痕；其次，人、事、景、物背后所蕴含的情感以及思想，也会不同程度地撞击读者的心灵，激发起相应的情感。这些情感都是人类共通的，它们埋藏在读者的内心深处，是流溢于作品中荡气回肠的情与意，把它们点燃，这就是鉴赏活动中的情感反应。情感反应是散文鉴赏的一个重要特点，可以说没有情感的参与也就没有鉴赏活动。读者有没有一颗善感的心，能不能调动起自己的情感与作品产生互动，是散文鉴赏能否达到理想效果的关键。因此散文教学当中一个重要的环节就是唤起学生的情感，披文入情，产生共鸣之后，让学生沉浸在散文文本所营造的情感氛围当中。散文鉴赏之所以是具有审美特质的艺术认识，除了散文所反映的饱含作家情感态度的生活内容具有审美属性之外，还因为散文作品的形式本身也是散文审美价值的重要来源。散文语言的精致优美，表现艺术的新颖独特，风格的独树一帜，都能够给读者带来美的享受。散文鉴赏的一个不可或缺的内容就是对散文艺术形式的鉴赏，自然也是散文教学当中的关键一环。

散文鉴赏虽然以形象的感受为基础，但也始终伴随着读者的理性思考，作者与读者有着潜在的互动，在互动中对文本进行再创作。作者为展现自我而精心建构文本，读者为寻找自我而努力破译文本。散文作品一般是形象与思想、景与情的统一。当散文独特的审美特质传递给读者的时候，读者总会由形象的感受逐渐领会作品所包容的生活内容和蕴含的思想感情；而且由于读者的人生观、生活道路、文学素养以及道德价值取向等存在差异，所以读者不仅对作者所描述的形象的可信与否、所抒发的思想感情的真实与否以及作品所反映的社会生活是否有深度等有各自不同的判断和评价，而且还根据各自的生活经验以及想象与联想进行一定的改造和加工，从而形成各种各样的甚至是截然相反的认识。正如鉴赏文学作品时经常说的："有一千个读者，就有一千个哈姆雷特。"而这一切都是理性认识参与的结果。鉴赏活动不是被动的接受和认同，而是积极能动的参与和重建，在参与和重建的过程中，离不开读者理性的思维活动。人们在鉴赏作品的时候不会停留于形象的"感知"，而要借助理性的思考去深思、去探究，从而有所发现、有所创造。在鉴赏文学作品的时候，若无理性的思考，作品的思想价值与艺术价值是永远发掘不出来的。因此，在散文教学中引领学生对散文作品的内容以及所传达的情感、思想加以理性的分析，自然也是散文鉴赏教学中的应有之义。

依据散文鉴赏的特点，散文教学应做到这样几个方面：第一，通过教学，引导学生分析作品的立意和意境，达到提高学生思想境界，培养学生文学素养和陶冶情操的重要作用；第二，通过引导学生品味散文的语言，丰富学生的词汇积累，培养学生的语感，提高他们驾驭语言的能力；第三，通过引导学生揣摩作者精妙的艺术表现技巧，提高学生的阅读能力和写作能力；第四，通过欣赏散文的风格艺术，让学生感觉文学苑囿的千姿百态，提高学生的文学审美水平。

二　散文意趣：领悟与赏析

散文教学必须指导学生能够准确、深刻地把握散文的立意，要站在一定的思想制高点，对立意进行深入的品鉴分析，判断其优劣高下，从而确定作品的思想价值。

立意，也称为意趣，就是作品所确立的主旨，具体而言就是作者在提出问题、发表见解、倡导主张或反映社会生活现象、抒发内心情怀时，通过文章内容所表现出来的基本思想和写作意图。它可以是对事理的昭示，对人生的感悟，亦可以是作者心绪与意念的流露。可以说，立意是散文作品的灵魂。立意是否准确，是否有深度往往是衡量一篇散文思想价值高下的尺度，体现着作者的思想修养和水平。因此，对散文立意的领悟，是散文鉴赏的一个重要方面。

古代散文当中，议论随笔类的立意还比较直显，作者大多都在文本中直抒己见，表白自己对某些事物或现象的看法，如贾谊的《过秦论》（上）文末卒章显志："仁义不施，而攻守之势异也。"苏洵在《六国论》中开门见山地提出文章的论点："六国破灭，弊在赂秦。"但是状物抒情类、叙事写意类中某些文章的立意就不能够做到一目了然。中国古代散文中的亭台景观记，其写作大多不以建筑为中心，也不以描绘风景为目的，而是要表达自己的志向、情思，如苏轼的《喜雨亭记》意在抒写久旱得雨、国泰民安的喜悦之情；欧阳修的《醉翁亭记》主要表现不以个人得失为意，而以民之乐为乐，与民同乐之志。在散文作品中，以记叙为主要表达方式，通过记人叙事来抒情达意的记叙散文是散文当中最基础，占有相当比例的一种形式，它不同于小说、戏剧有完整的情节，也大多没有剧烈的矛盾冲突，其写作的主旨就是或抒情或言志，如果对这类作品鉴赏时只是停留在人物和事件的表面，把它们当作小说、戏剧那样解读，而对作品的立意，具体说就是文章中所蕴含的情趣、情意加以忽略，不能深入地体悟，那于作者的写作意图，无疑是南辕北辙。如明代散文家归有光的《项脊轩志》，文中写轩中景：

"又杂植兰桂竹木于庭，旧时栏楯，亦遂增胜。积书满架，偃仰啸歌，冥然兀坐，万籁有声。而庭阶寂寂，小鸟时来啄食，人虽不去，三五之夜，明月半墙，桂影斑驳，风移影动，姗姗可爱！"

这里实写轩景，而委婉传情，抒一己安贫乐道之情怀，居陋室而不觉其苦，自得其乐。再如文中追忆祖母道：

"一日大母过余曰：'吾儿，久不见若影，何竟日默默在此大类女郎也？'比去，以手阖门，自语曰：'吾家读书久不效，儿之成，则可待乎！'顷之，持一象笏至，曰：'此吾祖太常公宣德间执此以朝，他日汝当用之。'"①

读阅此文，读者对祖母的感念，其对祖母的眷眷之情不觉然已温暖人心。

在散文作品中，有一类作品以自然景物和特定的事物为客体，以描写为主要表达方式加以惟妙惟肖的刻画，写得极富诗情画意，无论是形、声、色还是内在的神韵样样俱佳，这一类作品在古代散文中也占有相当大的分量，这类作品与其他散文作品相比也更以其艺术形式之美得到大多数读者的厚爱。鉴赏这类作品，假如仅为文本中描写的物象、物境的外在之美而陶醉，还并不能登堂入室，文艺鉴赏理论认为，文本可以分为三个层次即审美话语层、审美意象层和审美意蕴层②，因此感受到物美境美，只是鉴赏的第一个层面，还应该引领学生抵达作品的意象层与意蕴层，让学生披文入情、入意，真切地体会到物象、物境所凝结的情韵，发掘一花一草、亭台楼阁、山山水水所寄托的深层意蕴。如南朝吴钧《与朱元思书》以优美的文笔，细致入微地描绘富春江两岸的秀丽风光，但绘景的背后也有作者情思的渗透，文中开头写道："风烟俱净，天山共色，从流飘荡，任意东西"。这样的山水景色也象征着作者内心的宁静与澄净，随江水自由的飘荡，又未尝不寄寓着不萦时务、超然物外、崇尚自然、闲适自得的情趣。其后写道：

水皆缥碧，千丈见底；游鱼细石，直视无碍。急湍甚箭，猛浪若奔。夹岸高山，皆生寒树。负势竞上，互相轩邈，争高直指，千百成峰。泉水激石，泠泠作响，好鸟相鸣，嘤嘤成韵。蝉则千转不穷，猿则百叫无绝。③

经过作者有情眼光的打量，这是一个高洁幽远的境界，超凡脱俗；是一个世外的桃源，它远离人间的喧嚣、污浊、烦恼，徜徉于其间，心

① （明）归有光：《震川先生集·项脊轩志》，周本淳校点，上海古籍出版社 1981 年版。

② 祝德纯：《散文创作与鉴赏》，中国社会科学出版社 2002 年版。

③ （清）严可均：《全上古三代秦汉三国六朝文·全梁文》卷六十，中华书局 1958 年版。

旷神怡，精神会得以净化，正所谓："鸢飞戾天者望峰息心，经纶世务者窥谷忘反"。

黑格尔指出："艺术作品应该有意蕴。它不只是用了某些线条，曲线，画，齿纹，石头浮雕，音调，文字乃至于其他媒介，就算尽了它的能事，而是要显现出一种内在的生气，情感，灵魂，风骨和精神，这就是我们所说的意蕴……意蕴是比直接显现的形象更为深远的一种东西。"① 散文文本中深层结构的艺术意蕴，即指借助于文字媒介在本文中所蕴含的思想、情感、气韵、理智等方面的深层意蕴。而这些深层次的蕴含是最不确定，最多空白的。苏轼在《赤壁赋》中写道，"哀人生之须臾，羡长江之无穷"，由此生发出一种超乎于世人的人生体认和对宇宙的体认：从变化的角度看，天地万物只不过是悠悠时空中的一个瞬间，而从不变的角度想，物之价值、人之价值又都是无穷无尽的。由此看来，人与万物的融合，全在于人如何认识这天人之间的关系，全在于人的体悟与取舍。取之所当取，舍之所当舍，拥清风明月，友鱼虾麋鹿，寄身于天地之间，"耳得之为声，目遇之成色"，物我为一，这是非常超脱的人生境界。当然，散文中的这种深层蕴含，不是每个解读者都能领悟、都能把握的。至于解读者怎么理解，能走进哪个层次，这是由其个体的心理定式决定的。而古典散文超越时空的意义与价值，也就在这里。

要准确把握散文的立意，不可不做到"知人论世"，最早论述这一问题的是孟子，他说："颂其诗，读其书，不知其人，可乎？是以论其世也，是尚其友也。"准确评价一篇作品的思想内容，必须了解这个作家的生活经历、心路历程以及他所处的时代背景，这样把握散文的立意，才不会产生偏差。一篇作品的产生，是依据作者其时的思想和其时的生活创作出来的。同一时代的作家，他们也有不同的人生遭际、思想变迁和艺术道路，因此他们的创作也就显示出不同的思想底蕴以及艺术风格。即使是同一个作家，他的人生道路和价值观也不是一成不变的，他的创作历程也必然会随之而变化。因此，领悟散文的立意，必须让学生对作家本人以及他所处的时代有一个详细的了解，了解作品是在作家

① ［德］黑格尔：《美学》，朱光潜译，商务印书馆 1996 年版。

的哪一个阶段创作的，了解这一阶段的时代背景以及这一阶段作家的生活状况、思想状态以及艺术创作的特点等等。如果分析一篇散文作品，仅仅停留在文本本身，就难以透过文本看到文字背后所流淌的情与意，当然把握作品的立意也就无从说起。唐代的大散文家柳宗元于“永贞革新”失败之后，贬居永州达10年之久，长期处于政治压抑、思想沉郁的状态，不清楚这一点，就无从了解柳氏著名的《永州八记》，无从了解柳氏借幽清之景抒忧愤之情，以卓然傲立之景象征自身的品行高洁，以美景“货而不售”寄寓自己怀才不遇的遭际，以旷远之景寄托摆脱困境，一展政治抱负的愿望。

在大多数抒情性的散文中，总是会呈现出富有审美特质的物象和物境，这些物象与物境已经脱离了具体实物的层次，而是如中国传统诗歌那样，是情与景的交融，虚与实的结合，是意境的营造。优秀的散文作家在创作时，总是会把自己内心的感悟或情感贯注到文本描绘的景物当中，即如刘勰所说：“登山则情满于山，观海则意溢于海。”（见于《文心雕龙·神思》）创作主体的主观情思与外在的物象物境二者之间水乳交融，达到“思与境谐”的境界，就会形成触发人想象空间给人以审美愉悦的意境。因此，在散文教学当中，应该引导学生走出物象物境的表象层面，以作品中表现的物象为突破点，走入物象所构建的情感氛围中，深切地体会物境所蕴含的内在情思。唯有此，才能把握作品深层的审美意蕴。如柳宗元《至小丘西小石潭记》中写道：

> 潭西南而望，斗折蛇行，明灭可见。其岸势犬牙差互，不可知其源。坐潭上，四面竹树环合，寂寥无人，凄神寒骨，悄怆幽邃。以其境过其清，不可久居，乃记之而去。①

这种清幽冷寂的境界实际上也是凄清悲凉的意境，环境的清幽与作者因政治抑郁而冷寂的心境水乳交融，以至于凄神寒骨。又如《钴鉧潭西小丘记》中说：“枕席而卧，则清泠之状与目谋，瀯瀯之声与耳谋，悠然而虚者与神谋，渊然而静者与心谋。”这种看到的、听到的、感觉到的

① 冯中一主编：《唐宋八大家散文选》，山东人民出版社1983年版。

幽寂、凄清、深邃的环境恰恰也是作者凄苦、沉郁、寂寥心情的折射。

在散文作品中，还有一种不容忽视的情形是作者直接以自然界的某种事物为载体，把自身的情感物化，托物寄意，王夫之曾说道："烟云泉石，花鸟苔林，金铺锦帐，寓意则灵。"① 被创作主体寄寓情感的物象往往是某种人格的象征，它既不失自身本来所具有的特性，又具有人的灵性、情感与品格。欣赏这类文本，也应该力求透过其感性的物状，着力揭示出它所象征的内在情感来。在中国古典诗歌中这一类的题材也非常的丰富，如以梅花寄寓品格的诗歌就不胜枚举。在古代散文中，这一类的散文以周敦颐的《爱莲说》最为著名，在文中，作者以莲花"出淤泥而不染，濯清涟而不妖"高雅不俗的气质来寄寓作者对高尚情操的追求和正直人格的仰慕。

当然，鉴赏这类文本，离不开鉴赏者的想象与联想。散文意境是由艺术形象的比喻、象征、暗示作用的充分发挥而造成的一种比艺术形象本身更加广阔深远的美学境界。在这个美学境界里，作家深邃的心灵世界借助于艺术形象的比喻、象征、暗示作用而得到体现，它只能意会而不能言传，必须通过想象、联想来补充作者故意省略留下空白的、故意含蓄委婉而没有说明白的那部分含义，用想象来体味作者没有明说的那种意趣。在鉴赏中，首先由文本的披阅去还原物象物境，再挥动想象的翅翼，就会迁思妙得，深入到意象层面，体悟到"韵外之致""味外之旨"。

三 散文形式：表达与突破

1. 鉴赏语言艺术

文学是语言的艺术，散文也不例外，其深刻新颖的思想或感人肺腑的情怀也有赖于语言的优美动人。散文的语言，常因表现内容的不同、体例的不同和作者艺术个性的差异而百花齐放，多彩多姿。但是散文的语言之美也并非没有统一的标准去衡量，优秀的散文语言总是或精粹简洁，或富于绘画美，或富于音乐美。如苏轼《记承天寺夜游》：

① （明）王夫之：《船山全集·船山遗文》，岳麓书社 1996 年版。

元丰六年十月十二日，夜，解衣欲睡，月色入户，欣然起行。念无与为乐者，遂至承天寺，寻张怀民。怀民亦未寝，相与步于中庭。庭中如积水空明，水中藻荇交横，盖竹、柏影也。何夜无月？何处无竹柏？但少闲人如两人者耳。

全文仅80余字，但绘景写物，生动传神，又能做到意境悠远、韵味无穷，实为小品文中的精品。再如南朝丘迟《与陈伯之书》中写江南景色："暮春三月，江南草长，杂花生树，群莺乱飞。"绘景如画，吟咏千古。散文教学，要善于引导学生品味散文的语言，以求提高学生的语言表达能力。

散文的语言美是由多个因素综合而成的，如文辞的色彩、语言的节奏以及语言的修辞等等。散文的文辞色彩直接决定作品的情感基调和情调色彩，鉴赏者在鉴赏过程中首先要做的就是要把握好文本的情感基调，所以，必须对文本文辞的色彩要保持高度的敏感，要能够通过对散文用词的色调的辨别来体会情感的激昂与沉郁，通过对文辞的感情色彩的体会来感知作者内心的喜怒哀乐。在《岳阳楼记》中作者为了衬托一种或沉郁或愉悦的心情，为我们描绘了两幅阴暗和明丽的画面，写"满目萧然"之状，则是"淫雨霏霏，连月不开，阴风怒号，浊浪排空；日月隐耀，山岳潜形；商旅不行，樯倾楫摧；薄暮冥冥，虎啸猿啼"。写"心旷神怡"之景，则是"春和景明，波澜不惊，上下天光，一碧万顷；沙鸥翔集，锦鳞游泳；岸芷汀兰，郁郁青青。而或长烟一空，皓月千里，浮光跃金，静影沉璧；渔歌互答，此乐何极"。

散文的语言虽然不像诗歌那样有固定的韵律和吟咏的音节，但优秀的散文作家往往在行文的过程当中，注意情调与韵律节奏的和谐，在舒缓徐疾、抑扬顿挫之间造成一种悦耳动听易于吟诵的音乐美感，让读者在声调之间体会洋溢的情感，在节奏之内感受气脉的动荡。散文的节奏与旋律常常在文中通过句式的措置与音韵的调配表现出来。像欧阳修的名作《醉翁亭记》全文以"也"字结尾的句式总是连续运用，但并没有使人感觉单调与贫乏，反而觉得轻快活泼，读起来富有节奏感，朗朗上口。如文章起始段中这样写道："环滁皆山也。其西南诸峰，林壑尤美。望之蔚然而深秀者，琅琊也。山行六七里，渐闻水声潺潺，而泻出于两峰之间者，酿泉也。峰回路转，有亭翼然临于泉上者，醉翁亭也。”还有本文在句式上总是整散结合，也使音律抑扬顿挫，摇曳生姿，如文中写道：“至于负者歌于途，行者休于树，前者呼，后者应，伛偻提携，往来而不绝者，滁人游也。临溪而渔，溪深而鱼肥；酿泉为酒，泉香而酒洌；山肴野蔌，杂然而前陈者，太守宴也。宴酣之乐，非丝非竹；射者中，奕者胜，觥筹交错，起坐而喧哗者，众宾欢也。苍颜白发，颓然乎其间者，太守醉也。”

语言是作者最先给读者的一种情感的明示或暗示。古代的散文作家对作为文学作品基本材料的语言是非常重视的，他们对用词的选择以及语言的修辞都是刻意推敲、精益求精、耐心地加以锤炼。作者在作品中表现出来的那种对文辞的敏锐把握与巧妙运用以及修辞手段的匠心独具，都使得散文语言显示出一种独特的新奇的美质。像苏轼在《前赤壁赋》中描摹箫声道：“客有吹洞箫者，倚歌而和之。其声呜呜然，如怨，如慕，如泣，如诉，余音袅袅，不绝如缕，舞幽壑之潜蛟，泣孤舟之嫠妇。”比喻、拟人、夸张兼而有之，把箫声的情状描摹得栩栩如生，宛若在耳。

2. 品析表现艺术与风格艺术

散文作家在进行创作时，为使做到写景状物生动传神，表情达意真挚动人，议事明理振聋发聩，总是竭力调动各种艺术手段使文章的表现艺术美不胜收，也使得散文的写作技法异彩纷呈、缤纷多样。鉴赏散文的表现艺术，不但会得到艺术享受，也会为自身的写作获得经验。据周明《中国古代散文艺术》① 一书统计，古代议论辩驳类散文的论证艺术就有 10 种之多，一为抓住矛盾，势如破竹；二为极化抑扬，对比鲜明；三为层层脱卸，盘旋推进；四为破立互用，是非明晰；五为绵里藏针，词婉理直；六为开合擒纵，引人入彀；七为以宾衬主，强化主旨；八为逆向推阐，启人睿智；九为假设敌论，反复辩驳；十为尺水兴波，层叠转折。窥一斑而知全豹，古代散文的表现艺术可谓洋洋大观者矣。

除此之外，在教学中一般都会指导学生掌握代表作家的独特风格。优秀的作家，都有自己独特的风格，风格是作家艺术成熟的一个重要标志，也是作家创作个性的彰显，中国散文的田园之所以千姿百态，在很

① 周明：《中国古代散文艺术》，江苏教育出版社 1994 年版。

大程度上是因为风格的多样，古代散文之所以源远流长，新的风格的不断绽放也是重要原因。对作品风格的鉴赏，是对作品总体艺术水平的确认，因为风格的形成是由多种因素综合而成的，是思想和艺术特点的总合。就一个作家而言，他的风格是独树一帜的，多个作家的风格的集合，又使散文风格总体上呈现出多姿多彩的风貌，刘勰在《文心雕龙·体性》[①] 篇中曾把文学风格分为四对八体："典雅、远奥、精约、显附、繁缛、壮丽、新奇、轻靡"。如果以中国古代散文史上最负盛名的唐宋八大家而论，他们的散文风格也确实是姹紫嫣红、争奇斗艳，像韩文总是如大河澎湃，气势磅礴；柳文以冷峻峭拔，立意精警的风格著称；欧文则别开生面，以平易自然的风貌示人。

古人有一个鲜明的观念，几乎普遍认为"其文如其为人"（见于苏轼《答张文潜书》），知其人可以知其文。教学过程中经常会引用到"文如其人"这个术语。刘勰在讨论风格的专论《体性》篇中列出了12位作家来说明不同的创作个性，便会有风格不同的作品。

> 贾生俊发，故文洁而体清；长卿傲诞，故理侈而辞溢；子云沉寂，故志隐而味深；子政简易，故趣昭而事博；孟坚雅懿，故裁密而思靡；平子淹通，故虑周而藻密；仲宣躁锐，故颖出而才果；公干气褊，故言壮而情骇；嗣宗俶傥，故响逸而调远；叔夜隽侠，故兴高而采烈；安仁轻敏，故锋发而韵流；士衡矜重，故情繁而辞隐。触类以推，表里必符。[②]

"各师成心，其异如面"，准确而偏颇地概括了风格的成因，兼及了风格个性化的主观性和客观性两个方面，并指出由此生出了"笔区云谲，文苑波诡"的风格多样化的论述。如果隐匿作家的姓名，读者也能判断出作品出自谁人之手，正好可以印证作家散文风格的独特。

（李蕊梅　程晓菡）

---

① （南朝宋）刘勰：《文心雕龙·体性》，范文澜注，人民文学出版社 1978 年版。

② 郭绍虞编：《中国历代文论选》第一册，上海古籍出版社 2001 年 10 月新版。

中国古代小说鉴赏与教学

文学属于人文科学，是研究人类精神和文化现象的科学，它通过人类精神和文明成果的研究，总结其成败优劣，扬长避短，使人类发展得更加美好。当代大学中古代文学课程承担着继承与传播古代文明与智慧的责任，为启迪人民智慧及塑造全面的人才的职责。但是在近50年的中国的教育中，由于社会对教育的工具化功能过分推崇，功利主义观念日益强势，这些使得大学教育陷入功利性、工具化、狭隘性的怪圈。很多专家指出大学教育塑造了两种畸形人，一种是只懂技术而灵魂苍白的"空心人"，另一种是不懂技术、奢谈人文的"边缘人"。为此，时代要求教师通过"传道授业解惑"，教给学生一种做人的态度，一种看待世界的方式，一种精神的境界，培养"具众理而应万事"的健全健康的人，进而促进社会的健康和谐；以弥合当前古代文学所面临的困境，关注人的生活、道德、情感和理智的和谐发展的教育；让人文精神薪火相传，长盛不衰。

古代小说中那些优秀作家及其作品，历经时间的考验，流传至今，其中可为今人汲取、借鉴的东西很多，面对这些精华之作，高校古代小说教学应该立足于文本，加强美感教学，并且以今视古，使之植根于现实、关注现实，培植扩充学生的人文情怀和人文精神。

一　何谓"小说"？

在中国文学史的研究中，小说史是作为旁支出现的。这当然不能简单地用"小说即小道"这种传统说法来解释，但无论如何不能说与这种说法没有关系。我们今天所说的“小说”这一文体，因借用了古代的“小说”这一概念而带来许多纠缠不清的概念和认识。“小说即小道”便是这种观念混杂的后果。如果没有厘清小说的概念，就无法把握中国古代小说的整体风貌和特性。

鲁迅在《中国小说史略》中划出了关于中国小说历史发展的线索：小说的概念大体是从桓谭的“合丛残小语，近取譬论，以作短书，治身理家”到班固的“小说家者流，盖出于稗官，街谈巷语，道听途说者之所造也”，而后直到明代胡应麟的小说六类和清代的《四库全书总目》中的小说三派之分，此外就是不见载于史志的宋之平话，元明之演义。而小说的实际发展则是从神话传说开始，经汉魏六朝的志异和清谈笔记，到唐宋传奇，然后是宋代以后的话本、拟话本以及讲史、神魔、人情、狭邪、公案等长篇小说。鲁迅之后，中国小说史的研究者大体上是沿着这条线索进行研究的。

显然，对“小说”这个概念的理解，古今相去甚远。许多在古代称为小说的作品，以今天的眼光看来，已不能算是小说了。研究中国小说史，应以符合现代小说概念的作品为主要对象，这是毫无疑问的；但也要兼及那些在今天看来虽不算小说，而古人曾经认为是小说的作品。只有这样，才能对中国小说发展的历史过程得出全面的认识。

最早的小说概念，无非是短小零碎的传闻、掌故，掺杂着浅薄的议论“街谈巷语”，是“道听途说”者采集记录下来，成为一家之言。虽然是小道，但尚有可取之处，因而得以不灭。发展至唐，鲁迅说：“小说亦如诗，至唐代而一变，虽尚不离于搜奇记逸，然叙述宛转，文辞华艳，与六朝粗陈梗概者较，演进之迹甚明，而尤显者乃在是时则始有意为小说。”由此可见传奇的出现是小说史上一大飞跃，标志着中国小说进入了成熟阶段。宋元时期，文言小说逐渐衰落，白话话本小说兴盛起来。宋代的传奇多讲古事，并寓教训意义，有理学化的倾向。而宋元话本的题材内容、思想主题、艺术风格都与文言小说不同，它是市民阶层的新兴的文艺，是小说史上的一大变迁。明清章回小说的巨大成就充分展示了小说的艺术魅力，但是《红楼梦》虽然达到了古典小说的顶峰，但小说的地位并未因此而提高。直到梁启超创办《新小说》杂志，提倡“小说为文学之最上乘”，“小说有不可思议之力支配人道”，“而其性质其位置，又如空气然，如菽粟然，为一社会中不可得避不可得屏之物”。“今日欲改良群治，必自小说界革命始；欲新民，必自新小说始”。在当时，小说提供了知识分子改革中国的新力量来源，于是小说被赋予了改良群治的使命。

从先秦到明清这一漫长的过程中，小说概念进行着演化，从模糊趋向明晰，从芜杂趋向单纯，从低微趋向崇高。小说以“小”入世，发展到足与正典大说分庭抗礼的地步。我们循此律动之声可以听诊社会、时代变幻之节拍，这是文学殿堂里的万花筒。关于小说的特征，袁行霈在《中国文学概论》中总结：“若论中国小说的总体特征，则不妨概括为以下三点：一是传记性，往往是围绕一个主要人物一生的遭遇来组织故事，安排情节，写法接近一个或几个人物的传记。二是故事性，富有故事情节，便于讲述。缺少心理刻画和景物描写。三是结构上往往是按时间顺序纵向安排故事情节，有头有尾。”我们只能从小说这一文体的根本特征出发，寻找这一文体前后延续的内在根据，并以此发展的眼光全面地看待中国古代小说的发展和特点。

二　以鉴赏为立足点的小说教学理念

由于文学的规定性，使得小说教学更多地体现着鉴赏的审美功能，因此纯然的解说和演绎都会破坏文学的意趣，况且任何文学的赏析是没有标准答案的。一旦讲解分析代替了学生鉴赏，很容易将旧习惯、错误观念先入为主；消解了学生观照、体验、感受、领悟作品，与作品人物同歌哭、共哀乐的阅读内驱力。鉴赏者作为审美主体对审美对象一定要进行感知—联想—判断，才能获得较为准确的审美感受。但是鉴赏不是一任“激情”的那种天马行空式的批评，脱离作品实际的主观臆断，也不是“理性”的从概念到概念的逻辑推理，这些绝不会成为完善的文学鉴赏。当然，对于鉴赏批评的形式和风格，阅读者有着充分的选择的自由，这种选择的过程，正是读者自我认识、自我把握、自我选择的过程。因此，小说鉴赏过程也是一个极具个性化的过程，有自我把握、自我筛选的充分自由。小说学习一定是鼓励表现出高度自由的阅读和具有个性特色的阅读，需要说明和重视的是，在阅读和鉴赏过程中这种自由与个性化是有约定的范畴的。在小说鉴赏这个过程中，阅读既是起点又是根本，如果脱离阅读而进行教学过程，只能是越俎代庖、食不知味，教师应该指导阅读，尽量解惑，完善鉴赏。

首先要注意小说的特性，小说是一门叙事性质的综合艺术，其内容、情节一般比较丰富，大型长篇作品更是如此，呈现于鉴赏者之前的，多半是复合构造。因为小说叙事又是一种特殊的叙事样式，它对叙事能力的要求比较高，是在人们的叙事思维水平、语言文字表述能力达到相当高度后才有可能实现的，所以这意味着对于阅读鉴赏有着较高的要求，对于小说的核心价值的精神财富通过细读文本的方式体认，以通融的识见做到以寡问多。艺术鉴赏的成功，有赖于鉴赏对象与鉴赏主体的相互适应、相互沟通。读者如果不具备必要的鉴赏能力和审美的心境、态度，即使展开最优秀的作品，也不能获得审美的愉悦。要实现学生与文本、作家的对话交流，前提是重视文本的解读。因为只有学生的解读行为才能使文本进入学生的审美视野，才能使学生与文本产生对话；也只有这样，文本的思想艺术价值才能真正体现出来。讲求远大眼光、博雅精神，形成学问相互融通的学习风气与理念，更多地从微观入手作出较为准确的细腻的富有思想启示性和艺术熏染力的剖析。

蒋寅《中国古代文体互参中“以高行卑”的体位定势》中提出“文体互参”是中国古代文学创作中的一个习见现象，并且互参之际显示出以高行卑的体位定势，即高体位的文体可以向低体位的文体渗透，而反之则不可。[①] 中国古代小说具有很大的包容性、广泛继承和借鉴其他文学样式的特点，基于诗意追求和抒情传统在中国叙事传统中占有独特而崇高的地位、有深刻的思想基础，因而边缘文学小说，为了提高小说的地位、彰显作者的才情，小说家们有意无意地在小说中融入大量诗文，有时候小说作品会像诗一样，出现题旨的多义性、意韵的暗示性和语言的跳脱性。在整个作品，包括作品中的每一个标点和作品里总的气氛在内，都是主题的体现——从这个意义上来看，我们可以把整个作品看作是表现主题的具体的象征物！我们应当懂得，小说的主题、意义和

---

① 蒋寅：《中国古代文体互参中“以高行卑”的体位定势》，《中国社会科学》2008 年第 5 期。

价值，并不是一个孤立的现象，而是文体互参的结果，并与小说诸要素紧密相关的整体体现。小说的方方面面无不闪耀着作者思想和才情的光彩，一部优秀的小说，就是其思想、才情在整个作品中的全面渗透。正因为如此，理解小说、完成鉴赏方式方法应当是多侧面的、多角度的，整体阅读和细节体会融合一体才是较为合宜的方法。

其次，“在小说的人物、情景和事件中，事件是根本的，人物是构成事件的，情景是在事件发展过程中被呈现的。小说是叙事文学，所以这个‘事件’是最重要的，是小说的根本命脉之所在。”事之曲直、是非、对错，以现代意识对古代文学作品进行合乎情理的阐释，激活作品的内在价值，利用现代哲学、美学观点来研究古代文学。拉近古代作品与现实生活的距离，从而引起学生的强烈共鸣，取得育化心灵的效果。这是古代文学教学改革及现代性所追求的一个重要方面。与此同时，要牢记小说与一般叙事文学的区别，并不在于它往往具有更完整的故事情节、更生动的人物形象、更精巧的叙事结构和能够对社会作更深刻的反映，而在于它是一种虚构作品，一种虽是虚构却能在真实感上达到“第二自然”般可以乱真的叙事作品。[①] 这“第二自然”的叙事艺术的成功得益于小说的构思、细节和语言等诸方面。鉴赏小说讲究构思的严密精致，情节前后照应，针线细密，滴水不漏。细节为人物写照传神，耐人寻味，自有无穷的艺术魅力。小说作为叙事文学作品，语言是至关重要的因素，简洁流畅的叙事语言，个性化的人物对话，再融入作者适度的幽默诙谐和睿智机趣，则能收到雅俗共赏的艺术效果。

《金瓶梅》第一回西门庆与应伯爵的一段对话：

> 西门庆因问道：“你吃了饭不曾？”伯爵不好说不曾吃，因说道：“哥，你试猜。”西门庆道：“你敢是吃了？”伯爵掩口道：“这等猜不着。”

简短的应答之中，细节的描写，表现了两个不同的形象，应伯爵巧

① 冀运鲁、董乃斌：《中国古代小说叙事渊源论》，《上海师范大学学报》2012 年第 4 期。

舌如簧、厚颜无耻的篾片嘴脸暴露无遗，而西门庆诙谐风趣的性格也跃然纸上，可以说是令人拍案叫绝的第一流的好文章。读其文，想见其为人。领略小说艺术的“云质龙章，日姿月彩”之美，理解作者的文章经纬，把握作品不同段落、人物之间的复杂的联系。

三　关注小说中的人文精神

文学创作和文学消费是一个组织起来的社会文化过程。这个过程浸润着社会思潮，反映着社会面貌，直接或间接地回答社会问题。尤其作为文化消费娱乐特性的小说，其间有着社会学的视角、文化学的视角、价值学的视角。它还与文学心理学、文学符号学、文学信息学有着不解之缘。这就在小说鉴赏和教学中有着更高的要求，甚至力求做到以圣人之情应物而不累于物的程度。鉴赏中，知有此道，好此道而有所得，学之笃、学之深、学之自强不息才能充养有道，造就纯粹如精金、温润如良玉、宽而有制、和而不流的资秉，以完成对应高层次艺术创造的艺术消费。

文学作为意识活动，既可以把物质世界作为创造客体，也可以把客观存在着的特定社会意识、社会心理、文化氛围、历史情境和作家个人对生活的体验作为创作客体。古典小说以其独特的叙述方式和鲜明的艺术形象反映社会生活，融会着封建社会的政治、宗教、哲学、道德伦理等方面内容，蕴含有丰富的人文思想教育因素。阐释侧重于在广阔的文化视野中对文本进行分析，即借助或融会哲学、宗教、伦理、心理学等多元文化形态和要素，在多维视野中对作品的故事情节、人物形象、情感取向、母题和文学原型以及作品所依持的种种文化现象和意识进行阐释，以揭示作品深层的文化蕴含。有利于培养提高学生的思辨能力和批评精神，使学生在批评中学会扬弃，在扬弃中促进人文知识内化，从而转化为人文精神。艺术的想象和联想正是艺术鉴赏中的一个重要环节，也是一种乐趣。作者婆心与菩提心就是作品的良心与良知，这是教学和鉴赏中必须深刻认识的。况且，文学创作伊始，正如孔子所说“士先器识而后文艺”，如果小说性情上无所用力、博极群籍、多才多艺、兼有众长，终是不能成为好作品，也不值得夙夜孜孜，寻绎深衷主旨的。

鉴赏中，努力还原当时的文化语境，将文学文本放置于文化语境之中予以解读、阐释，做到知源查流，真正揭示文学的意义和价值，是目前中国古代小说的教学的一个重要任务。中国古代小说承载着内涵丰富的中国传统文化，寄托着中国人美好的情感，饱含着中华民族的精神文明。当前的中国古代小说教学却走入了一个误区：以“主题论”、“人物论”、“艺术论”和古代小说的演变史等为主，忽略了中国古代小说文本本身的丰富性以及在文化方面的多元化特质。在关注古典小说中的人文精神的同时，需要达成这样的共识——中国古代小说起源于民间，从产生之初就深受民间人文情愫的滋养，与此同时它又是文学锤炼的结晶，因而又蕴藏了深厚的文人情怀和传统精神。这样的追求和信仰及其思维机制对小说产生了重要影响，从而使得古代小说具有鲜明的民族特色。比如《红楼梦》第五回曲子和判词就起着预叙的作用，暗示了人物命运和故事情节的发展方向，高鹗所续写的后四十回就是按照这一暗示写成的。小说创作中命相、梦境、预言等大量出现，不仅起到暗示情节发展趋势的预叙作用，而且还常常形成“首尾大照应，中间大关锁”的结构模式。某些看似孤立零碎的叙事资源可以连贯为一个有机的叙事整体，其中依靠某种强有力因果的逻辑，通过因果逻辑不仅可以将诸多情节因素缀合在一起，而且还能将现实与超现实混融一体。中国古代小说与文化，如影随形，血肉相连，很难剥离，因此对古代小说的研究与教学，既是进入古人的精神世界，体会古人的生存智慧的过程，也是建构自己的生存智慧的过程。通作者之意，开览者之心，获得的结果是既娱我又改变了小说不过是“小道”，是无法承担改造人们“世界观”之重任的偏见。让小说的触角沿着人与自然、人与历史的双重轨迹走向更为博大的时空。

（童占芳）

中国戏剧鉴赏与教学

中国的传统戏剧是世界戏剧艺术之林中的一朵艳丽的奇葩。中国古代的戏剧，经过了酝酿、萌芽到成型的发展历程，最终形成了一个具有鲜明民族特色的、独立完整的艺术体系，是一种高度综合性的艺术。

一　斑驳陆离　色彩纷呈:综艺美

这种综合性的艺术特征，首先在于它的表现手法丰富多彩，包括人物表演、背景艺术、舞台美术、戏曲音乐等等。仅在表演上，就全面运用了唱、做、念、打等多种艺术手段，体现了中国戏剧本身歌舞参半、说表兼重的艺术特色。同时，它又将机械的时空概念充分艺术化，使之为人物和剧情服务。再者，它广泛调动了中国古代几乎所有的文学艺术样式，包括诗词、小说、音乐、舞蹈、绘画、雕塑、建筑、武术、杂技，甚至滑稽、幽默等等，并将其熔铸于一炉，体现出高度的综合性。

1. 音乐容声、舞蹈动情

中国传统戏剧名曰“戏曲”。“‘戏’者，以虚中生戈；‘曲’者，音乐因素也。合起来就是说：中国传统戏曲艺术是在音乐的气氛中虚拟地表现生活。”① 我国自古就有诗、歌、舞三位一体的说法，古代的“乐”常常就是诗与乐与舞的融合体。如《诗经》即是一种声歌，且伴以优美的舞蹈，有歌唱，亦有相应的音乐节拍。因此，中国的舞蹈艺术与音乐艺术自古就是一对孪生姊妹。

---

① 张赣生：《中国戏曲艺术》，百花文艺出版社 1984 年版，第 22 页。

中国古剧在形成之初就与音乐结下了不解之缘。我国最古老的两种戏剧——宋元南戏和宋杂剧，虽所处南北地域不同，所用声腔不一，但都是采用歌曲来演唱的歌舞剧。正因为与音乐的关系密切，从而形成了中国古代戏剧的“乐本位”特征。戏剧与音乐结合而为戏。中国传统戏剧中的唱、念、做、打四种基本功，从来是唱功居于首位，对于演唱艺术在戏剧中的突出地位，明代音乐理论家王骥德曾说：“乐之筐格在曲，而色泽在唱。”因此，大多数戏剧都用大段的唱词来刻画人物和渲染气氛，并借助唱词来传达剧中的人物情感和戏剧的主题思想等。

中国戏剧的演唱艺术在长期的发展过程中形成了自己的独特风格和专业技巧，每个优秀的戏剧演员，都具备歌唱演员最基本的艺术素养，通过不同的歌唱风格表达不同人物的思想情感，并赋予其不同的性格特点，如我国近代著名的四大名旦梅兰芳、尚小云、程砚秋、荀慧生，因其演唱风格不同，形成了四个著名的派别，即梅派、尚派、程派、荀派。以演唱为主的声乐在戏曲音乐中固然重要，而作为辅助性的器乐伴奏也同样必不可少，当然它的首要任务是为演唱伴奏。许多管、弦、打击乐器都是中国戏剧中富于民族特色的传统乐器，并各有独特的妙用。因此，我们常说“听戏”而不说“看戏”。

由于音乐所具有的运动的特性，它可以通过速度的快慢、节奏的缓急、旋律的起伏、力度的强弱、音乐的对比、调式与调性色彩的变异等等变化，来造成不同的感情气氛，从而显示戏剧情节的发展起伏和对比。戏曲音乐，无论是演唱与声腔，还是器乐演奏，都已不再是纯粹的音乐，而是与舞台上角色的表演融为一体，成为一个有机的统一体。正是因为融入了音乐，戏剧中的语言变成了韵律优美的歌唱和吟诵，因此，音乐成为戏剧的灵魂。[①]

戏剧中的舞蹈动作通常表现一定的人物情绪或环境气氛，又具有鲜明的节奏感，故需配以相应的音乐加以突出或渲染，这和中国传统的乐舞一致的特点是一脉相承的，戏剧演员的表演身段、台步等，都要强调形体动作的美感，这就演为舞台上伴以音乐节奏的戏剧舞蹈。演员的连续动作，是一系列曼妙优美的舞姿的组合，例如京剧《三岔口》通本

① 何为：《戏曲音乐散论》，人民音乐出版社 1986 年版，第 6 页。

几乎没什么台词，全以演员优美的舞蹈式打斗，在空灵的舞台上自由驰骋，在黑暗的摸索中先是二人后四人对打得难解难分，从而把全剧推向高潮。因此，乐舞成为戏剧的基本特征之一。

为了配合戏剧中的舞蹈动作，中国的传统戏剧服装很大程度上是来源于古代的歌舞服饰，如一般旦角都有长长的水袖，而水袖也已成为中国古典戏剧独具民族特色的精品表演。其他如蟒袍、腰包、大带、靠旗、鸾带、翎子、纱帽翅、雉尾、甩发，甚至刀枪把子、扇子、手绢等都成为帮助演员用舞蹈塑造形象的辅助手段。

2. 色彩斑斓、刚柔静立

绘画艺术进入戏剧就不再是单纯的绘画，而成为一种与之相关的艺术，即舞台美术，如背景灯光、舞台设置、演出服装、脸谱面具，等等。因此，绘画艺术的诸多原则如构图、色彩等都不可避免地融入到舞台美术之中，从而使绘画的平面性转变为戏剧舞台上的立体性，并通过演员的表演，使人获得不完全同于绘画的新的艺术美感。

中国传统戏剧中，舞台美术最直接的体现是色彩的艺术。戏剧舞台上的色彩艺术绚丽多姿、异彩纷呈，从最基本的红、黄、绿、白、黑到粉、湖、蓝、紫、绛及秋香、月白、古铜、灰、金、银等十几种颜色不等，鲜明亮丽，引人注目。尤其舞台上色彩最鲜明的传统戏服的搭配更令人拍案叫绝。例如，舞台上刘备、关羽、张飞同时出现时，一个是本色脸、着红袍，一个是大红脸、穿绿蟒，一个则是黑花脸、穿黑服，形象都非常鲜明醒目，令人也会过目难忘。大多舞台服装色彩搭配都非常讲究，显得分外绚丽辉煌，给人以强烈的美感，并起到美化整个舞台的作用。同时，通过不同色彩的运用，还能够起到塑造人物形象、突出人物性格以及暗示人物身份的功用。如王宝钏住寒窑的服装就以黑或深蓝等冷色调为主；而杨玉环的服饰则是鲜明艳丽、彩绣辉煌，这才符合她贵妃的身份。

绘画艺术可以直接用线条、色彩、光暗来描摹自然环境和场景，以及刻画人物形象等，戏剧则主要通过演唱、音乐等手段来体现这一切，从而组成各种可听的画面，借以描写环境、渲染气氛，这种音乐画面同中国传统绘画一样，但求意到与神似，即重在写意。如《牡丹亭》中的一段唱词：“原来姹紫嫣红开遍，似这般都付与断井颓垣！良辰美景奈何天，赏心乐事谁家院！朝飞暮卷，云霞翠轩，雨丝风片，烟波画船。锦屏人忒看的这韶光贱。”这优美的唱词本身就是一幅色彩明丽的图画，几百年前的作者用他的无形画笔描绘出的春光画卷世代长存，永不褪色。

中国传统戏剧的舞台艺术，还具备建筑与雕塑的造型、光暗等的刚柔静立之美。同平面性的绘画相比，具有立体感的雕塑更近于戏曲。如果说，在戏剧舞台上，演员的活动是一系列的优美舞蹈，那么他们在静止时，就具有建筑与雕塑的造型美、形体美了。戏剧中常用的人物“亮相”，其塑型不但具备雕塑的静态的立体美，同时还有演员赋予戏剧人物的饱满的精神状态，这些正是建筑与雕塑同戏剧结合后的独特效果。

总之，作为时间艺术的音乐与歌唱，主要依靠人的听觉来传达艺术情感，而作为空间艺术的建筑、雕刻与绘画等，则主要通过视觉来传达艺术情感，二者本身是无法直接结合为一体的，只有在中国传统的戏剧艺术中，这一切方成为可能。“各种艺术一经成为戏剧艺术的部门之后，就必须抛弃它作为独立艺术时的特性而接受一种新环境所给予它的新特性。这种特性的改变，就促使戏剧中各个艺术部门和它们从前成为独立艺术时有了不同的作用，变成了两种不同的东西。”①

二　曲尽人情　意境幽婉：诗意美

中国传统的戏剧文学脚本是一种综合性文体，它是一种高度综合的文学，古代的一切文体都被吸收并融汇于戏剧文学之中，从而作为展开戏剧冲突和塑造人物形象的重要手段。孔尚任在《桃花扇·小引》中已明确指出：“传奇虽小道，凡诗、赋、词、曲、四六、小说家，无体不备。”

白居易把诗歌创作比作植物，应是：根情、苗言、华声、实义。实际上，戏曲的各种技巧也是用“情”统一起来的，戏曲的抒情性，也正是它打动人的地方。

1. 抒情言志、以情动人

戏剧是代言体文学。无情不成戏，明代戏曲家祁彪佳也主张“作情

① 张庚：《戏曲艺术引论》，中国戏剧出版社1980年版，第24页。

语者，非写得字字是血痕，终未极情之至”（见于《远山堂剧品·桃花人面》）。戏剧包含两种情感：剧作者的情感和剧作者赋予剧中人物的情感。因为强调抒情，中国古代戏剧的结构呈现出特殊的形态：（1）开端，往往自报家门，交代故事人物、矛盾。戏曲的悬念，往往是悬而不悬。（2）冲突，不重视情节离奇，情节冲突激烈，而用大量笔墨抒情。（3）高潮，西方戏剧中重视情节发展的高潮，而中国戏剧往往重视情绪高潮，有时情节高潮已经结束，还可以形成情绪高潮。（4）结局，由于受抒情性的制约，中国戏剧表现悲欢离合，最后结局往往是大团圆。

缠绵悱恻的爱情剧。我国古代爱情戏剧的创作距今已有七八百年历史，作品数量也拥有几百部之多，在各类题材中占大多数。“问世间情是何物，直教生死相许。”元好问在《摸鱼儿》中的这几句词被历朝历代无数痴情人传诵，其精神内涵与董解元《西厢记》和后来王实甫《西厢记》所宣扬的爱情精神息息相通。王实甫《西厢记》在全剧结尾处提出“愿普天下有情的都成了眷属”，为后世唱响了历经“情”与“礼”冲突后男女主人公真挚情感的赞歌。作中主人公否定了封建社会传统的联姻方式，追求真挚的感情。这种进步思想在当时的剧坛是一个创举。现代文学家郭沫若说：“《西厢》是超过时空的艺术品，有永恒而且普遍的生命。《西厢》是有生命之人性战胜了无生命的礼教的凯旋歌、纪念塔。”《牡丹亭》虽然饱含浪漫主义情调，可它的精神实质却是直指现实世界的。

《牡丹亭》以其独具的人情关爱控诉理学的虚伪和冷酷。汤显祖正是站在个性解放的思想高度，突出了“情”的主题。他说：“天下女子有情，宁有如杜丽娘者乎……情不知所起，一往而深。生者可以死，死可以生。生而不可与死，死而不可复生者，皆非情之至也。”虽然这里的“情”是天然的人性、人情，但这种天然的人性、人情正集中地体现在令她生而死、死而生的爱情理想之中。杜丽娘是“情”的化身，她用生命和信念苦寻的真情也是当时人们寄望的时代精神。此类由情人历经磨难到终成眷属的爱情故事，成为演剧界经久不衰的剧目。它们都揭示出一个与爱情本体相关联的爱情主旨——或抨击“父母之命，媒妁之言”的封建婚姻制度；或揭露封建礼教“存天理，灭人欲”的丑恶虚伪。在《西厢记》《牡丹亭》《倩女离魂》《墙头马上》《拜月亭》《娇红记》等“才子佳人”的故事中，爱情找到了最理想的归宿。不仅如此，剧坛里还出现了一种复合模式的作品，它们借爱情故事来表达某种政治性主题，即“借离合之情，写兴亡之感”，形成“爱情＋政治”双重主题的剧作，比如《浣纱记》《桃花扇》《汉宫秋》《长生殿》等。

感天动地的悲情剧。中国戏剧中另一类表现突出的“情”，即为感天动地的悲情。悲情在戏剧里孕育在悲剧的创作和审美之中，它使悲剧有强烈撞击人们心灵的力量，并且隐含着深刻的人生哲理和教训。元杂剧之父关汉卿的代表作《窦娥冤》是中国戏剧史上最富悲情色彩的剧作之一。主人公窦娥深受礼教熏陶，恪守封建妇德，但最终毁灭。“天地也做得个怕硬欺软，却原来也这般顺水推船。地也，你不分好歹何为地？天也，你错勘贤愚枉做天！”（见于《窦娥冤》第三折）这是她第一次表达对现实的强烈不满，也是对自我天命观的彻底否定。在极度悲痛、悲愤中窦娥完成了她性格的最大转折，成为反抗天命世运的复仇女神，她将自己的死安排得离奇而悲壮，就连那曾经诅咒过的天地竟也为之动容，应验了她种种遗愿。与关汉卿同时期的戏剧家纪君祥也写成了一部典范的悲情之作《赵氏孤儿》。王国维在《宋元戏曲考》中说：“其（元杂剧）最有悲剧之性质者，则如关汉卿之《窦娥冤》，纪君祥之《赵氏孤儿》，剧中虽有恶人交构其间，而其蹈汤赴火者，仍出于其主人翁之意志，即列之于世界大悲剧中，亦无愧色也。”① 他的评价并非溢美之词，早在 1731 年，《赵氏孤儿》就被译成法文本，此后又有英文、德文、俄文、意大利文等。剧作彰显的悲情是以英雄的个人受难甚至牺牲为内容的崇高悲情。这出戏的主旨并不是突出个别人的悲哀和痛苦，而是具有广泛性的撼动人们心灵的悲情和思考，这便给悲情赋予了深刻的社会意义。

2. 情景交融、意境优美

中国戏剧是具象的诗，立体的画。我国历来就有“诗中有画”“画中有诗”，“情景交融”“弦外之音”“言外之味”的说法。这说明中国艺术是以抒情写意见长，以追求意境为归的。但戏曲在艺术上追求意境

① （清）王国维：《王国维文学论著三种》，商务印书馆 2001 年版，第 161 页。

与诗歌意境相比，有它独特的一面。王国维在《宋元戏曲考》中认为：一、戏曲意境必须“情、景、事”三种交融在一起。二、戏曲在有限的境中透出无限的意。三、戏曲意境在表达上力求自然、通俗。

戏曲的各种技巧是用“情”统一起来的，表现出情景交融的特点。如《西厢记·长亭送别》中“碧云天、黄花地、西风紧、北雁南飞。晓来谁染霜林醉？总是离人泪”五个有动有静的景物，构成了一幅“秋郊送别图”。末一句点出剧中人物之情，使景物顿生活力，带上浓烈的感情色彩。戏剧同“言志”的诗歌一样，也多用赋，比、兴的传统表现手法来渲染气氛，表现感情。曲文作者以诗人的眼光来观察生活，以诗人的感受进行诗意的表达。如《宇宙锋》“引子”：

赵高：月影照纱窗，梅花映粉墙。

赵女：杜鹃枝头泣，血泪暗悲啼。

许多定场诗也是如此。正因为如此，剧诗将叙事、抒情、描景融为一体，从而形成不可分割的统一体，尤以抒情性为重。情、景、事水乳交融，是中国古代戏剧文学的显著特色。名剧《西厢记》《牡丹亭》《桃花扇》《汉宫秋》《拜月亭》《梧桐雨》《长生殿》等莫不如此，尤其是《西厢记》中莺莺、张生、红娘的唱词，以及《牡丹亭》中杜丽娘的曲词皆为情文并茂、至善至情之美文，堪称古代剧诗的楷模。

3. 本色文采、语言诗化

剧诗的语言按一般的说法可分本色派和文采派。元代大戏剧家关汉卿当之无愧是本色派的著名代表，以他的《窦娥冤》为例，第三折中的三桩誓愿极具代表性：

[耍孩儿] 不是我窦娥罚下这等无头愿，委实的冤情不浅。若没些儿灵圣与世人传，也不见得湛湛青天。我不要半星热血红尘洒，都只在八尺旗枪素练悬。等他四下里皆瞧见，这就是咱苌弘化碧，望帝啼鹃。

[二煞] 你道是暑气暄，不是那下雪天，岂不闻飞霜六月因邹

衍。若果有一腔怨气喷如火，定要感的六出冰花滚似绵，免着我尸骸现。要什么素车白马，断送出古陌荒阡。

[一煞] 你道是天公不可期，人心不可怜，不知皇天也肯从人愿。做什么三年不见甘霖降，也只为东海曾经孝妇冤，如今轮到你山阳县，这都是官吏每无心正法，使百姓有口难言。

在这里，作者提炼民间口语为诗的语言，似信笔拈来，无不本色。而王实甫、汤显祖均为文采派的突出代表，他们的剧诗，语言华美，珠玑满眼，美不胜收。文采派中有许多直接化用唐诗宋词的语句，出以新意，且自然而贴切。如《西厢记》“长亭送别”莺莺所唱的曲词最为脍炙人口：

[正宫·端正好]：碧云天，黄花地，西风紧，北雁南飞。晓来谁染霜林醉？总是离人泪。

剧诗中，韵文占相当大的比重。唱词，以及上下场诗、定场诗、数板等皆为韵文。这些诗化的语言，同传统诗词一样，含蓄凝练、富有文采，节奏鲜明、朗朗上口。如《汉宫秋》汉元帝的一段唱词：

[梅花酒] 她她她伤心辞汉主，我我我携手上河梁；她部从入穷荒，我銮舆返咸阳。返咸阳，过宫墙；过宫墙，绕回廊；绕回廊，近椒房；近椒房，月昏黄；月昏黄，夜生凉；夜生凉，泣寒螀；泣寒螀，绿纱窗；绿纱窗，不思量。[收江南] 呀，不思量，除是铁心肠！铁心肠，也愁泪滴千行，美人图今夜挂昭阳。我那里供养，便是我高烧银烛照红妆。

优秀的剧诗语言充满个性化色彩。同是关汉卿的作品，《拜月亭》的语言清丽典雅、妩媚多姿，符合角色大家闺秀的身份；而《单刀会》则气势豪迈、波澜壮阔，体现了主人公关羽的英雄气概。再如《李逵负荆》中李逵的语言：“那怕你指天画地能瞒鬼，步线行针待哄谁？又不是不精细，又不是不伶俐。下山寨，到那里，李山儿，共对质。认的真，觑的实，割你头，塞你嘴。”文辞虽粗，但却十分切合李逵的性格特点。

戏剧舞台上，曲词充满诗情画意，宾白科介也同样充满诗的神韵。王骥德在《曲律》中说：“句字长短平仄，须调得好，令情意宛转，音调铿锵，虽不是曲，却要美听。”如《霸王别姬》中虞姬的独白充分体现了这种诗化的特征：“看，云敛晴空，冰轮乍涌，好一派清秋光景。唉！夜色虽好，只是四野俱是悲愁之声，令人可惨！只因秦王无道，兵戈四起，涂炭生灵；使那些无罪的黎民，远别爹娘，抛妻弃子，怎的则人不恨！正是：千古英雄争何事，赢得沙场战骨寒。”

4. 表演传神、神韵无穷

戏剧中的“做”“打”等动作表演，其传神之处亦不乏诗的韵致，恰如传统诗歌的“韵外之致”，常于无声处领略剧中人物的惊、喜、忧、愤、爱、恶、欲等情感的波澜。如《西厢记》“惊艳”一场，张生初遇莺莺，莺莺不但“尽人调戏”，还主动“回顾觑末”，以及“眼角留情”“脚踪传心”，一位相国小姐的内心活动展露无疑。

戏剧所塑造的形象反映了现实社会中的各层次人物，千人千面，万人万相，所有的人物都可以纳入生、旦、净、末、丑五大角色行当之中去表演，而我们所看到的舞台形象，同为旦角的崔莺莺、杜丽娘、赵五娘、李香君等，以及同为净角的李逵、张飞、焦赞等，性格绝不雷同，这同剧诗“以笔为舌，代人立言、代人立心”的创作特点密切相关，无论宾白还是科介均必须“肖其声口”，不同身份性格的人有不同的语言行为，因此与之相配的宾白科介自然各异。但总的说来却脱不去我国传统戏剧文学的诗意特征。

三　怡情养性　无痕有味：情趣美

中国的传统戏剧以载歌载舞的独特形式，情趣横生的表演，配合音乐来表演一个相对完整的故事。雅俗共赏、虚实相生的审美情趣历来为人们所称道。《西厢记》中的红娘、《陈州粜米》中的包公，还有杜丽娘、窦娥、李逵、蔡伯喈与赵五娘等等，这些戏剧人物早已深入人心。此外，在空灵的狭窄舞台上，演员时而翻山越河，时而跨马扬鞭，有时又风雷并作，雨雪纷飞。我们虽然看不到，却能够实实在在、真真切切地感受得到，丝毫不因其“虚假性”而产生厌倦的情绪。所有这一切都是中国戏剧精彩演绎的结果。

1. 雅俗共赏、老少咸宜

俗是戏曲和戏曲文学的基调，雅是戏曲和戏曲文学的光彩。俗雅结合就使戏曲和戏曲文学具有超越以前传统艺术和传统文学的优长，使其能被全社会，上至帝王将相，下至平民百姓，识字与不识字的男女老幼共同接受、共同喜爱——雅俗共赏。[①] 雅俗共赏的戏剧，体现在文学创作上，则是“取直而不取曲，取俚而不取文，取显而不取隐，盖此乃述古人之言语，使愚夫愚妇共见共闻，非文人学士自吟自咏之作也”[②]。而且亦如王骥德所言：“奏之场上，不论士人闺妇，以及村童野老，无不通晓。”故“有不可解之诗”，而无“不可解之曲”。这些均强调了中国古典戏剧雅俗共赏的审美原则。

中国早期的戏剧大师如关汉卿、高则诚、王实甫等，他们的戏剧之作无不是雅俗共赏的典范。试举几例以资赏鉴，如关汉卿《窦娥冤》第三折：

> ［滚绣球］有日月朝暮悬，有鬼神掌着生死权。天地也，只合把清浊分辨；可怎生，糊突了盗跖颜渊？为善的受贫穷更命短，造恶的享富贵又寿延！天地也做得个怕硬欺软，却原来也这般顺水推船。地也，你不分好歹何为地？天也，你错勘贤愚枉做天！哎，只落得两泪涟涟。

此段唱词激情蓬勃，自然晓畅，语意铿锵又不失文人锤炼润色之美。再如王实甫《西厢记》第四本第三折：

> ［滚绣球］恨相见得迟，怨归去得疾。柳丝长，玉骢难系！恨不倩疏林挂住斜晖，马儿迍迍的行，车儿快快的随，却告了相思回

① 门岿：《戏曲文学：语言托起的综合艺术》，广西师大出版社2000年版，第27页。
② （清）徐大椿：《乐府传声》之《元曲家门》，中国戏剧出版社1982年版，第158页。

避，破题儿又早别离。听得一声“去也”，松了金钏；遥望见十里长亭，减了玉肌。此恨谁知！

曲词不失曲雅婉丽，却也明白易懂，我们似乎看到了那个立于斜晖之中，望着马儿远去而无限惆怅的古代少女。

高则诚是我国早期的南戏作家，对于他的名作《琵琶记》，明太祖朱元璋如是说：“五经四书，布、帛、菽、粟也，家家皆有；高明《琵琶记》，如山珍、海错，贵富家不可无。”且看其中“描容”一段：

赵五娘（唱）［三仙桥］一从他母死后，要相逢不能勾。除非梦里，暂时略聚首，若要描，描不就，暗想象，教我未写先泪流。写，写不得他苦心头；描，描不出他饥证候；画，画不出他望孩儿的睁睁两眸。只画得他发飕飕，和那衣衫敝垢。休休，若画做好容颜，须不是赵五娘的姑舅。

赵五娘（唱）［前腔］我待画你个庞儿带厚，你可又饥荒消瘦。我待画你个庞儿舒展，你自来长恁皱。若写出来，真是丑，那更我心忧，也做不出他欢容笑口。（白）不是我不画着好的，我从嫁来他家，（唱）只见两月稍优游，他其馀都是愁。（白）那两月稍优游，我可又忘了。这三四年间，（唱）我只记得他形衰貌朽。这画呵，便做他孩儿收，也认不得是当初父母。休休，纵认不得是蔡伯喈当初爹娘，须认得是赵五娘近日来的姑舅。

全词以口头语写心间事，自然澄澈，委婉传神，语言朴实无华，又显出作者几番淘洗和锻字炼句的苦功。

几乎所有流传至今的古典戏剧都具有出意不俗，文辞不深的风格特点。因此才能够成为大众的娱乐，雅俗共赏的文化。长久以来，爱雅的品其雅，喜俗的味其俗，各得其乐，使中国的传统戏剧经世不衰，永远有观众和听众，甚至成为孜孜不倦的戏迷。

2. 虚实相生、亦真亦幻

中国古典戏剧的表演独具一格，它反映生活、表现生活，但却和现实生活存在着巨大差异，戏剧所扮演的全部内容是经过艺术家们改造过的虚拟的现实生活，是在现实生活的基础上融入了戏剧作者的思想和演员表演的结果。王骥德曾说：“剧戏之道，出之贵实，而用之贵虚。”明确了戏剧是以虚用实。“以实为本，以虚为用；虚由实生，实仗虚行。”[①] 但另一方面，无论是作者写戏，还是演员演戏、观众看戏听戏，表现的却都是艺术的真实。

戏剧艺术的虚拟性，贯穿于整个舞台表演过程。时空可以虚拟，环境可以虚拟，人物的行为动作、生活规律亦可以虚拟。整个戏剧舞台简洁而空灵，以虚代实，给演员留下了足够的表演空间，使其自由灵活地运用各种表演手段展示环境、塑造人物。如《三战吕布》表现大规模的战斗场面：剧中十八路诸侯依次“骊马儿领卒子上”，摆出两军交战的宏伟阵势，而我们看到的舞台上，演员不过数人而已。无论是表现梧桐夜雨，还是断井颓垣，抑或孤雁哀鸣和烟波画船，我们只能通过演员的表演与说唱来感受和体味，并在完全获得了某种真实的感觉后仍意犹未尽。

另外，舞台上还通过演员的移步换行来展示不同的空间环境，或通过上下场变换具体的空间。《西厢记》第一本第一折“张生游佛殿”，通过张生的叙唱，启发式地告诉观众：“随喜了上方佛殿，早来到下方僧院。行过厨房近西、法堂北、钟楼前面，游了洞房，登了宝塔，将回廊绕遍。数了罗汉，拜了圣贤，正撞着五百年前风流业冤。”这样，观众边听戏边发挥想象，寺院全景便历历在目。与此同时，相隔数千万里发生的场景也可同置于小小舞台上，如《琵琶记》，陈留的赵五娘和洛阳的蔡伯喈分处两地，却同被包容在了舞台画面之中，让观众直观地感受两人天壤之别的不同境遇，从而更加同情赵五娘的悲惨遭遇。如《牡丹亭》“游园”一场，舞台上只有演员装扮的杜丽娘，并没有什么花园，但观众却看到了一座“姹紫嫣红开遍”的美丽景象。

至于对生活规律、角色动作的虚拟更比比皆是：两杯酒下肚人即醉得摇摇晃晃；一张桌子可代高山；站在一把椅子上就是站到了城楼上；四个龙套代表千军万马；一个小圆场即是艰难的长途跋涉；手执马鞭，一抬腿、一转身，人物就上了马；再如开窗关门、吃喝睡眠，无不以虚

① 张赣生：《中国戏曲艺术》，百花文艺出版社1984年版，第68页。

拟为原则进行表演。此外，戏曲化装的脸谱化和戏曲角色的类型化也以虚拟为规则，并非就是真实的生活。白脸的曹操、红脸的关公、黑脸的包公、蓝脸的窦尔墩，只有在戏剧表演中才会有，但却如此的真实而深入人心。

中国戏剧艺术中的“虚”并没有脱离“实”，戏剧中虚拟化的一切是现实生活的极大提高和集中提炼，更典型、更普遍地表现了现实生活。正因为如此，才形成了中国戏剧的一个显著特征，即写意性。写意风格造成了戏剧艺术含蓄无尽的美感，如《牡丹亭》中“惊梦”杜丽娘的两段唱：

> [绕地游] 梦回莺啭，乱煞年光遍。人立小庭深院。炷尽沉烟，抛残绣线，恁今春关情似去年？
>
> [步步娇] 袅晴丝吹来闲庭院，摇漾春如线。停半晌整花钿，没揣菱花偷人半面，迤逗的彩云偏，步香闺怎便把全身现。

春情烂漫引逗得女主人公春思无限，令她心神不定。全词通过撷取眼前富有表现力的景物，寄不尽之意于言表之外，寓情于景，抒发了主人公内在的深层情感，颇为耐人寻味。中国古典戏剧虚实相生的审美表演，造就了它写意与夸张的审美风格，为中国戏剧增添了独具特色的迷人魅力。

（李玲珑）

第四部分

个案研究

先秦历史散文的文本存在样态及其解读思路

——以《左传》的叙事学研究为例

中国文学传统一向被认为是以抒情诗为核心，叙事文学与西方文学传统相较是处在弱势地位的。事实上，中国的叙事起步很早，而且一直有一条很强势的发展线索，只不过中国的叙事能力主要是在历史著作中被孕育和培养的。我们在先秦的历史著作中已可感受到其卓越的叙事能力，尤其是在《左传》《战国策》等著作中，叙述手段已经相当成熟。可以说，中国叙事学的原点是历史叙事。然而，这些历史属性的叙事文本被我们纳入文学的视野进行解读时，其突出的文学品格以及文本样态带给我们的困惑使我们禁不住质疑它的历史性。

一　先秦历史叙事文本的存在样态

1. 作者的模糊与缺失

当我们阅读任何一种叙事文本时，都会从中感觉到至少两种不同声音的存在，一种是事件本身的声音，另一种是叙述者的声音。叙述者的声音，有人将其称作“叙述人的口吻”。叙述人的口吻，实际上就是叙述者的立场和方法，它有时比事件本身更重要。因为，当某事件被某叙述者捕捉、组织并呈示出来时，就带上了此叙述者的主观色彩，由此也决定了所叙之事的性质、面貌和价值取向。叙述者，又分为文本叙述者和故事叙述者，无论哪个层面的叙述人，我们都不可能完全忽略在他们背后的作者的存在。虽然西方结构主义的叙事解读里忽略作者的地位，甚至宣布说“作者死了”，但在中国的传统解读中作者是不可或缺的。事实上，叙述者本身就是作者的叙事谋略，而叙事就是作者的话语行为。我们知道，叙述者不完全等同于作者，所以，我们在阅读时就在着意寻求隐藏在文本中的作者的思想立场、价值标准、审美取向等，作者有时是躲在叙述者的背后与读者交流，有时直接出来与读者对话，他总是或隐或显地与读者建立起一种话语关系。读者与叙述者建立起来的对话关系可能只在此文本中存在，一旦阅读行为结束，读者与此文本的叙述者的关系也就此了结，而与作者的关系可能在其它文本中继续。所以，作者与读者所建立起来的叙述关系，应该是一种终极性的关系，是叙事文本的最高层面的交流，正因为如此，我们传统的文本解读总是以对作者的了解为依据的，也就是所谓的“知人论世”。

然而，当我们一翻开先秦的历史文本，第一个感觉就是作者的缺失或者其身份的不确定，或隐或显，真假难辨，先秦几部主要的历史著作大都如此，原始作者及其身份都难以指实。最早的《尚书》是政府重要文件和政治论文的汇编，其作者被认为大体是春秋以前历代的史官，无名无姓；《春秋》是现存第一部大事纲要式的编年体断代简史，据说是由孔子根据鲁国史料修订而成，但不能确定；《国语》是中国第一部国别史，司马迁认为作者是左丘明，但今人多认为非成于一人之手；《左传》是《春秋左氏传》的简称，是《春秋》之后又一部记事详备完整的编年史书，但作者不确，相传为春秋时左丘明所作，今人也多以为并非成于一人之手；《战国策》是继《国语》之后的又一部国别体史书，由西汉末刘向整理编订，为战国时纵横家所作，但具体作者也是不详。我们不难发现，这些叙事里的文本叙述者的身份都很模糊，或者是史臣的集体创作，或者是某一个或某几个不能确定的作者。这种情况，一方面，可能是因为时间久远作者佚名，或者根本就没有署名。事实上，中国早期文人创作没有署名意识是一个普遍现象。另一方面，中国传统叙事里的历史文本叙述者常常并不是某一个作者，而是史臣的集体创作，这在世界叙事文学史上是绝无仅有的情形。事实上，《史记》以前的历史著作都带有资料汇编和整理的性质，作者大都不明，难以说是由某个人独力完成的，诸子书实际也是各学派文献的汇编，并非由学派的开创者单独完成。对这种情形，以往的研究也只是就事论事，很少作深层次的探讨。事实上，任何行为和现象的背后都有其发生的深层原因，中国早期叙事里的文本叙述者隐微模糊的现象，又何尝不是中国人传统的思维方式和文化性格的反映呢。正如杨义先生所言，我们与西方的第一关注点不同，我们关注的是群体性、整体性，而西方人关注的是具体性、个体性，我们从女娲抟土造人的无姓无名、无性别，以及西方上帝造人中的有名有姓、有性别可见出其特点。时空表达的顺序也隐含着文化密码，西方的顺序往往由微而巨。时间顺序——年月日时，空间顺序——村乡县郡。中国人则由巨而微，时间顺序——时日月年，空间顺序——郡县乡村。这里是否隐含着中国人的空间观念重视整体性，而西方人的空间观念重视分析性。诸如此类的家常日用的事物中隐含着的一个民族的'第一关注'，及其文化在漫长的发展中沉积下来的一整套思维方式和行为方式，深刻地影响了一个民族的长短互见、优劣混杂的文化性格。[①] 正是由于中国人的第一关注点是群体性和整体性，个体的作用就被无形中消解了。所以，集体性创作或汇编就成为常态，即使有个体的创作，没有署名意识也就成为可能。然而，中国叙事里这种作者身份的模糊不明并不等于叙述者"口吻"的缺席。事实上，叙述者很强势地贯穿在文本里，无时无处不在，而且全知全能。

2. 文本的历史属性与文学品格

中国的学术传统历来文史不分家，但事实上历史与文学在本质上是两个根本不同的范畴，一个以求真为立命之本，一个以求美为生存之道，其价值指向是完全相反的，但二者却在中国的历史文本中和平共处，这是中国历史叙事的独特之处。正如前文所言，中国早期的叙事是以历史典籍为其本体的，因而历史属性是其核心价值。最早的历史典籍《尚书》和《春秋》，专门记载王朝、诸侯的诰命和大事，一为记言，一为记事，以言事分记为特征。而春秋战国之际，社会急剧变化，干戈迭起，战争频仍，争战各方为了维护自身利益，必须从历史中汲取经验教训，因此各国史官便自觉积累了大量档案数据，以备编纂之用。而时代风云之变幻莫测，历史面貌之纷繁复杂，对记史的手段与技能提出挑战。单纯的记言或记事已经不能适应其需要，因而既吸收记言与记事两

① 杨义：《杨义文存·中国叙事学·导言》，人民出版社1997年版，第8—9页。

种体制之优长，又克服二者之不足的“言事相兼”的叙事方法为史家所钟情，于是以记载各国卿大夫和新兴“士”阶层言论以及各诸侯国之政治、外交和军事活动为主要内容的《左传》《国语》《战国策》等新型历史著作便应运而生。

其中成书于战国初年的历史杰作《左传》首先以全新的姿态和面貌出现在历史叙事中。正如刘知几所言：“左氏为书，不遵古法，言之与事，同在传中。然而言事相兼，烦省合理，故使读者寻绎不倦，览讽忘疲。”（见于《史通·载言》）可见，《左传》作者摒弃了言、事分记的“古法”，使记言与记事并行不悖，在博考旧史、广采逸闻的同时，又合理剪裁，完善繁简，展现了春秋250多年的历史。其主要内容除了春秋列国之政治、外交、军事诸方面活动及有关言论外，尚有天道、鬼神、灾祥、卜筮、占梦之事，凡是作者认为可资劝诫者，无不记载，其历史属性彰显无遗。而其“言事相兼”的手法，既是史家对以往历史叙事的延续，又是著史方法论上的一次重要突破，正如梁启超所言，《左传》叙事，“第一，不以一国为中心点，而将当时数个主要的文化圈，平均叙述。第二，其叙述不局于政治，当涉及全社会之各方面。对于一事典章与大事，固多详叙；而所谓琐语之一类，亦采集不遗。故能写出当时社会之活态，予吾侪以颇明了之印象。第三，其叙事有系统，有别裁，确成为一种组织体的著述，对于重大问题，时复溯源竟委，前后照应，能使读者相悦以解。”（见于《中国历史研究法》）新的历史视野赋予《左传》作者以新的学术视点和叙事手段，他在撰书过程中已经具有了从某种历史联系的角度来统筹规划、取舍剪裁的意识，显示了史家在审视与把握历史上的一次重大进步，同时也表明了历史叙事在方法论上的一次飞跃。

《左传》鲜明的文学品格也正是在这种“言事相兼”的历史叙事中呈现出来的。众所周知，司马迁写《史记》往往笔端含情，在历数历史人物的命运遭际时，常常感同身受，或激情飞扬，或慨叹不已，写到痛心处，不免挥泪援笔，浓墨重彩，一腔悲愤哀怨尽泄无遗，它因此在叙事文学领域被奉为抒情典范。历史文本如果只有冷冰冰的客观叙述，那也只能是历史，而我们将它纳入文学领域进行讨论的时候，其文学特质也就不言而喻了。温徊斯特针对《左传》与《史记》，就文学与历史二者的转换原理作了如此评论："史之成为文学者，正是其激动感情之力为耳。而《左传》、《史记》之为文学，乃古今所公认，其故是《左传》、《史记》叙述结构，多诉诸感情耳。本来，文学表达与历史记载，亦有其区别，前者目的在于求美，词章愈优美，旋律愈起伏愈佳；后者目的在于求真，故事愈近事实，愈近真理愈好。简言之，前者为抒情动感，后者为传知表信。就其语言而论，前者为负荷情意的江流，后者为装载概念的舟车。然二者并非绝对冲突，譬如《左传》、《史记》即将二者兼容并蓄。"① 的确如此，《左传》与《史记》一样，不仅"求真"，也具有突出的审美价值，其生动曲折的故事情节和个性鲜明的人物形象，以及富有激情并颇具文采的叙述语言，是它最具文学性的地方。

《左传》记事乃"君国大事"，基本以《春秋》为纲，但《左传》叙事之丰富，技巧之圆熟，远非提纲式的《春秋》所能比。在《春秋》中寥寥几个字的事件，在《左传》作者的笔下，常常演绎成一段内容充实、结构完整、情节跌宕的历史故事。如《春秋》中只有"郑伯克段于鄢"（隐公元年）、"齐崔杼弑其君光"（襄公二十五年）、"楚子麇卒"（昭公元年）等这样的简略记载，在《左传》中却是一篇篇惊心动魄的诸侯宗室内部斗争的故事。《左传》作者不仅增加了大量的历史事实和传说，叙述了丰富多彩的历史事件，而且为了避免平铺直叙，常常选择事件中的重要环节着力描写，使所叙之事具有很强的故事性和戏剧性。如"赵盾弑君"事件是由情节异常紧张、变化莫测的小故事联缀而成，使所叙之事既有历史真实，又有传奇色彩。

记事自然离不开写人，《左传》中描写了形形色色的历史人物，许多形象都生动传神，个性鲜明，或善良、或正直、或阴险、或邪恶，如明镜照物，妍媸毕露。如《郑伯克段于鄢》，通过对郑庄公兄弟母子间矛盾斗争发展过程的入微刻画，写尽了郑庄公的阴险虚伪。像子产这样杰出的政治家，在《春秋》中几乎不著一字，而《左传》作者将其放入不同的历史场景中，对其思想、道德、学识、行事、辞令都进行细致生动的描述，充分展示了子产的才情风貌，不仅通过子产演绎了郑国历

① 转引自游信利《史记方法论·绪论》，台北文史哲出版社 1988 年版，第 1 页。

史，也使这一人物形象血肉丰满，栩栩如生。

《左传》记言大多为各国史书留传下来的文告、训辞，风格往往庄重典雅，也有许多绘声绘色、声口毕肖的口语，情调生动质朴。尤其《左传》具有“行人辞令之美”，运笔灵活，变化万千，语言简括，却含义丰富。其中选择性地收录了不少行人精彩的外交语言，激情澎湃，文采飞扬。

尤其值得注意的是，无论记事还是写人，《左传》作者不完全从史学价值考虑，其关注点很有文学意味。他关注叙事的波澜和细节的生动，尽量避免简单平板地记载历史事件，往往采用故事化的手法；描写人物也常常从具体细微的言论和行动中去立体把握，从而使整个叙事在巨大的历史运动过程中呈现出细部的生动性，由此既显示出历史的深度，又具有了文学的审美价值。刘知几说：“左氏之书，叙事之最。”（见于《史通·模拟》）刘熙载也说：“左氏叙事，纷者整之，孤者辅之，板者活之，直者婉之，枯者腴之，剪裁运化之方，斯为大备。”（见于《艺概》）可以说，《左传》的出现，标志着中国历史叙事和文学叙事的发展进入了一个新的时期。

中国的历史文本一向以“实录”为最高价值理想，但又有多少历史是真正意义上的原生态历史呢？正如伽达默尔所言：“真正的历史对象根本就不是对象，而是自己和他者的统一体，或一种关系，在这种关系中同时存在着历史的实在以及历史理解的实在。”① 伽达默尔将这种历史称为“效果历史”。的确，当历史以故事的形式展现在我们眼前的时候，谁又说那不是“效果历史”呢？事实上，任何历史故事不可能在时间和空间上与本真历史等同，它只是叙述主体在合目的性的当代语境中对历史进行的有序化甚至审美化的选择、整理和重塑，因而所谓的历史并非本真，而是主体化、心理化了的变形的历史。因而，当我们解读先秦历史的叙述者们呈现出的历史文本时，怎么能够忽略其鲜明的文学品格及其背后的叙述主体的审美心态与当代认知呢？

---

① ［德］伽达默尔：《真理与方法》上卷，洪汉鼎译，上海译文出版社 1992 年版，第 384—385 页。

二 先秦历史叙事的策略及其能力

1. 叙述者的全知视点与强势介入

叙述者的视点是一项关键的叙事策略，它直接关系到事件的面貌、叙述者的立场方法与驾驭能力。任何叙事文本中的故事和人物从来不是以它们自身本来的样子，而总是以某种眼光、某个视点呈示给我们的。正如法国结构主义叙述学家托多罗夫所言："视点问题具有头等重要性确是事实。在文学方面，我们所要研究的从来不是原始的事实或事件，而是以某种方式被描写出来的事实或事件。从两个不同的视点观察同一个事实就会写出两种截然不同的事实。"① 的确如此，我们看到的任何叙述文本都不是它的原貌与本真，哪怕是以"实录"相标榜的历史叙事，也是记录者以某种方式呈示给我们的"事实"，先秦历史文本自然也不例外。而当我们看到叙述者对事件的"呈示"明显带着强烈的个人色彩的时候，我们无不感受到叙述者的强势介入。这种强势介入首先体现在对事件的选择与叙述的方法。叙述者选择了哪些历史事件，以什么角度介入并解读这个历史事件，以什么样的背景和立场重新架构这个历史事件，又是以什么样的心态处理这些历史事件的详略等等，无不显示着一旦事件进入叙述者的视域就对事件具有了无限的强势"处理"的权力，甚至随意拿捏的可能性。当然，历史叙事毕竟不同于文学叙事，事件的真实性是其生命，但中国历史叙事中尤其以"史传文学"面貌出现的历史文本无不体现着叙述者的这种强势介入，也正是这种"强势介入"，使先秦历史文本具有了丰富的文学品格。

众所周知，伟大的叙事作品一定要有叙述者的个性的介入，叙述者的个性魅力直接影响着文本所能产生的魅力，甚至可能决定作品的成败。而决定叙述者以什么样的个性介入文本，是其背后的作者。但如果作者以集体的面貌出现，或者全无个性介入的意识和可能，那文本解读的魅力就会大打折扣。先秦历史文本的作者大都隐微不明，无论是集体

① ［法］托多罗夫：《文学作品分析》，黄晓敏译，见于张寅德编选《叙述学研究》，中国社会科学出版社 1989 年版，第 65 页。

创作还是身份不明的个体创作，我们都失去了从作者背景的角度深入文本的可能性，我们因此也会减少解读某些文化密码和作者个人心灵密码的机会。尽管如此，那个无时无处不在、无事无人不知的享有上帝一样无上权力的叙述者的视点与口吻，还是为我们解读文本提供了一个具有个性特质的视角。正如美国学者浦安迪所言：“由于中国历史长期形成的对于史的宗教式的狂热崇拜，也由于清亡以前，史料永远只对史官开放的历史事实，中国正史叙事者似乎总是有一幅‘全知全能者’的姿态；然而这种全知全能却只是局限在冠冕堂皇的庙堂里。它的触角甚至伸不进皇家的后院，当然更难看见‘处江湖之远’的草民百姓的众生相，一种纯客观的叙事幻觉由此产生，并且成为一个经久不坏的模式，从史官实录到虚构文体，横贯中国叙事的各种文体。”① 虽然浦安迪所指是中国正史的叙事，但这也同样适用于正史前的历史叙事。

先秦历史叙事也常常是“全知全能”的视角（当然，限于历史原则，历史叙述者不可能走进历史人物的内心世界），似乎所有历史尽在掌握中，所有人物的言行活动全在视界里。如《左传》记事从鲁隐公元年（前722年）到鲁哀公二十七年（前468年）共254年的历史，作者视野所及从列国间政治、军事、外交的动荡变故，各国统治者的存亡更替，强宗大族间的干戈争斗到诸侯公卿士大夫各色人等的命运遭际、性格的优劣长短甚至阴谋权术、房中秘事等等无所不包，而且作者还试图探究历史事件成败兴亡的来龙去脉、因果原委，如此宏大的述说愿望，如果没有一个既能“统摄全局、总揽八方、观往知来、穷究根底”又能根据叙事需要“随意调动”和“随时调整”观察角度的全知性视角，是难以全方位地表现历史事件之间的复杂情状、发展变化和因果关系的。所以在《左传》中，你会看到叙述者的触角无所不在，“时而在鲁国观察一段内乱，时而到郑国窥视其宫闱秘事，时而又在中央王朝记录已衰落不堪的周王室如何与离心离德的诸侯小心翼翼地打交道。显然，在史料来源和涵盖面、史料的真实性、权威性方面，这位史官身份的叙述者拥有着比书中任何人物，比当时或后代的任何读者都要雄厚

① ［美］浦安迪：《中国叙事学·导言》，北京大学出版社1996年版，第15页。

得多的叙事资本，他的叙述也便成为那个时代一份真实可信的历史文本"[①]。然而每一个阅读这些历史文本的读者，如果稍加注意，就会感受到叙述者的立场和态度在很强势地介入其中，如《左传》在对事件过程的生动叙述和人物言行举止的展开描写中所体现出的道德立场和倾向性，其重要篇目之后，又有"君子曰""君子谓"及其变体"君子是以知"等行文方式来对事件或人物作出道德伦理评价，以此来倡导"君子"之风，表现出强势的正统儒家立场上的"叙述人口吻"。

而且先秦历史文本的这种全知全能并不只是局限在冠冕堂皇的庙堂里，它的触角也伸进了"皇家的后院"，如《左传》中晋公子重耳娶得秦穆公再嫁之女怀嬴，寝宫中怀嬴捧匜（盛水器）浇水侍奉重耳洗手，重耳以湿手挥之，得罪怀嬴而自囚请罪的细节，还有《国语》中骊姬向晋献公告枕头状时的夜间对话等细节。另外，我们也能部分地看到"处江湖之远"的草民百姓的众生相，如《左传》中出现的一些下层人物如"竖""寺人""侍人"等；《战国策》中有更多的小人物形象，上有"年九十余"的白发老人唐且，下有"年方十二"的髫令稚子甘罗，有朝秦暮楚、到处游说的政客苏秦、张仪之流，也有不畏强暴的高义之士鲁仲连和游侠刺客荆轲等人，还有鸡鸣狗盗、引车卖浆之徒……，叙述者的触角几乎无处不在、无时不有，而其对历史"合理想象"的叙事态度，又何尝不是对"历史事实"的强势介入呢？

2. 叙事的深层结构与驾驭能力

法国人类学家兼结构主义者列维·施特劳斯对神话进行研究之后，发现在浩如烟海的神话底下隐藏着某些永恒的普遍结构，任何特定的神话都可以被浓缩成这些结构，这就是叙事中所谓的"深层结构"。而这些深层结构，在不同的文化中进而演变出具有不同价值的表层结构。这种深层结构与表层结构同时存在的情形被杨义先生表述为"双重结构"。他认为："中国传统文化从不孤立地观察和思考宇宙人间的基本问题，总是以各种方式贯通宇宙和人间，对之进行整体性的把握。通行的思维方式不是单向的，而是双构的。讲空间，'东西'双构，'上下'并称；讲时间，'今昔'连用，'早晚'成词；至于讲人事状态，则

① 丁琴海：《左传叙事视角研究》，《山东社会科学》2002 年第 3 期。

‘吉凶’‘祸福’‘盛衰’‘兴亡’这类两极共构的词语俯拾皆是。”这种双构性的词语中隐含着民族的集体潜意识和思维模式，如作为儒家第一经的《易经》中存在的“一阴一阳谓之道”，强调阴阳的双构思维；作为道家第一经的《老子》中存在的以“有无相生”为核心的有关相反相成、物极必反的原理等。而中国人的这种双构性的思维方式也深刻影响了叙事作品结构的双重性：“它们（叙事作品）以结构之技呼应着结构之道，以结构之形暗示着结构之神，或者说它们的结构本身也是带有双构性的，以显层的技巧性结构蕴含着深层的哲理性结构，反过来又以深层的哲理性结构贯通着显层的技巧性结构。双构性的原理具体而言，是两极对立共构的原理，只要写了其中一极，你就是不写另一极，人们心中已经隐隐地有另一极的存在。这就是说，由双构性原理可以派生出深层的以一呼二、以二应一的呼应原理。中国古老的整体性思维与双构性思维，早已留下了诸如天人合一、阴阳推移、五行生克以及一些数字密码的遗物……在这种遗留和新解之间，叙事作品结构的以道贯技的双重形态，获得了文化思维模式的深厚的支持。它在深层次上瓦解了作品结构的封闭性，拓展了作品结构的开放性。”① 杨先生的见解是深刻的。中国叙事作品中的双构性特征的确隐含着许多民族思维模式和文化密码，需要我们作深入广泛的探讨。目前学术界对这一问题的研究还十分薄弱，尤其对深层结构的探讨涉猎更少。先秦历史文本作为中国叙事的原点，虽有越来越多的人关注，但深层次和成体系的研究成果还是寥寥。

在先秦历史著作中《左传》的叙事能力一直被大加赞赏，也有研究者在关注其深层叙述结构的问题，其中有些观点笔者以为很有价值，值得做更深入研究。有研究者认为，《左传》深层的叙述结构是以伦理道德为支点的，它常把道德意义作为事件发展的逻辑根据。如《春秋》记载了鲁隐公元年发生的一件事：“郑伯克段于鄢。”《左传》对这个标题式的记录加以了扩充，不仅详细叙述了郑庄公和兄弟共叔段之间矛盾的发生、发展和结果，而且对事件发生发展的内在根据做出了自己的解释。这就是郑庄公回答祭仲的担心时所说的那句话：“多行不义，必自

---

① 杨义：《杨义文存·中国叙事学》，人民出版社 1997 年版，第 46—47 页。

毙，子姑待之。”这句话实际上既从郑庄公的角度解释了共叔段必然失败的道德原因，也暗示了庄公自己居心叵测的一面。后来整个事件的发展就是按照这种解释进行的：一方面是骄横的共叔段步步扩张、叛逆之心逐渐显露，另一方面是郑庄公步步为营、小心戒备并积聚着自己的力量。随着事件的发展，两方面的力量就这样相反地消长着，直到最后共叔段的反叛和郑庄公的致命一击，便成为整个事件最后水到渠成的结果。① 这种以道德意义作为事件发展或战争成败的逻辑根据而展开的叙述，是《左传》普遍的内在结构。最明显的，是对于各国间频繁的战争，作者总是要首先辨明双方在道义上的是非曲直，然后以此为逻辑起点安排叙事的结构，并将最后的胜负结果与道义直接联系起来，企图说明正义之师必胜的道理。事实上，当时的战争多是因各国间争夺土地与人口而发生的，如果一定要以简单的儒家道德标准衡量，只能如孟子所说“春秋无义战”。但《左传》写作的年代正值春秋时期，当时中国的礼乐文化正发生着一个重大的变化，即从“古礼”演变而为“今礼”。《左传》的时代“古礼犹存”，这不仅给它的文风带来了一种含蓄委婉的特征，而且带给它的叙事以独特的评判视角。《左传》里的很多事情，其行为方式是我们后世难以理解的，如晋国韩厥明明可以追上郑伯，却以“不可再辱国君”选择了放弃；郑庄公和周王开战时伤害了周王，就让手下人把周王放掉。这样的“古礼犹存”，使当时的为人与行事显得含蓄有礼、文质彬彬，正是这一点为《左传》带来了独特的审美风格，同时也形成了《左传》叙事的深层结构。如“僖公二十八年”写城濮之战，作者一方面充分展示了其驾驭纷繁复杂的叙事头绪的能力，另一方面也站在道义的立场上安排和调遣事件的次序，尤其对战争的原因和结果作出道德评判。作者不仅对大战爆发的背景和直接起因作了明确交代，而且在行文中又不断展示晋胜楚败的原因：晋文公伐怨报德，整饬军纪，遵守诺言，倾听臣下意见，上下齐心协力；而楚方是君臣意见分歧，主帅子玉恃兵而骄，一意孤行，盲目进逼晋师。晋文公为诱敌深入，助长敌方的骄傲懈惰之气，故意“退避三舍”，这本是一项巧计，书中却指责楚帅子玉步步进逼作为国君的晋文公，是“君退臣

① 参见高小康《论中国古代叙事文学的深层结构》，《中山大学学报》2005 年第 2 期。

犯，曲在彼矣”，故不能不失败。特别值得注意的是，城濮战争爆发前，晋国的先轸使计激楚，楚王劝大将子玉不要与晋为敌。他说晋文公是“险阻艰难，备尝之矣；民之情伪，尽知之矣。天假之年，而除其害。天之所置，其可废乎？”言语间不仅暗示了战争结果，也可见出事件叙述者的道义口吻。从城濮之战的尾声交代中也可感受到这一点，晋师大胜，晋文公确立了霸主地位，楚子玉战败羞愧自杀，晋文公闻之大喜，回国后赏功罚罪，对这次战役进行总结，然后以君子之言，赞扬晋文公的霸业。作者在总结城濮之战经验时说：“谓晋于是役也，能以德攻。”不仅是城濮之战，整个《左传》叙事中，礼、义、德等道德因素，都被作者当作影响事件成败的重要原因加以叙述。而事件叙述的显层结构，也常常在其深层结构的导引下圆满结束，从而使我们对《左传》居高临下掌控全局、游刃有余驾驭繁杂的叙事能力也有了进一步的确认。

历来对《左传》是自成体系的历史著作还是解释《春秋》之作颇有争议，从《左传》整个的谋篇布局和格局体例看，它打乱了整个的时间顺序，特别重视一种因果关系的传达，似乎不是按照史书的写法来写的，也许从“释经之传”的角度着眼，这种特点才能得到一个合理的解释吧。

综上所述，先秦历史文本作为中国叙事文学的原点是非常值得关注的。然而，一直以来却乏有相应的研究成果，尤其从叙事学角度进行研究的更是寥寥。我们知道，中国文学传统一向以诗与史为正统，正如词为诗余，曲为词余一样，古人也倾向于把小说视为史余，如果我们对学术界一直以来对小说叙事艺术的专门研究投入较少尚可理解的话，而对历史叙事的研究更是所论寥寥却难以理解。本文无意也无力深入于此，旨在说明叙事在先秦历史散文中的存在状态以及运用方式，以期抛砖引玉，使更多学者深入到中国叙事的原点上来。

（本文节选自李措吉主编《中国散文》，同济大学出版社 2002 年版）

幽玄与暗示：先秦诸子散文的言说方式及其哲学背景探微

从文学的视域解读诸子之文，常常有这样描述性的评价：形象性，修辞性，强烈的暗示性表达，并以此作为诸子散文的优长特色。但从哲学的视域这恰恰是其致命弱点。黑格尔认为中国哲学是肤浅的、不合格的，理由就是中国哲学缺少抽象和逻辑。当然，这是以西学为中心的价值判断，但这让现代中国哲学家充满了身份焦虑，甚至质疑中国哲学的"合法性"。但是"哲学"一词的西方缘起和西方视角，并不能成为否定中国哲学的理由。因为人类文化的普遍性让我们相信，无论是中国学术传统中的"义理"还是西方的"哲学"，只是不同文化生成的术语而已，其对普遍的哲学问题的追问与学术关注以及思想功能的共通性无法抹杀。正如钱穆先生所言："哲学一名词，自西方传译而来，中国无之。故余尝谓中国无哲学，但不得谓中国人无思想。西方哲学思想重在探讨真理，也不得谓中国人不重真理。尤其如先秦诸子及宋明理学，近代国人率以哲学称之，也不当厚非。唯中国哲学与西方哲学究有其大相异处，是也不可不辩。"① 无论在近代的学术建构中，中学与西学之间作了何等样的知识谱系的转换，"中国哲学"已然成为堂皇的学术殿堂，讨论其合法性似乎为时已晚。现在的问题，恐怕不是质疑中国哲学这个学科是否成立，而是如何成立，其关键是为"中国哲学"的思想功能定位，寻找它作为哲学是如何解释生活、表达理想的，在人类文化的普遍性背景中诠释中国文化的特殊性。

---

① 钱穆：《现代中国学术论衡》，生活·读书·新知三联书店2001年版，第23页。

以往的中国哲学研究，普遍的情形是偏于“描述”而忽视“说明”。也就是说，只知其然而不知其所以然，这在先秦诸子的研究中尤其突出。而当诸子在文学的视域中被解读时，情形更是如此。作为中华文明的源头之一，诸子之文，不仅显示了古圣先贤最具原创意义和普世价值的无穷哲思，也蕴含着整个中华民族的深层文化心理和智慧风貌。就本来意义而言，诸子之文非文学作品，但因其所包含的文学因素和审美价值，更因其对后世文人深层文化心理所产生的深远影响，而在文学史上具有独特而重要的地位。可以说，研读中国文学不从先秦诸子入手，就无法体悟和解读其深层的思想内蕴和文化精神。然而，对于诸子之文的文学性，我们多的是“形象性、暗示性”等等的描述性评价，却鲜有对其之所以形成这种特性的背后学理作深层探讨。

大凡初读诸子经典文本的读者都会有这样的感受，一方面沉浸于诸子具有理论深度的哲学思考中，感受其深厚的思想内涵和文化意蕴，另一方面又常常因为它们的形式而产生诸多困惑：这是哲学著作吗？先秦诸子为什么以这样或简朴或感性的方式来表达那么深奥抽象的哲思呢？其艺术样态是有意而为还是无意形成的？有什么寓意吗？抑或有什么哲学背景？不能确知。但我们可以大胆设想，小心求证，以尽可能健全、尽可能深厚的生命能量，在与古圣先贤的遥相呼应中，唤醒栖居于文字背后的圆融的灵魂与润泽的生命，以期在有限的阐释中，激活并升华那些在历史的沉淀中被湮没了的人生智慧和生命情调。

按我们当下学科定位的理解，先秦诸子首先是哲学家，他们以哲学家的言说方式表达他们的哲学思想，是理所应当。什么才是哲学家的言说方式呢？明确定义、精密推理、详细论证、逻辑清晰应该是最基本的特征吧。然而，先秦诸子的言说方式却并非如此。他们表达哲学理念时往往概念模糊，言语简短，大量运用寓言和比喻例证，充满暗示性，甚至常常语焉不详，令人费解。之所以产生这种情形，首先关乎中国哲学家的人格面貌，更重要的是与他们的哲学背景有关。

我们知道，人的内在建构的和谐和全面发展表现为知情意的统一，体现着人的本质力量。中国哲学家向有先知、圣贤和诗人的综合人格。先秦诸子作为中国精神文化的最原初创造者，其人格面貌不仅来自他们的哲学智慧，也来自他们的诗性精神。诸子的诗人人格决定了其言说方式的诗意化和暗示性。研读诸子经典，不难发现其义理的不够明确，甚至模糊性，像“仁”“道”这样代表儒道两家核心思想的概念在其经典文本中都没有明确的定义，更别说一般概念了。而其言说方式的简朴与感性更是触目即是，如《论语》《老子》中简短的言论几乎都是名言隽语，《庄子》各篇大都充满寓言和比喻例证，《孟子》《荀子》虽有系统的推理和论证，但是与西方哲学著作相比，依然不够明晰，而且还是有过多的名言隽语、比喻例证。这种大量的名言隽语、寓言和比喻例证的运用带来的表达效果必然是明晰不足而暗示有余。这种富有暗示性的表达，在哲学也许是“失”，在文学却是一种“得”。因为我们从诸子文本的无穷暗示中获得的是无穷的遐思，而这正是中国的艺术精神之所在。正如冯友兰先生所言：“富于暗示，而不是明晰得一览无遗，是一切中国艺术的理想，诗歌、绘画以及其他无不如此。拿诗来说，诗人想要传达的往往不是诗中直接说了的，而是诗中没有说的。照中国的传统，好诗‘言有尽而意无穷’。所以聪明的读者能读出诗的言外之意，能读出书的‘行间’之意。中国艺术这样的理想，也反映在中国哲学家表达自己思想的方式里。”① 诸子的这种不够明晰和富于暗示性的言说方式与他们本身所具有的诗人人格有关。但作为哲学著作，我们显然不可忽略诸子文本深厚的哲学背景。

在众多的哲学理念中，“幽玄意识”应该是不容忽视的因素。“幽玄”一词，最早见于诗歌②，而并未在中国古代哲学中直接出现，但作为一种意识、一种观念却在先秦汉唐的哲学中普遍存在，并渗透在对于存在的理解中。这并非偶然，它关涉的是存在本身以及古人对不可知的存在的小心叩问。因而关注幽玄意识应该是理解诸子富于暗示性的言说方式的有效路径。

“幽玄意识”所指的是意识的一种“不可见”，一种“隐性”和“不透明”，同时也是指人的有限性。“在本体论—认识论的意义上，这一概念表达的是：世界与自我总是有不可知、不可见的那一个向度，它总是超出了我们的理解范围之外，而不能被清晰地意识。在伦理学—本

① 冯友兰：《中国哲学简史·中国哲学的精神》，新世界出版社 2004 年版。

② 见于《后汉书·何后妃》中汉少帝的《悲歌》：“逝将去汝兮适幽玄。”

体论的意义上，‘幽玄’一词展示的是世界与自我的黑暗面，存在中本有的‘黑夜，悲哀，有限和欠缺’，甚至邪恶。”① 世界是复杂的，宇宙更其博大幽深，面对着无限大，以及诸多复杂形态，我们唯一可知的是在可知之外是许多的不可知。先秦哲学中不断在表达着这种理念，而且一再强调世界的玄妙、神秘与不测。老子说：“道可道，非常道。”“玄之又玄，众妙之门。”认为道体作为存在的最根本，如同神秘的黑夜，是幽玄黑暗的，是不透明、不清晰的，所以是神妙不测的，更是不可言说的。孔子曰：“天何言哉？四时行焉，万物生焉。”天默默无语、神秘不测，却以无穷的不可知力量运行着更加不可知的宇宙秩序。“子不语怪力乱神”，也“罕言天”，是因为世界有很多领域是不可知的，当然也就难以言说，“未知生，焉知死”，别说是人力所不及的鬼神世界了，就是似乎近在身旁的现实世界也难以尽知。庄子说“六合之外，圣人存而不论”，人类经验之外的事，如天上冥界，有无最高主宰，人死后的状态等都是神秘不可测知，圣人都存而不论，以缄默对之。《周易》主要用“阴阳”概念表达这种幽玄意识：“一阴一阳之谓道”，“阴阳不测之谓神”，“神也者妙万物而为言也”。其中的“阴”与“阳”就是幽与明、隐与显、夜与昼之意。存在的根本（道）就是这阴阳幽明之间持续交互作用的结果，而世间万物就是在这一阴一阳共同构成的场域中展开的。而这以阴阳为构成要素的世界除了当前已知、可见的一面（显性的阳面）外，还具有不可见、不可测度、未被决定的一面（隐性的阴面）。显然，在先秦哲学思想中，世界天然地存在着一个不可知、不可见的玄冥幽暗的向度。

而承认世界是玄暗隐幽的，承认世界总是有其不可见、不可测度的一面，也就同时承认了人自身存在的有限性。先秦诸子敏感而深刻地体察到了这一点，并对此给予了不同程度的表达。我们从他们的“天人论”中即可见出其对天的无限性和人的有限性的体认。如道家将“天”更多地表述为“道”（或“天道”），认为“道”无始无终、无穷无尽，不可言说，也不可思辨，具有无限绝对性。而人类从生到死实际上就是一个有限的、相对的个体，是不能尽言世间万物的，因此只具有有限相

① 陈赟：《幽玄意识与中国哲学》，《社会科学论坛》2002年第10期。

对性，以人的有限性根本无法去体会道的无限性。儒家认为包括君王在内的所有人都没有“绝对的权力”，只有“天”的权力是绝对的、不可违逆的。孔子说“巍巍乎！唯天为大，唯尧则之”，“天”是那么高大、伟大，连圣王唐尧也要效法它。这就表明在孔子心目中“天”是至高、至善的存在，而人只能受制于天，受其影响。“天”信仰的本质就是人类的一种超越意识。这种超越意识事实上就是人类对自身相对性和局限性的认识，对自身之不完备性和未完成性的觉悟，因此有了超越自我的倾向。

《中庸》甚至直接以一种具有深刻悲剧性的语言表达了这种有限性：“天地之大也，人犹有所憾”，就是说，在无限的世界面前，人是如此渺小，这是人无法摆脱的遗憾。《庄子》对人的有限性的深刻洞察是基于这样一个简单的事实：“号物之数谓之万，人处一焉”（见于《秋水》），也就是说，人不过是自然界众多生物之一，无论人如何作为，他都不能摆脱来自自然的最终界限，更不能完全超越自然。庄子甚至以貌似荒唐的不辨“庄周梦蝶”还是“蝶梦庄周”来质疑人类认识世界的能力。在庄子看来，人类凭感官感知到的现象世界究竟是否真实存在值得怀疑，醒时所感觉到的周围世界的存在很可能是一个错觉，一种像梦一样的假象。荀子甚至以人性本恶的观点直捣生命的阴暗面，揭示了人性中先天地带有黑暗、欠缺的一面，这正是幽玄意识的一种体现。而尤其意味深长的是，在先秦汉唐时代的哲学意识中，性善论一直没有成为思想界的主流观点，这从一个侧面体现了那个时代的哲学对于幽玄意识的尊重，也是对宇宙人生中与生俱来的种种黑暗势力的正视和省悟。

既然人在永恒的神圣的存在面前是如此的渺小与无能为力，那只能回归到真实，忠实于这种“可见”世界的存在，并对“不可见”世界表示出足够的尊重，首先承认有所不可知，然后止于其所不知，方为智者态度。这种态度便表现在了先秦人所具有的形上智慧的方向上，就是“知有所止”:《大学》所谓的“止于至善”，庄子所谓的“知止其所不知，至矣”，荀子所谓的“敬其在己者而不慕其在天者”，孟子所谓的“无义无命”，老子强调的“知止可以不怠”以及孔子对“性与天道”保持的适度缄默，都表现出了这一智慧。也就是说，先秦哲学以“天人合一”为最高理想，但这也只是理想而已，事实上，人不可能与天道同一，不可能是天道本体的完满体现者。正如《中庸》所反复强调的，君子之道虽然“造端于夫妇”，从日常生活开始，但是它又是无限的，即使是圣人也不能达到它的极致。对于具有神秘而无限力量的“道”而言，人是渺小的，而人类的理性和逻辑世界尤其显得有限而无力，比较而言，感性而非逻辑反而直指本真。按道家说法，道是不可道的，只可暗示。语言透露的道，只是靠了语言的暗示，不是靠语言的固定的外延和内涵，一旦达到了目的，语言就该被忘掉。所谓“筌者所以在鱼，得鱼而忘筌。蹄者所以在兔，得兔而忘蹄。言者所以在意，得意而忘言。”（见于《庄子·外物》）甚至道的传达根本无须语言，目光相接即可传道，《庄子》中谈到两位圣人相见而不言，因为“目击而道存矣”（见于《田子方》）。所以，先秦的智者在人与天道、天命之间保持了一种陌生的距离感和敬畏感，对不可言说者保持缄默，或者顾左右而言他。也就是说，这个世界既然有幽玄的一面，那么它就必定有不可测度的、未被决定的一面，自然也就不可能以狭义的知识的形式给出，更不能明确地加以言说。因此，没有知识体系、不够明晰、富于暗示性，甚至混沌朦胧、神秘微妙，也就成为诸子文本的可能，抑或必然。

（李措吉发表于《青海师范大学学报》2008 年第 4 期）

从历史语言学的角度解读《老子·四十二章》

《老子·四十二章》云："反者，'道'之动；弱者，'道'之用。天下万物生于'有'，'有'生于'无'。"① 对此20字，历来的解释可谓众说纷纭。陈鼓应曾将其译为："'道'的运动是循环的；'道'的作用是柔弱的。天下万物生于'有'生于'无'。"这个翻译本无可厚非，但平心而论对于今人尤其初学者，到底能传达多少可供接受的信息呢？我们认为，《老子》一书是哲理诗，以诗歌的语言表达其哲学思想，在词语境界和语法结构上独拔首创。因此不顾语言的时地，而一味将先秦古文如《老子》者翻译成白话文，势必会造成深意与韵味丧失殆尽！朱光潜先生讲得好："诗不但不能翻译为外国文，而且不能翻译为本国文中的另一时代的语言，因为语言的音和义是随时变迁，现代文的字义的联想不能代替古文的联想。"② 这确实是深刻的见解。那么如何用现代语言把古人的思想解释清楚呢？我以为从历史语言的角度与以老解老的方法来解读，仍不失为一条有效的途径。下面拟就此问题结合《道德经·四十二章》进行尝试性的探究，以求教于专家与同行。

一　反者，"道"之动

《老子》一书讲"反"，具有丰富而深刻的哲理意义。《老子·二十

① 朱谦之：《老子校释》，中华书局1984年版。

② 朱光潜：《诗论》，中华书局2005年版。

五章》:“有物混成，先天地生。……吾不知其名，强字之曰‘道’，强为之名曰‘大’。大曰逝，逝曰远，远曰反。”又，《老子·四十章》:“反者，‘道’之动。”复次，《老子·六十五章》:“玄德深矣、远矣，与物反矣，然后乃至大顺。”钱钟书先生解释说:“《老子》在这里说的‘反’，同西方一些大思想家的看法不谋而合。但他要言不烦，一句话说透了‘反’有‘违反’和‘回返’两个相反相成的意义。恰如180度和360度端末衔接，其往亦即其还的形象，也就是反到对立面与返回原地两种不同的意思。老子辩证法，还体现在修辞学上的‘正言若反’，体现在生活中‘以毒攻毒’诸多方面，具有生动的哲理性。”① 应当指出的是，老子讲“反”是从“万物抱阴而负阳，冲气以为和”这一哲学的基点开始的。依老子所说，“冲气”也叫“一”，亦即作为一个统一体，内部蕴含阴、阳二气。阴、阳二气相荡相摩，是推动事物变化的根本原因。因此，老子讲“反”含有三种意义:（1）相反相成;（2）物极必反;（3）循环运动。今依次释证于下。

1. 相反相成

老子哲学最有魅力的地方是矛盾对立的观念，它处处充满着辩证的逻辑力量。

老子说:“万物抱阴而负阳，冲气以为和。”在老子的观念里冲气也叫“一”，亦即作为一个统一体，“道”内部蕴含阴、阳和合二气。此阴、阳二气处于均衡状态就是“和”，如一枚硬币，它之所以成为一枚硬币，就是因为它有正面与反面的“和”。假如没有反面，何以有正面？何以有一枚硬币？因而，事物内部所固有的阴、阳这一对立、矛盾二气的和谐、共生，才是事物生成和存在的哲学理据。也就是在这个意义上，《老子·二章》说:“天下皆知美之为美，斯恶已;皆知善之为善，斯不善已。”吴澄说:“美恶之名，相因而有。”唐宋八大家之一的王安石也说:“夫善者，恶之对;善者，不善之反。此物理之常情。”天下的人都知道美之所以为美，是相对于知道什么是丑的观念而言的;同样的道理，天下的人都知道善之所以为善，是相对于知道什么是恶的观念而言的。

---

① 舒展选编:《钱钟书论学文选》，花城出版社1990年版。

老子认为，事物内部所固有的阴、阳这一既对立又统一的规律，时时、处处存在着，他在第二章里更举例说："难易相成，长短相形，高下相盈，音声相和，前后相随，恒也。"就一事与一物而言，如果以"有"为正，"无"为反，"有"和"无"互相发生，则是合，此即老子所讲的"有无相生"。"难"是正，"易"是反，"难"和"易"互相形成，此就是合。正因为有"合"，事与物才能存在。因此老子讲事物之理，与黑格尔所言"正、反、合"暗合。这种既相反实相成，"即反又成—即反即成"之奥理，在黑格尔那里是用严密的逻辑证得的，而在老子这里是从生活经验、生活实践悟知的。老子发现了宇宙间相反相成的对待原理这个奥秘，并把它推广到了宇宙、社会、人生中。他在《老子·二十二章》说："曲则全，枉则直，窪则盈，敝则新，少则得，多则惑（今按，'惑'当为'或'，说见下）。是以圣人抱一为天下式。不自见，故明；不自是，故彰；不自伐，故有功；不自矜，故长。夫唯不争，故天下莫能与之争。古之所谓'曲而全'者，岂虚言哉！成全而归之。"这就是后人盛称的"曲全"思想，它显示着中国人独特的生活智慧。"曲"，《说文》："曲，象器曲受物之形也。"器皿（如一只碗、一个酒盅）之所以能盛东西，是因为有凹下去的地方，这个凹下去的地方，就是"曲"。又由于器皿凹下去的地方可以盛东西，如碗可以盛饭、酒杯可以盛酒，所以老子及其先哲们从物体凹下去的地方可以装进去东西这一事象发现：正因为有事物之曲，才有事物之全（即可以装东西），曲与全既相反实相成。

"枉"，《说文》："枉，邪曲也。"一棵树木，表面上看来是弯弯曲曲的，实际上用木匠的眼光看，这整体弯曲的树木总有一节或一段是直的。所以，有弯曲就有正直。《论语·颜渊》第十二："举直错诸枉，能使枉者直。"句谓把正直的人放到不正直的人里面，会让不正直的人变得正直起来。朱熹注："举直错诸枉者，知（智）也；使枉者直，仁也矣。如此二者则不惟不相悖而反相为用也。"朱夫子此解，可谓深得枉、直既相反实相成之妙用。《孟子·滕文公下》也说："'枉尺而直寻'，宜若可为也。"

"窪"，《说文》："窪，深池也。"有无水的深水坑，就有机会把水装满。水装满器皿叫"盈"。彭耜《道德真经集注释文》："窪，李乌瓜切，滔也。地窪则水满，喻谦德常盈。”所以有窪就有盈，窪与盈相辅相成，二者缺一不可。

“敝”。“敝，坏也。”若以穿衣服打比方，即衣服穿破了，就得换新的。因而就一个人穿衣服而言，旧的不去，新的不来。因此，有旧就有新，新与旧相辅相成。

“少”，《说文》：“小，物之微也……凡小之属皆从小。”又，《说文》：“少，不多也。”段注：“不多则小，故古少、小互训通用。”又，“得”，《说文》：“行有所得也。”段注：“行而有所取，是曰得也。《左传》：凡或器用曰得。”事物处于弱小的阶段，如一棵树苗（少），在每天成长的过程中（行），逐渐长高长粗了，这就是“得”。所以，有“少”就有“得”，少与得既对立又统一，既相反实相成。

“多”，《说文》：“多，緟也。从緟夕。夕者，相绎也，故为多。緟夕为多，緟日为曡。”“相绎者，相引于无穷也，抽丝曰绎。”晚上抽丝纺线使线增多、增益，就叫“多”。又，“緟”：《说文》：“緟，增益也。”又“惑”，《说文》：“惑，乱也。”因而，有人解释说，晚上抽丝纺线，志在赶活，把线纺完，因而心里乱纷纷的。如奚侗注云：“事以专而易守，心以纷而致乱。”此解初读似合老子“多则惑”之意，实则不尽然。“惑”应作“或”。《考工记·梓人注》：“或，有也。”老子此处的“或”即训“有”。意思是晚上抽丝纺线，使线不断增多、增益，此增多、增益的结果就是“有”，亦即“或”。此即有“多”就有“或”，“多”与“或”亦相辅相成。“多则或”只能作这样的解释，才能与前面的“曲则全，枉则直，窪则盈，蔽则新，少则得”五句，文意相贯通，符合老子“曲则全”之既相反实相成之意，而不是什么今人所说的“贪多反而迷惑”（见陈鼓应之今译，张松如的语译亦同）。又，张松如先生“说解”引蒋锡昌之说云：“多即‘甚爱’、‘多’之意，‘惑’即‘大费’、‘厚亡’之谊。而‘少则得’又为上文‘曲则全’一意之重复，‘多则惑’乃‘少则得’一谊之相反。”则离老子的本意更远。

由以上六句的训释可知，老子讲“曲则全，枉则直，窪则盈，蔽则新，少则得，多则惑”，其中包含了丰富的既相反实相成的辩证法思想，它是吾国先民生活智慧的集大成。老子更由此而总结出“抱一”——

"万物负阴抱阳，冲气以为和"的深远思想。唯有阴、阳二气的相和谐，万物才会生生不息。因此，原天地之美而达万物之理的圣人懂得"抱一"的思想，并把这一思想普遍地运用到社会生活实践中，以求趋利避害。也正是在这个意义上，《庄子·天下》篇说："老聃之道，人皆求福，己独曲全，曰苟免于咎。"

"抱一"，即抱"道"。老子认为："'道'生一，一生二，二生三，三生万物。万物负阴而抱阳，冲气以为和。"则老子相反相成的辩证思想亦由此观念而来。但人们在做事的过程中，只是注重"全""直""盈""新""得""多"，容易忽略"曲""枉""窪""敝""少""或"。老子在这里要告诉人们的是，"曲"和"全"是辩证的。亦即没有"曲"，就没有"全"，它们呈现着既相反实相成的状态。"人之所恶，唯孤、寡、不穀，而王公以为称。故物或损之而益，或益之而损。人之所教，我亦教之。强梁者不得其死。"因此，在处理事物时，要透过"全"这一显象，进而看到"曲"这一深层次的一面。譬如：做一件事时，我们要看得清楚，做到明哲，取得成功，希望长久，就不能自逞己见（不自见）、不能自以为是（不自是）、不能自我炫耀（不自伐）、不能自我矜持（不自矜）……而芸芸众生总像是一只好斗的公鸡，成天地争名夺利，以至于闹得天下纷争不断。老子说："夫唯不争，故天下莫能与之争。古之所谓'曲而全'者，岂虚言哉!""曲而全"的的确确是完全可以做到的（成全而归之）。

从"不自见""不自是""不自伐""不自矜""不争"……《老子·二章》还总结出了"无为"的思想："是以圣人，处无为之事，行不言之教；万物作而弗始，生而弗有，为而弗恃，功成而弗居。夫唯弗居，是以不去"。以上就是老子既相反实相成的辩证法思想在政治生活领域的妙用。《老子》一书，"'知其雄，守其雌，为天下溪。知其白，守其辱，为天下谷'，人皆取先，己独取后。"将辩证法思想普遍地运用到了社会生活的各个方面，读者诸君若能熟诵《老子》五千言，自然会心领而神会之，而老子思想之博大精深，对于我们教益之多，则又不难理解和知晓矣。

2. 物极必反

老子以为，事物的变化必定遵循着一定的规律，这个规律就是对立面的相互转化，在《老子》书中径称它为“反”。《老子·五十八章》说：“祸兮，福之所倚；福兮，祸之所伏。孰知其极？其无正也。正复为奇，善复为妖。人之迷，其日固久。”事物的内部由于含有阴、阳的对立之变化，所以祸与福、福与祸、正与奇、善与妖（不善、恶）……总是呈现着反与复的运行状态，就像昼夜长短的更替一样，永无止息。《老子·九章》进一步地举例说：“持而盈之，不如其已；揣而锐之，不可长保。”水注满木盆或瓦盆、铜盆，就是“盈”。水注满了这些器皿便会溢出来，这是人人熟知的自然之理，将其落实到社会、人生中，就要求人们保持谦虚谨慎、戒骄戒躁的作风。但人们在处理事情时，往往喜欢追求“大”“全”“盈”“满”“多”等这些正面的、具有积极意义的事物。往往不知在“大”“全”“盈”“满”“多”“长”里，已潜伏着“小”“曲”“缺”“亏”“少”“消”的道理。如果盲目地追求“大”“全”等，一旦过了头，超过了一定的极限，事情往往会走向它的反面。有如一根针、一柄剑，唯有锋利，才能最大限度地发挥它的妙用。但一般人唯恐它不够锋利，就想方设法让它锋利无比，如磨之砺之等。老子从另一角度告诉人们：针尖、剑刃过于锋利就会折断。要使针尖、剑刃不折，最好的办法就是不要把针尖、剑刃磨得太锋利，让它适可而止。由此而说人生，一个人过于锋芒毕露，锐势也不会长久。老子的人生哲学里，有戒满戒盈、戒骄戒躁的说法，要求人们在处理具体事情时要适可而止、恰到好处等思想观念，都是由“物极必反”这一理论推演而来的。老子同样还把“物极必反”这一辩证法的思想运用到了人类社会，由此而总结出了许多人生哲理和治国纲领。

3. 循环运动

宇宙间事与物的生成变化，虽遵循相反相成、物极必反的运动法则，但这些法则的极致当在于“道”的反复不已的运动法则。老子说：“大曰逝，逝曰远，远曰反。”今按，此处“反”同“返”，有回返、往返之义。亦即《周易·泰卦》“无往而不复”之意。《庄子·则阳》：“得其环中以随成。……桥运之相使，穷则反，终则始。”这都说明了事物是循环运动的，它的运动终点也是新的起点。

在老子看来，正因为“道”周而复始的循环运动，才能成就绵绵不绝的生命，这也是万事万物遵从的法则。这个法则，老子叫“常”。

《老子·十六章》云：“万物并作，吾以观复。夫物芸芸，各复归其根。归根曰静，静曰复命。复命曰常。知常曰明。不知常，妄作凶。”从“动”的角度讲，宇宙万物皆在生成、发展、变化之中，亦即处在“大化流行”中，如花草树木的生长，鸡、鸭、虫、鱼的生息，人的活动，天体的运行……此即老子所说的“万物并作”。然而“万物并作”的过程中，亦有一“本根”“本源”“本质”的东西蕴乎其中，此“本根”“本源”“本质”，在老子看来就是“根”，就是“静”，也就是“复命”。老子要人们于万物的运动中，不是看事物的表面现象，而是看它的“根”“静”、“复命”，亦即看它的根本、实质——“观复”。

万物由动（生长）而静（长出果实、产生结果，果实、结果里又孕育着新的生命）的过程，即“静曰复命”。“复”，吴澄《道德真经注》解释说：“复，反还也。物生，又静而动，故反还其初之静为复。”然老子所说的“静曰复命”之“复”，绝不是简单地回到原来“静”的状态，而是有变化存乎其中的，亦即此“静”非原来之“静”。如果简单地回到原来的“静”，老子为什么一开始就强调“致虚极”“守静笃”呢？“致虚极”的“极”，是无穷、无限的意思，“致虚极”就是要求人们有宽广的胸怀；同样，“守静笃”的“笃”亦含有深意。“笃”，《诗经·唐风·椒聊》毛注：“笃，厚也”。“静”如果真是静止不变的，只须“守”就是了，何须笃厚地守呢？

万物总是呈现着产生、发展、兴盛、结果的自然过程，这一过程的往返运行，此即“复命曰常”。“常”，在老子看来就是万物运动、变化中的通则、规律。故老子对宇宙、人生的觉解的伟大处，就是要人们在“万物并作”时，悟知其“常”，即悟知、觉解事物运动、变化的往返运行之规律。人若依照此规律行事，则所行之事没有办不成或办不好的；反之，人若违背此规律，将会遭到其惩罚的。比如说，生活在现代文明社会的人，为了一己的幸福，肆意地向大自然进军，所造成的大气污染、生态脆弱、环境破坏等等，皆是由于违背了人与自然规律所导致的可怕后果，或者说都是人们违背了社会发展之“常”而产生的可怕后果。因此，老子总结性地说：“知常曰明。不知常，妄作凶。”

二 弱者，“道”之用

老子哲学，以“道”为本，以“无”“弱”为用，体、用合一，处处闪烁着中国人生活的大智慧、大思想、大境界。

老子在《四十章》里说：“弱者，道之用”。“弱”在老子哲学里是什么意思？为什么“弱”是“道”之“用”及“弱”如何成为“道”之“用”的呢？

《老子》书里大凡言“弱”字，都不作“软弱”“衰弱”解。在老子的思想里，“弱”的字面意义虽然是指“柔弱”“弱小”之意，但它与“朴”“常”“无”“静”等一样，是“非常名”，即它是老子哲学的专技词语，具有特殊的哲理意义。老子坚信，事物的运行、变化、发展无一不是从“弱小”开始的，比如，春天里把一粒种子埋到地下，种子在一定的温度和湿度下经过发芽，破土而出，虽然看起来似乎是弱小的，但它总会有一天长势喜人，开花结果的，因而，老子以“弱”象征新生事物开始时力量单薄，但在它的内部却充满着勃勃生机，具有无穷无尽的发展潜力。这就是“弱者，‘道’之用”的哲学理据。

老子讲“弱者，‘道’之用”，更是从宇宙间普遍存在的“柔能克刚，弱能胜强”这一道理而来的。《老子·七十八章》还以水为象征，进一步解释说：“天下莫柔弱于水，而攻坚强者莫之能胜，以其无以易之。”屋檐下点点滴滴的流水，由于它的持续性，经过长年累月可以把一块巨石滴穿；小溪哗哗地流经的地方，往往会形成沟沟岔岔；“天门中断楚江开”，江河经过的地方，天门山像是被从中间劈断一样；洪水泛滥，又能淹没田舍，冲毁树木、桥梁、道路……任何坚固的东西都难以阻挡。因此老子总结性地说，世间没有比水更柔弱的。攻击坚强的东西世上没有东西能胜过水的，这是因为没有什么东西可以代替它。《老子·四十三章》还说：“天下之至柔，驰骋天下之至坚。无有入无间。吾是以知无为之有益。不言之教，无为之益，天下希及之。”这确实是一个看起来浅显，实际上含义深邃的道理，但我们人类常常对此置若罔闻、置之不理，所以《老子·七十八章》说“弱之胜强，柔之胜刚，天下莫不知，莫能行。是以圣人云：‘受国之垢，是谓社稷主；受国不祥，是为天下王。’正言若反”。

老子哲学强调用“弱”，因而“受国之垢，是谓社稷主；受国不祥，是为天下王。”意谓承担全国的屈辱，才配称国家的君主；承担全国的祸乱，才配做天下的君王。又，蒋锡昌说：“凡《老子》书中所言：‘曲’、‘枉’、‘窪’、‘敝’、‘少’、‘雌’、‘柔’、‘弱’、‘贱’、‘损’、‘啬’、‘慈’、‘俭’、‘俟’、‘下’、‘孤’、‘寡’、‘不穀’之类，皆此所谓‘垢’與‘不祥’也。”蒋氏所说语虽浑括，却深得老子“弱者，道之用”之本意。《老子·七十七章》云：

> 天之道，其犹张弓欤？高者抑之，下者举之；有余者损之；不足者补之。
>
> 天之道，损有余而补不足。人之道则不然，损不足以奉有余。
>
> 孰能有余以奉天下，唯有道者。

在老子看来，天地是最无私、公正的，就一年四季而言，有春夏秋冬。在四季中，春分、秋分昼夜相等；冬至昼短夜长，夏至昼长夜短，从而寒暑往来，莫不均平。“天之道”，确确实实体现了“损有余而补不足”。“人之道”往往是：“朱门酒肉臭，路有冻死骨。”有钱的愈有钱，没有钱的愈受有钱的剥削，“民之饥者，以其上食税之多也”，“民之轻死者，以其上求生之厚也”……因此老子认为，人类的一切行为应该效法天地精神，“高者抑之，下者举之；有余者损之；不足者补之”。毫无疑问，这在世界范围内都是一种很伟大的奉献与施与的精神。谁能以“损”为用，从而做到“损有余而补不足”呢？老子说：“唯有道者。”

由以上的释证可知，老子以“弱”为用，大凡致虚、守静、生而不有、为而不恃、长而不宰、不争、居下、取后、慈、俭……这些由天道推演而来的“玄德”，毋庸置疑地成为对人生、对社会具有积极意义的伦理观念，而在今天这个物欲化和以自我为中心的社会里，它无疑又是一帖慰藉心灵的良药。

三 “有”与“无”与“道”的关系

“道”“有”“无”是老子哲学的中心观念，其他的观念都是从它们当中派生的，因此，想要弄清楚老子的哲学思想，得首先弄明白“道”“有”“无”的含义及其关系。

1．天下万物生于“有”

由《老子》一章“‘道’可道，非常‘道’；‘名’可名，非常‘名’。‘无’，名天地之始；‘有’，名万物之母”我们可以得知，“无”是一种存在的形式、状态，老子用其来指称“天地之始”的，“有”是用来指称“万物之母”的。

“有”被用来指称“万物之母”，也就是说“有”亦不是实体，而是一种存在的形式、状态。在老子的哲学里，如果用现代人的说法，“有”的含义是指称天地万物产生的根源。《周易·序卦传经》里说：“有天地然后万物生焉。”又说：“有天地然后有万物，有万物然后有男女，有男女然后有夫妇，有夫妇然后有父子，有父子然后有君臣，有君臣然后有上下。”是知在古人的观念里，“万物”在天地之后，是由天地而产生的，或者说，万物是在天地里产生的，这与《老子》所说相同。

“天下万物生于有”。问题是天下万物为什么会，或者说为什么能从“有”里诞生呢？老子认为：“天地之间，其犹橐籥乎？虚而不屈，动而愈出。”苍茫天地间，犹如风箱的中间有个空间，运动起来万物会生生不息。天下的万事万物就从这个真空中产生。不是吗？日月星辰、河流山川、土地森林、鸟兽虫鱼，还有人……万象森然，都在天与地之间诞生着、发展着、变化着，不已说明了天下万物生于“有”吗？

2．“有”生“无”

“无”是怎样的呢？《老子》解释说：有物混成，先天地生。寂兮寥兮，独立不改。周行而不殆，可以为天地母。这个“物”就是“无”。“无”不是零，而是前面所说的，它指称一种存在的形式、状态。这种存在形式表现为：道之为物，惟恍惟惚。惚兮恍兮，其中有象；恍兮惚兮，其中有物。窈兮冥兮，其中有精；其精甚真，其中有信。“无”虽然无形、无状、无声、无味……似乎什么都没有，恍恍惚惚的，说它有却无，说它无却有。可正是在这似有似无的恍惚状态之间，它的里面包含着形象；在这似有实无的恍惚状态之间，它里面又包含着实物。“无”是那么的遥远，又是那么的幽深，在这遥远、幽深的真空里，有生命之源、微小得不能再微小的原质存在着。这些原质不仅是一个真实的存在，而且还非常的有规律可循。正是宇宙间有这些原质的存在与运动、变化、发展，所以老子说“有生于无”。

中国科学院院士杨叔子曾对老子的这个“无”饶有兴趣地讲述道：“我说：我可以告诉你，在世界大爆炸之前，世界是《老子》所讲的‘无’，是什么没有，但这个‘无’，不是零，而是一种存在形式。你看过报道吗？美国在什么都没有的高能加速器的真空中，发现了反粒子。正粒子与反粒子结合，按照爱因斯坦公式，放出能量，变成了‘无’，什么都没有，是的，‘真空’并不空，粒子是它的激发态。……《科学时报》1999年2月1日第二版上刊登的《联合国教科文组织［1998年世界科学报告］摘要：科学的未来是什么（上）》，其中一段写道：‘大爆炸以前是什么样子？严格地说，什么也没有，就连空间、时间也没有。’《老子》所讲的同这个报告所讲的如此惊人一致！这绝不是什么巧合，而是我国先哲的高度智慧与精湛思辨的展现，是他们一方面承继先人思想精华，一方面自己长期实践、仔细观察、深入探索、归纳推理的成果，是我国源头文化（即‘元典’）的辉煌。”①

3.“有”“无”是“道”的不同存在的状态与形式

《老子》第一章云：“道”可道，非常“道”；“名”可名，非常“名”。“无”，名天地之始，“有”，名万物之母。故常“无”，欲以观其妙；常“有”，欲以观其徼。

此二者，同出而异名，同谓之玄。此亦可见，“道”是一总名，“无”“有”是“道”的“异名”。“名者，实之宾也。”名不同，则实不符，因此，这里的“异名”二字，对于我们理解老子“有”与“无”及“道”之关系，非常的重要。

① 杨叔子：《科学人文　融则利而育全人　中国学者心中的科学》，云南教育出版社2002年版。

由老子所说，“无”指称的是“天地之始”，亦即“无”这个术语，在老子看来，是用来指称天地形成的本源的；“有”，指称的是“万物之母”，亦即“有”这个术语，指称的是万事万物产生的根源的，则可知“无”“有”是“道”的不同存在状态与形式。

老子还说，“有”“无”都是从“道”里产生的，此即“同出”；但“无”是从天地的角度讲的，“有”是从天地间万物的角度讲的，应有区别，因此，是“异名”。“只因为‘道’之为一种潜藏力（potentiality），它在未经成为现实性（actuality）时，它‘隐’着了。这个幽隐而未形的‘道’，不能为我们的感官所认识，所以老子用‘无’字来指称这个‘不见其形’的‘道’的特性。这个‘不见其形’而被称为‘无’的‘道’，却又能产生天地万物，因而老子又用‘有’字来形容行上的‘道’向下落实时介乎无形质和有形质之间的一种状态，可见老子所说的‘无’是含藏着无限未显现的生机，‘无’乃蕴含着无限之‘有’的。‘无’和‘有’的连续，乃在显示形上的‘道’向下落时而产生天地万物时的一个活动过程。由于这个过程，一个超越性的‘道’和具体的世界密切地联系起来，使得形上的‘道’不是一个挂空的概念。”①

（安海民发表于《青海民族学院学报》2009年第1期）

① 陈鼓应：《老子注译及评价》，中华书局1984年版。

曹丕立论的文化价值

曹丕善于立论，其论点多见于《典论》，亦散见于所作书信与诏策等各类文章中，吴质在《答魏太子笺》里说："发言抗论，穷理尽微"，便是对其著述的评价，虽说这里面不乏阿谀之嫌，但毕竟是同时代人的看法，颇具一定的可信度。探讨曹丕论文、论武、论政及其文化价值，有助于重新审视这位极具文化素养，并以此受禅治国，统领臣民，使后世争论不已的帝王。

一 论文:思想倾向与文学观点

据张溥《汉魏六朝百三家集·魏文帝集》统计，曹丕一生著述除诗赋乐府之外，有诏 59 篇、令 19 篇、策 4 篇、表 3 篇、书 27 篇、序 4 篇、论 5 篇、铭 2 篇，以及教、议、文、诔、制、哀策各 1 篇，另有无题名之为"又一篇"的文章 8 篇。在这众多的著述中，又以"论文"最为彪炳，其代表作《典论·论文》被袁行霈《中国文学史纲要》誉为"是我国现存第一篇文学理论和文学批评的专论"。其余如《又与吴质书》和《答卞兰教》等，亦不同程度地涉及文学理论问题。归纳之，主要有五点。

第一，尊儒反道的思想倾向。曹丕于黄初元年（220 年）十月登基为帝，次年正月，即颁布《以孔羡为宗圣侯置吏修庙诏》，该诏充分肯定孔子"因鲁史而制春秋，就太师而正雅颂"的历史功绩，称颂孔子是"命世之大圣、亿载之师表"，并痛惜汉末以来天下大乱，致使百祀堕坏，旧庙不修，甚至到了"阙里不闻讲颂之声，四时不睹蒸尝之位"

的程度。因此，他要封议郎孔羡为宗圣侯，赐邑百户奉孔子祀，命鲁郡修缮孔庙，并派遣吏卒守卫之，在孔庙外广建屋宇以居学者。在该诏颁布7个月前，即延康元年（220年）的五月，汉献帝刘协曾命曹丕封其子曹叡为武德侯，曹丕也颁布过一篇《以郑称授太子经学令》。疑“太子”二字为后人所改，应为“武德侯”是矣。查史，曹叡该年15岁，封武德侯，黄初七年（226年）五月，曹丕病笃，乃立为皇太子。且该令中亦有“称笃学大儒，勉以经学辅侯”句，证明该令是以《以郑称授武德侯经学令》为题。该令引譬设喻，认为龙渊、太阿之类的宝剑，必须有昆吾之金作为材质；和氏璧之类的美玉，必须要经过良工巧匠的砥砺；而武德侯曹叡也必须请郑称这位大儒“旦夕入授”经学，才能“曜娴其志”。以上的诏与令，彰显曹丕对儒学的尊崇，他既要在建国之初大兴儒学，又要用儒学来教育继任者，思想倾向不言而喻。同时，他大力排斥道学和旁门左道。黄初三年（222年）三月，曹丕作《敕豫州禁吏往老子亭祷祝》，该敕文明确告知豫州的官吏和民众，老聃不过是个贤者，不应尊崇他在孔圣人之上，特别是汉桓帝尊崇并事奉老子，想以此乞福，结果造成天下大乱，这个历史教训便在眼前。因此，要明白武皇帝曹操不毁老子庙和当朝者曹丕修整老子庙的原因是或尊老子为贤人或视其为景观，绝不允许吏民“妄往祷祝，违犯常禁”。黄初五年（224年）十二月，曹丕颁布《禁设非礼之祭诏》，该诏告示天下只有“大则郊社，其次宗庙”才能享受祭礼，至于“三辰五行，名山大川”均不在祭祀之列，必须杜绝那种崇信巫史之言，至使“宫廷之内，户牖之间，无不该酹”的风气，今后敢设非礼之祭敢信巫史之言者一律以旁门左道论处之。这些敕与诏与其尊儒相比，一褒一贬，相得益彰。

第二，立言不朽的价值观念。《左传》襄公二十四年载鲁国叔孙豹论古人之三不朽曰：“太上有立德，其次有立功，其次有立言”，这一儒家的人生三不朽的价值观特别是立言不朽的价值观深深地被曹丕所接受，他在《典论·论文》里说：“盖文章，经国之大业，不朽之盛事”，并以周文王和周公旦为例，来说明“古之作者，寄身于翰墨，见意于篇籍，不假良史之辞，不托飞驰之势，而声名自传于后”的道理。又在《又与吴质书》中盛赞建安七子之一的徐干道：“伟长独怀文抱质，恬淡寡欲，有箕山之志，可谓彬彬君子者矣。著《中论》二十余篇，成一家之言，辞义典雅，足传于后，此子为不朽矣。”还在《与王郎书》中曰：“生有七尺之形，死唯一棺之土，唯立德扬名，可以不朽，其次莫如著篇籍。”如此，在曹丕看来立言不朽必须做到三点：一是要成一家之言：或像周文王演《易》，或像周公旦制《礼》，或像徐干著《中论》；二是要矢志不渝：周文王遭囚禁成其大作，周公旦负重任而成其鸿文，徐干恬淡寡欲而成其巨著。三者与常人的差异就在于不会因“贫贱则慑于饥寒，富贵则流于逸乐，遂营目前之务，而遗千载之功”（见于曹丕《典论·论文》），不管是困厄还是显达，都能潜心凝虑地著书立说；三是要珍惜光阴。那“人人自谓握灵蛇之珠，家家自谓抱荆山之玉”（见于曹植《与杨德祖书》）的建安七子，数年之间零落殆尽，特别是那位“斐然有著作之意，其才学足以著书”（见于曹丕《又与吴质书》）的汝南应瑒，美志不遂，便已辞世。于是，使曹丕备感“古人贱尺璧而重寸阴，惧乎时之过已”（见于曹丕《典论·论文》）的正确性，要振臂高呼“年寿有时而尽，荣乐止乎其身，二者必至之常期，未若文章之无穷”（见于曹丕《典论·论文》）也。

第三，以气为主的文学观点。气，原本是古代一个含义复杂的名词，是孟子第一个将气与人的情志结合起来，在《公孙丑上》提出了“夫志，气之帅也；气，体之充也；夫志至焉，气次焉”的观点。按今天的话说，情志是个性气质的主帅，个性气质是充满体内的力量。情志到了哪里，个性气质也随之在哪里表现出来。而曹丕继承了这个观点，在《典论·论文》里说：“文以气为主，气之清浊有体，不可力强而致。”因为文学作品是用来反映人的情志的，作家的个性气质又直接影响情志的如何抒发，阳刚者有之，沉郁者亦有之，这是由作家的个性气质所决定，而作家的个性气质又是先天禀赋和长期养成的结果，是不可能勉其力而加以改变的。故此，曹丕要用气来评价作家，又在文中言道：“徐干时有齐气”，“应瑒和而不壮”，“刘桢壮而不密”，“孔融体气高妙”，还在《又与吴质书》里提到“公干有逸气，但未足遒耳”。无论曹丕对这几位作家的评价中肯与否，其用气，即个性气质来检验作家作品优劣的方法是显而易见的。自此，曹丕所确立的“文气说”便成为中国古代文论里的一个重要理论，不断被后人所运用与发挥，衍生出诸如刘勰在《文心雕龙》里提出的《体性》《风骨》《养气》等观点，而风靡百代焉。

第四，体别文异的创作标准。在曹丕著《典论·论文》之前，许多文体均已成熟，只是人们对文体的认识基本还停留在共有的规则上面，如孔子在《论语·阳货》里说："诗，可以兴，可以观，可以群，可以怨。迩之事父，远之事君；多识于草木鸟兽之名。"这是讲诗这类文体的政治教化效用。孟子在《告子下》里说："不以文害辞，不以辞害志。"这是讲所有文体在遣词用语时都要注意的问题。其余若墨子、庄子、荀子乃至汉代的司马迁、扬雄、王充等都有或多或少的论述，这些论述固然有极高的价值，但毕竟未涉及各类文体的特征，无疑存有缺憾，是曹丕首次在《典论·论文》中提出"夫文本同而末异，盖奏议宜雅，书论宜理，铭诔尚实，诗赋欲丽"的观点。他所说的"本"指的便是各类文体应当共同遵守的基本规则，所说的"末"指的便是各类文体不同的特征，这种将"本"和"末"结合起来进行研究，以确立各类文体的特征，在中国文学批评史上意义重大。尽管曹丕所提出的创作标准，未必完全正确或被人所接受，但毕竟推动了后来的文体研究，如桓范的《世要论》、陆机的《文赋》、挚虞的《文章流别论》乃至刘勰的《文心雕龙》等，亦影响着一代又一代文人的创作矣。

第五，审己度人的美好文风。曹丕在《又与吴质书》里描绘邺下文人诗酒唱和的盛况道："昔日游处，行则连舆，止则接席，何曾须臾相失。每至觞酌流行，丝竹并奏，酒酣耳热，仰而赋诗。"即便在这种极其美妙的盛况下，也还存在着"贵远贱近，向声背实"，"闇（暗）于己见，谓己为贤"，"文人相轻，自古而然"（见于曹丕《典论·论文》）的种种遗憾。这些遗憾，有的是前贤根据文人固有的弱点早就发现了的，如桓谭在《新论·闵友》里说"世咸尊古卑今，贵所闻贱所见也，故轻易之"，王充在《论衡·齐世》里说"俗儒好长古而短今"；有的则是曹丕的新见，他认为：汉代曾有班固嘲笑傅毅"下笔不能自休"之事，如今则有"斯七子者，于学无所遗，于辞无所假，咸自以骋骐骥于千里，仰齐足而并驰。以此相服，亦良难矣"（见于曹丕《典论·论文》）之忧。这是因为各自禀赋的文气不同，各自擅长的文体不同，所以才会出现"各以所长，相轻所短"（见于曹丕《典论·论文》）的现象。要摈弃这种现象，唯有"审己以度人"，即审视自己的短长以度量别人。为了阐明这一观点，他在《典论·论文》中还具体品评了建安七子的创作，指出王粲和徐干长于辞赋，陈琳和阮瑀长于章表书记，前者“虽张蔡不过”，后者亦“今之隽也”。他强调各类文体有所区别，只有“通才”才能兼善各种文体，至于各自禀赋的文气，那更是“不可力强而致”。经过这番论述，他所倡导的审己度人的美好文风便跃然纸上，既可以用来引导文学批评，又可以用来增强作家修养，该观点之精当值得激赏。

二 论武:用兵方略与习武所得

曹丕酷爱并多方涉及武学，这自然和其父曹操所形成的“昼则讲武策”（见于陈寿《三国志·武帝纪》注引《魏书》）并著有《孙子注》等家风有关，也和他“生于中平之季，长于戎旅之间”（见于曹丕《典论·自叙》）以及贵为帝王的阅历有关。他的武学观点，多见于所作《典论·自叙》及书铭诏策等各类文章中，主要有四点。

第一，奖掖军功，告慰亡灵。延康元年（220 年）曹丕封张既为凉州刺史，朱灵为鄃侯，并赏赐任城王彰食邑五千。三者或受封或得赏的原因见《诏张既为凉州刺史》《诏褒张既击胡》《封朱灵为鄃侯诏》《任城王彰增邑诏》。张既的受封，是因为他“逾河历险，以劳击逸，以寡胜众”，使朝廷再无西顾之忧。加之他“谋略过人”便得到了“便宜行事，勿复先请”的用兵自主权。朱灵的受封，是因为他“佐命先帝，典兵历年，威过方邵，功逾绛灌”，时逢曹丕初登帝位正当用人之际，更需要这位“元功之将，社稷之臣”鼎力辅佐之。曹彰的增邑，是因为曹丕除了要遵循先王之道而开国承家需并建兄弟之国来藩屏大宗外，还因为他奉命北伐并取得了“清定朔土”的赫赫战功。观此三者，则体现出曹丕奖掖军功的武学观，其奖掖的前提一是立有战功，二是有勇有谋，三是威望过人或能为藩屏。其目的，显然是要让这些将领更好地效命疆场，作朝廷靖边安疆的股肱之臣。与之相辅的是告慰亡灵。黄初元年（220 年）十一月，曹丕颁布《膑祭死亡士卒令》，之前，亦曾下宣《诏赐张既子翁爵》《诏官李通子基绪》《策谥庞德》等。其内容有三点：首先是殡葬与官祭阵亡士卒。由于连年征战，阵亡者甚多，有的还顾不得收敛，曹丕为此“甚哀之”，并诏令郡国“给槥椟殡敛，送至其家，官为设祭”。其次是赐爵或授官于功臣之子。张既“不幸薨陨”，念其击胡有功，故赐其子张翁翩爵为关内侯。李通“不幸早薨”，念其在官渡之战时义拒袁绍的诱降且战功卓著，故封其子李基和李绪为奉义中郎将、平虏中郎将。再次是赠谥阵亡之将。庞德与蜀将关羽激战樊城，失利后被擒，拒不降伏而宁愿受死，曹丕认为他“式昭果毅，蹈难成名，声溢当时，义高在昔”，故追赠庞德谥号为壮侯。据此，见出曹丕告慰亡灵的方法多样，其目的是要和奖掖军功相互为用，令生者效法亡者而忠勇不贰乎？

第二，黜徙有方，运筹得度。曹丕深晓用人乃成败之关键的道理，并在黜徙或言罢免与晋升上颇费了一番心计。于禁是魏国名将之一，并且在淯水之难时得到过曹操“在乱能整，讨暴坚垒，有不可动之节，虽古之名将，何以加之!”（见于陈寿《三国志·于禁传》）的赞誉。惜其晚节不保，在樊城之役中被擒降蜀，后又因关羽兵败被获降吴。曹丕登基后，吴送于禁返魏，曹丕作《制复于禁等官》和《与于禁诏》。前诏言“昔荀林父败绩于邲，孟明丧师于肴，秦、晋不替，使复其位”，这使两位名将感激涕零而更加奋发有为，终于取得了秦霸西戎、晋获狄土的不凡业绩。后诏言“昔汉高祖脱衣以衣韩信，光武解绶以带李忠”都是人主敬重有功之臣的举动。所以，曹丕要恢复于禁的官职并将父王曾佩戴过的朱韨及远游冠赐给于禁。从诏文看，曹丕对于禁真是宽容大度、隆信有加，但实质是莫大的讽刺和嘲弄。查史，于禁被封为安远将军后，出使东吴前曹丕令其北诣邺谒高陵，并预先在陵屋画了幅樊城之役庞死于降的图画，这使于禁“惭恚发病薨”（见于陈寿《三国志·于禁传》），这种明徙暗黜的手段不可谓不高明。又延康元年（220 年），曹丕写密令问张既，“金城太守苏则，既有绥民平夷之功，闻又出军西定湟中”，是否可加爵赐邑，这见出他在用人上的谨慎。其余如《出蒋济为东中郎将不听留诏》《诏征南将军夏侯》《以蒋济为东中郎将代领曹仁兵诏》等，或以受任者为安邦定国之猛士而任之，或以受任者为心腹重臣而任之，或以受任者文武兼备而任之。用人之际，显见其有理有据，处之有方。另外，曹丕在运筹帷幄时，还处处体现出了用兵上的前后照应、首尾相顾的观点，他在《伐吴设镇军抚军大将军诏》《伐吴临行诏司马懿》《还洛阳诏司马懿》等诏书中都表示了这种用兵方略。后诏直接告知司马懿“吾东，抚军当总西事；吾西，抚军当总东事”，诏文含义明确，简洁晓畅。前两诏则阐明了之所以这样做的原因，一是伐吴期间要做到没有后顾之忧，二是效法汉高祖请萧何提供辎重粮草，三是仿照轩辕黄帝和周武王让贤臣镇守京师，以便车驾周行天下。其阐述之周详，使得诏书颇具说理之味道。

第三，安抚降者，威慑敌方。孟达原是蜀国将领，于延康元年（220 年）七月举众降魏，这令曹丕十分喜悦，接连作了《孟达杨仆降附令》《与孟达书》《答孟达荐王雄诏》凡三篇文章。首篇言借鉴“春秋褒仪父”之意，封孟达为新城太守，至于因“风化动其情，仁义感其衷”而来归附的氐王杨仆与其臣民，使之安居汉阳郡。次篇则说孟达的降魏如同“伊挚背商而归周，百里去虞而入秦”等，并将他所用的马匹及物品赐之，以彰显钟爱之心。末篇言孟达推荐王雄是“萧何荐韩信，邓禹进吴汉”，也是唯贤知贤，而王雄文武兼备，必将重用。这三篇文章，既抚慰了降者忐忑不安的心灵，又体现了他在武学上招叛纳降的仁者之胸襟，引经据典，是其阐述该观点的方法也。孙权迫于形势，摇摆在魏蜀之间，黄初二年（221 年）八月因被刘备击败而称臣于魏，曹丕遂作《策命孙权九锡文》和《册孙权太子登为东中郎将封侯文》，在文中他大谈自己奉天承运并欲效法前代明君广纳贤臣的愿望，极力称道孙权父子的归顺是“深睹历数，达见废兴”，相信他们定会“忠肃内发，款诚外昭，信著金石，义盖山河”，所以曹丕要分封孙权父子，使他们“绥安东南，纲纪江外”，并且像周公旦和萧何那样或“祚流七胤”或“一门十侯”。其后，曹丕又做过许多笼络孙权的事，如黄初三年（222 年）五月“以素书所作《典论》及诗赋与权”（见于陈寿《三国志·吴主传》注引《吴历》），作《报吴主孙权》《又报吴主孙权》《与孙权书》，既赞许孙权大破蜀军的功绩又赠送良马两匹，还直言“朕之与君，大义已定”，举止与言辞之间，极尽亲和之能事。事隔仅数月，吴主孙权复叛，曹丕便领兵征讨之，命曹休、张辽、臧霸出洞口，曹仁出濡须，曹真、夏侯尚、张郃、徐晃围南郑，可谓兵分三路，来势凶猛。曹丕还亲自作了《诏责孙权》和《伐吴诏》，两诏除谴责孙权前后不一背信弃义外，还将孙权比作了小丑和蚩尤，直斥其“凶顽有性”，自称是师出有名，定能一举歼灭之。这种威慑，的确起到了迫使孙权悔改的作用，据《三国志·吴主传》载：“权卑辞上书，求自改厉”，其中的原因除了吴国内部杨、越等地的内难未平外，曹丕的用兵与诏责该是一个重要的因素。

第四，酷爱兵器，自诩武功。曹丕自幼习武，他在《典论·自叙》里说“上以世方扰乱……又教余骑马，八岁而能骑射矣”，这就和兵器结下了不解之缘。其所作《剑铭》，较详细地记载了建安二十四年（219年）他为太子时所造兵器的名称和形状。铸就的三柄剑名曰飞景、流采、华锋，统称百辟宝剑，其形状有的长四尺二寸，重一斤十两；有的长四尺二寸，重一斤四两，都经过清漳水的淬火，用玉石和犀牛角精心装饰，焕发流星彩虹般的光耀。铸就的三口刀名曰灵宝、含章、素质，统称百辟宝刀，其形状有的长四尺三寸六分，重三斤六两；有的长四尺三寸三分，重三斤十两；有的长四尺三寸，重二斤九两。或纹路似灵龟，或色彩如丹露，或光泽如崩霜。铸就的两把匕首名曰青刚、扬文。其尺寸重量不详，但形状或似坚冰、或似朝日，可见光彩耀目不同凡响。铸就的百辟露陌刀名曰龙鳞，长三尺三寸，状如龙纹。这九件兵器，据说都是在曹丕“虽有文事，必有武备”（见于曹丕《剑铭》）的战略眼光下铸造的，也和曹丕“余好击剑，善以短乘长”（见于曹丕《剑铭》），从而仰慕孟劳和太阿等上世名器有关。在铸造过程中都经过良工巧匠的精心选材与竭尽技艺，始成时，有“五色充炉，巨橐自鼓。灵物仿佛，飞鸟翔舞”，真可谓希世之利器矣。与之有关的，曹丕还作有《送剑书》和《露陌刀铭》，前篇言他有一枚“明珠标首，蓝玉饰把”的宝剑，赐之左右，以除妖气。后篇言露陌刀是口久经熔炼譬诸麟角的吉祥的宝刀，愿永久地持有。以上三篇文章，均显现曹丕对兵器的酷爱，亦依稀透露其在武学方面的素养，而能更好地窥视其武功并了解其能力大小的当属《典论·自叙》。这篇文章，主要叙述的是他成长的过程，涉及武学的有两点：一是骑射。曹丕除了大谈自幼受到良好的武学教育外，特别提到的是建安十年（205年）春与族兄曹真猎于邺西之事，那次他们获9只麞鹿，30只雉兔，所得颇丰，体现出骑射功夫极强，以至于成为他往后自夸的资本。有一次荀彧前来犒劳南征驻扎于曲蠡的军队，遇到曹丕谈及骑射之事，曹丕说“项发口纵，俯马蹄而月支”，不是什么难事，因为各类箭靶都是固定的，所以每发必中，并不足奇。而能称奇的是“驰平原，赴丰草，逐狡兽，截轻禽，使弓不虚弯，所中必洞”。由此显见，他认为骑射真功夫在于实用，而不是只会射射箭靶，这又是他所坚持的一个武学观点。二是击剑。曹丕自言曾师从桓灵之时的名师虎贲王越之传承者史阿，技艺高超。有次与剑术颇精的奋威将军邓展以甘蔗当剑比武，数次交锋，三中其臂。邓展不服，在左右大笑之中请求再试，结果被击中脑门子。这还不算，他还要对“善有手臂，晓五兵，又称能空手入白刃”的邓展说“愿邓将军捐弃故伎，更受要道”，这明显在奚落和嘲笑对方，既让对方羞愧得无地自容，又再次表明所持武学须实用的观点。而自身的武学素养，为其治国安邦奠定了良好的基础。

三 论政：受禅治国与以古鉴今

曹丕一生与政治结缘，作为三足鼎立时期而又长期侍奉汉室并以魏代汉的一位大政治家，自然有其特殊的政治经历和卓越的政治才能，并以此逐渐形成他的政治素养与政治观。

第一，以礼受禅，名利兼得。据陈寿《三国志·文帝纪》载：曹丕于延康元年（220 年）十月“升坛即阼，视燎成礼而反”。整个以魏代汉的过程，有四个阶段组成：一是散布舆论，软性逼宫。先是老臣殷登借该年三月黄龙重现于谯的机会，传播太史令单飏 30 多年前的预言，让国人皆知“其国后当有王者兴”。后是太史丞许芸大谈谶纬之学，散布《春秋汉含孳》曰“汉以魏，魏以徵”，《春秋玉版谶》曰：“代赤者魏公子”（见于陈寿《三国志·文帝纪》注引《献帝传》）。而曹丕在这时写了《以李伏言禅代合符谶示外令》《辞许芝等条上谶示外令》《答司马懿等再陈符命令》，明确地说谶言与祥瑞之事，是些“似是而非者”，甚至是“虚谈谬称”，自谦为“德薄之人”，虽承父业但毕竟“恩未被四海，泽未及天下”，故要效法周武王初期及伯夷叔齐，不愿称帝。二是群臣劝进，撼动汉鼎。先有侍中刘廙、辛毗、刘晔等人的进言，后有辅国将军靖苑侯刘若等 120 人的上书，内容只有一个，即曹丕功高德隆且奉天承运，理应成为天子。而曹丕又写了《止群臣议禅代礼令》《答董巴令》等，再次自谦不堪重任。三是献帝自请，屡遭辞让。据统计，曹丕写就的《辞请禅令》《三让玺绶令》《上书三让禅》等有12篇之多，其内容有三点：其一，明确下令奉还玺绶和罢设坛场，并表露不愿受禅之愿望；其二，以尧让许由、舜让善卷等为例，说明自己“求仁得仁”的心迹；其三，反复陈说诚惶诚恐，至使产生“伏听册告，肝胆战悸，不知所措”的心情。四是君命难违，恭敬从命。在献帝的多次请求和群臣的极力劝进下，曹丕终于以“天命不可拒，民望不可违”（见于曹丕《允受禅令》）的理由接受了禅让。这个受禅的过程看似非常复杂，其实质却又非常明了简单，那就是让曹丕赢得了一个行尧舜禹之事的美誉，符合儒家“不愆不忘，率由旧章”（见于《诗经·大雅·假乐》）的政治观。

第二，抚髀兴叹，以史为鉴。曹丕有三篇史论，即《周成汉昭论》《太宗论》《论孝武》，写得十分精彩。其一，将周成王与汉昭帝进行了比较，认为世人皆赞美周成王而贬抑汉昭帝极不公正。周成王有圣考贤妣的美德熏陶和教化，又有周召为保傅，吕尚为太师，是一个“沉渍玄流而沐浴清风者”，尚且还要听信两位叔父的谗言，猜疑周公旦，若不是“皇天赫怒，显明厥咎，犹启诸金縢，稽诸国史”，才醒悟过来，真是不能明辨是非的昏庸之辈。而汉昭帝既无武王与邑姜那样的圣父贤母，又无周召与吕尚那样的辅弼，然而，他“年在二七，早智夙达”，先是觉察到燕王旦与御史大夫桑弘羊等谋反，将其尽诛之。后是不信谗言，公然宣称大将军霍光是“国家忠臣”。假若让汉昭帝和周成王“均年而立，易世而化，贸臣而治，换乐而歌”，那么，汉昭帝是不会亚于周成王的。这就给后世一个启示，即一位帝王年幼时所受的教育和登基后所任用的臣子显得十分重要，其直接关乎到治国的成败与身后的声名，不可不引以为戒矣。其二，对汉文帝刘恒作了番评价。首先是南越尉佗自立为帝，他不派兵征讨，反而“召贵佗兄弟，以德怀之”，遂使其俯首称臣。其次是吴王诈病不朝，他不遣使严责，反而“赐之九杖”使其感激涕零。再次是他“弘三章之教，恺悌之化”，使群臣及百姓畅所欲言。最后是任用贾谊等青年才俊。这四点，言明的是施政需要有汉文帝那样的“大人之量”，方能长治久安，国富民强。其三，称颂汉武帝廓清边境而征讨匈奴的事迹。汉武帝在位正值汉室鼎盛时期，所谓

“承累世之遗业，遇中国之殷阜，府库余金钱，仓廪畜腐粟”，仗着富足的国力，他在四五十年间征匈奴40余次，“斩名王以千数。酋首以万计”，汉室雄师一路攻城略地，追亡逐北，“威震匈奴矣”。从该论中，可见出曹丕敬仰和羡慕汉武帝之情，其处乱世，嗟叹不能像汉武帝般纵横疆场而一统天下也。另外，查严可均《全上古三代秦汉三国六朝文》辑录，曹丕的《典论》里还有《论周成汉昭》和《论太宗》，其文字和内容与《周成汉昭论》以及《太宗论》大同小异，疑为重复，故不赘述。

第三，屡颁禁令，止错理乱。魏国初建，百废待兴，曹丕不断下诏，以便整肃朝纲和端正民风。黄初二年（221年）六月，他颁布《日食勿劾太尉诏》明确“日食”这种灾异不能归罪于股肱之臣。黄初三年（222年）九月，他颁布《禁妇人与政诏》，宣称妇人参政是国乱根本，从今后群臣不得奏事太后，后族之家不得担辅政之任。在这前后，他曾下颁《制旁枝入嗣位不得加父母尊号诏》，责令诸侯入嗣皆不得追加其私考为皇为后。又下颁《禁复私仇诏》，禁止“丧乱以来，兵革纵横，天下之人，多相残害”的现象。黄初五年（224年）十月，下颁《议轻刑诏》，提出太山之哭苛政甚于猛虎，而今要“广议轻刑，以惠百姓”。同年十二月，又颁《禁设非礼之祭诏》，宣称“自今其敢设非礼之祭，巫祝之言，皆以执左道论”。这些诏书，口吻强硬，含义明确，涉及如何对待天灾、宿怨、外戚、后宫、祭奠等等问题，显现曹丕在黄初年间极欲励精图治的政治愿望及倾向。

第四，恩威并施，褒忠惩奸。赐爵、晋级、增邑、赏物是曹丕最常用的施恩方法。其中赐爵晋级的有《以张登为大官令诏》，擢拔他的理由是“忠义彰著，在职功勤”等，又有《诏赐温恢子生爵》，赐于他关内侯的原因是“恢有柱石之质，授之以万里之任，任之以一方之事”，结果未遂而逝，故赐其子。还有《赐薛悌等关内侯诏》，赐爵的缘由是薛悌等是“駮（驳）吏，纯吏”。其中增邑赏物的有《任城王增邑诏》，增邑的理由是他“受命北伐，清定朔土”，又有《下诏赐华歆衣》，赏物的原因是华歆为“国之儁（俊）老”。还有《赐故太尉杨彪几杖诏》，赏赐他几杖的缘由是他“年过七十，行不逾矩，可谓老成人矣”。这些都是恩及个人的事例，而泽被百姓的多为免租减税，如《赐颍川一年田租诏》《除禁轻税令》《复谯租税令》，首篇言免除颍川一年田租的原因有两个：一是官渡之战时四方瓦解，只有该郡坚守节义，“丁壮荷戈，老弱负粮”，誓死不向袁氏投降；二是曹丕在此“登坛受禅”，这地方像汉高祖以秦中和光武帝以河内为王基一样，也是“翼成大魏”之地，因而要特别关照。次篇说解除禁令和减轻税收的原因是关卡渡口与池沼河流本来就是用来“通商旅、御灾荒”的，设禁及重税，不利于商贸的繁荣，所以要解除并轻税。第三篇说谯这个地方是“霸王之邦，真人本出”，先王曹操便于此问世，如今曹氏显达，按礼不能忘本，所以要免除谯郡租税二年。诸如此类，曹丕的恩泽惠及方方面面，如《取士勿限年诏》《抚劳西域奉献诏》，前者要打破年龄界限来选拔人才，后者抚慰犒劳来朝的西戎使者，甚至对请辞的老臣他也要写一篇《止王郎让位诏》诚恳地表示挽留。对触犯朝规的骨肉兄弟也要写一篇《改封曹植为安乡侯诏》，以示大度宽容。这些做法，毋庸置疑曹丕是在效法前代明君施仁政，所谓“为政以德，譬如北辰，居其所而众星拱之”（见于《论语·为政》），说的就是这种情况。曹丕施威的方法则主要是诏责和用刑。其中诏责的有《诏责孙权》，谴责他前些时自陈“长为外臣”并接旨“头尾击地”，恭顺万分，而近日又托词晚送其子到京城，并派孙长绪和张子布两个心腹陪同，是有“异心”。其中用刑的有《收鲍勋诏》《械击令孤浚诏》等，前者言鲍勋“指鹿为马”，故收监交付廷尉处治。后者全文仅剩“浚何愚”三字，见出他因愚而受到械击的惩罚。另外，还有一篇《成皋令拘押刘肇以状闻有诏》，其赞赏成皋令拘押刘肇的做法，称赞他“无所忌惮，自恃清名”，敢于将牧司之爪牙绳之以法，这类诏书现存的并不多，但也见出曹丕“惟辟作威”（见于《尚书·洪范》）的形象。

第五，诫内责谗，以防隐患。这个政治观主要见于曹丕所作《典论·内诫》和《典论·奸谗》，前篇直呼“三代之亡，由乎妇人，故诗刺艳妻，书诫哲妇”。他以袁术、袁绍为例，阐明宠信妇人必将败亡的道理。袁术宠信冯氏女，遭众妻妾妒忌而被绞杀并悬之于厕梁，且诈称她是“哀怨自杀”。袁绍之妻刘氏，偏爱少子袁尚，欲立之为嗣，并乘绍卒将“宠妾五人尽杀之”，还要残忍地将死者“髡头墨面，以毁其形”，不让她们“复见绍于地下”。后二子争国，被曹操剿灭之，落得

“举宗涂地，社稷为墟”的悲惨境地。后篇言道：“佞奸秽政，爱恶败俗”，他以何进、袁绍、刘表亲近奸谗之人为例，来证明孔子“佞人殆”这一观点的可信性。大将军何进亲近吴匡、张璋，灵帝崩，在何进被宦党韩理等所害之时，吴张二人也将其弟何苗杀死于北阙，遂灭何氏一族。袁绍亲近审配、郭图，俩人顺从刘氏之意，假传绍之遗命奉袁尚为嗣，于是引发了袁谭与袁尚的内战，让曹操趁机“席卷乎河朔，遂走尚枭谭”。刘表亲近蔡瑁、张允，二人诋毁表之长子刘琦而称赞少子刘琮，致使刘琦失宠而出为江夏太守，刘表病笃，蔡张将刘琦拒之门外而不得见。刘表卒，刘琮举州投降曹操，拱手献出偌大的荆州。曹丕的这两篇文章，所举之例皆近在眼前，体现了他得国后“安而不忘危，存而不忘亡，治而不忘乱”（见于《周易·系辞下》）的国家安危观。

四　立论的文化价值

王世贞《艺苑卮言》曰：“自三代而后，人主文章之美，无过于汉武帝、魏文帝者”，前者姑且不论，后者值得深究。魏文帝曹丕文章之美，美就美在除词丰理沛外，还在论文、论武、论政之时提出并阐述了许多独到的观点，而这些观点基本上和儒家的政治观点相吻合，是中国历代帝王及臣民们所认同的正统文化，故具有很高的价值。

第一，展示了文化素养。曹丕在《典论·自叙》中说：“余是以少诵诗论，及长而备历五经、四部、史汉、诸子百家之言，靡不毕览”。又道：“余时年五岁，上以四方扰乱，教余学射，六岁而知射；又教余骑马，八岁而知骑射矣”，这就在文学和武学两方面奠定了坚实的基础。同时，他多次随父出征，耳闻目睹其父曹操的运筹帷幄，以此增强了武学方面的素养；又在邺下和建安七子等文人诗酒唱和，无疑提高和拓展了文学方面的眼光。建安二十二年（217 年）他被立为魏太子并入主东宫，这又使他积累了较为丰富的政治经验。而曹丕的文章，正是在往后辅政或主政的过程中，这三方面素养由内而外的自然表露，从而让世人看到了一位文化素养极高的帝王。

第二，丰富了文化内涵。曹丕有大量的文章传世，本已是一件不易的事，试想他贵为太子或皇帝，哪有闲暇来读书撰文，但他“研精典籍，留意篇章”（见于卞兰《赞述太子赋》），给后世留下了大量的翰墨。关键在于他能在建安和黄初这两个历史时期，以自身特殊的感受和亲身经历以及耳闻目睹的事实，来挥毫泼墨、撰文拟章，这就给后世留下了解并认知那两个历史时期的许多宝贵的资料。如那个时期的人怎样看待文学，那个时期的人怎样运用武学，又怎样复杂而又兵不血刃地改朝换代等。可以说，那两个历史时期因曹丕诸多文章的存在，并与众多才子的文章交相辉映而显得生动精彩，那两个历史时期的文化也因曹丕的努力而变得更为绚丽灿烂。

第三，提升了文化品位。在曹丕之前，论文论武者有之。尤其是武学有《孙子兵法》《穰苴兵法》等专门的著作；而论文则限于只言片语，许多观点散见于诸子及史传之中，因此说曹丕的《典论·论文》是我国的第一篇文学专论。它不但给予文章“经国之大业，不朽之盛事”的崇高地位，而且批评了“文人相轻”“贵远贱近”等恶习，品评了建安七子，指出了奏议、书论、铭诔、诗赋所谓“四科”的艺术特点，提出了“文以气为主，气之清浊有体，不可力强而致”的文气说，这就超越了前代，让后世文人在创作或评价文学作品时有章可循，也使文章在地位、风格、个性体现等方面得到升华，特别是“文气说”，刘熙载在《艺概》里言：“自《典论·论文》以及韩柳，俱重一气字”。可见其影响之深远。至于武学，前代著者完全是从兵法家的角度，冷然而又严肃地来讲用计使谋、造势攻略的，而曹丕则不然，他是用多年习武和用兵的亲身体会来谈论武学的，不管是自诩武功、酷爱兵器，还是奖掖军功、告慰亡灵；不管是运筹帷幄，知人善任，还是施恩降者，威慑敌方，这中间都充满了“情”，一改前代兵法家之冷峻，那些个诏书、策命、敕令、书铭虽不如兵法家写得精辟，但自身之情跃然纸上，品位之高，令读者歔欷。曹丕的论政，更是时有出新。以魏代汉，本非易事，而他既得到了江山社稷，又赢得了“行尧舜之事”的美誉，让前代美好的传说，到他这里成为了现实。至于周成汉昭，早有定论孰贤孰愚，而他却从考妣辅弼和两位的所作所为中寻找评价的差异。他登基后，或整肃朝纲，止错理乱；或诫内责谗，防止隐患，这些，均使原本凶险的政治，显得文化味十足，使后世窥视那个时期的宫廷十分有趣。

第四，注重了文化效用。曹丕的绝大部分文章，皆是因人因事而作。论文的代表作有《典论·论文》《与吴质书》《答卞兰教》《与王郎书》等，其目的是为了表明自己的文学观点，以廓清邺下文人错误的追求和不良的风气。《以孔羡为宗圣侯置吏修庙诏》《禁设非礼之祭诏》，更是明确自己的思想倾向，实际效用自不待言。论武的代表作有《典论·自叙》《露陌刀铭》《送剑书》等，其目的是告知臣僚自己自幼习武并爱好兵器，使之敬畏不已。至于《诏张既为凉州刺史》《伐吴临行诏司马懿》《诏责孙权》等诏策类文章，那是要明告臣僚们其君王的意图如何，从而赴任的赴任，留守的留守，臣服的臣服，一旦颁下，轻慢不得。论政的代表作有《典论·内诫》《典论·奸谗》《周成汉昭论》等，其目的是总结历史和现实的经验教训，以便更好地治国。至于《日食勿劾太尉诏》《禁复私仇诏》《赐太尉杨彪几杖诏》《收鲍勋诏》《除禁轻税诏》等，那更是为了整肃朝纲、端正民风、恩威并施，显示出治国的极大效用。从某种角度说，文章是一种精神产品，是精神文化、制度文化、物质文化这三个层次文化中最高层次的文化，即精神文化；而精神文化会对后两个文化产生作用，如曹丕的那些诏书、策命、敕令就会成为魏国的某种制度与民俗，甚至给臣民带来物质上的富足，反之亦然。

第五，发挥了文化功能。文化的范畴极广，其根本功能在于认同，或者说得更确切一点，就是某个民族、团体、阶层等对某种思想、制度、习俗、预言甚至建筑、物品、餐饮、服饰等的共同的认知与接受。曹丕的文章，所反映出的尊儒反道的思想倾向，立言不朽的价值观念，知人善任的用人方略，恩威并施的施政措施等，无不是中国历代共同认同的思想和做法，而那些整肃朝纲、端正民风、以史为鉴、诫内责谗等文章的内容，也是历代特别是经过汉末大动乱后臣民们迫切需要并赞许的。甚至是以魏代汉这件本是要遭谴责的大事，也因为曹丕的一系列文章和举措，变成了效法三代圣君受禅，被当时的臣民们所认可与赞同，所谓民心所向、奉天承运。这样看来，曹丕真是把文化的功能发挥到极致矣。

清代学者吴景旭在《历代诗话》里说：“魏文雄才智略，本非庸主”，笔者不敢苟同，曾撰《曹丕：因利乘便的一代帝王》，认为曹丕是因袭其父所创伟业，乘汉室式微之便利而获得政权的一位帝王。研阅曹丕的各类文章，更觉得曹丕是中国历史上难得的一位文化素养极高而又善于以文化统领臣民的帝王，其父魏武帝以武辅之文征伐四方，他以文辅之武治理天下，真可谓不朽者也。

（董家平发表于《青海师范大学学报》2013 年第 1 期）

古代文学教学中的经典句群透视
——以宋词为中心

通常意义上，“句群”这一概念属于现代汉语学科范畴，是指大于单句、小于段落，介于二者之间的语言片段。但本文所谓“句群”，却是从文学角度着眼，与此略有区别，可以将它界定为一种由两个以上句子组成的，有内在统一语意的，形式整齐的语言表达结构。自先秦以降，它不仅存在于历代文学作品中，对作品的结构组成、意义表达以及情感抒发起到重要作用，而且它又相对独立，能够自成境界，独具意味。既是全文不可或缺的有机组成部分，又因其本身就是个自足的小天地，所以还可以抽出来单独欣赏。这在宋词中表现得尤为突出。当然，语言层面和文学层面的“句群”其实是同质异体的关系，二者在本质上是完全相通相似的，比如结构比较稳定、语义相对完整，可以独立存在等。正是基于这种考虑，在古代文学教学中，可以试从句群的角度切入，以宋词为中心，对它在作品中的结构、表情、审美意义，及其本身的美学特征和价值作一深入探讨，以期对词这一文学体裁作出新的解构与品读。

一　宋前诗文中的句群

文学意义上的句群也是由多个单句组合而成，一般来说，这种组合有两种方式：一种是意合句群，即无特定词语的句子组合而成的句群；另一种是关联句群，即有特定词语的句子组合成的句群。

意合句群，其组群关系多是由句群间各句本身的意义来直接表示，这种在《诗经》中就已出现，而且其中多是使用结构大致相同的句子组成的句群。如《卫风·硕人》和《小雅》中的《斯干》《无羊》等作品中，都存在这样的句群。

《卫风·硕人》：

1. 硕人其颀，2. 衣锦褧衣{3. 齐侯之子，4. 卫侯之妻，5. 东宫之妹，6. 邢侯之姨，}——7. 谭公维私。

{1. 手如柔荑，2. 肤如凝脂，3. 领如蝤蛴，4. 齿如瓠犀，5. 螓首蛾眉，}6. 巧笑倩兮，7. 美目盼兮。

第一个句群是由1、2两个单句领起，3～6句句式相同，都是用结构助词"之"字，分别从四个方面介绍了硕人的身份，最后以一单句点明硕人现在情况来作收束。

第二个句群是对硕人姿容的描述：1～5句是对硕人容貌细致的静态比喻性描摹，6、7句则是动态描述，推活前5句。

与《诗经》中的这种句群相比，以铺排见长的战国纵横家文，其句群的使用似更加复杂多样。除了这样由基本句式相同的句子构成的意合句群外，还有以词组或单句领起，最后再以单句收束的句群。

如《战国策·苏秦始将连横》中：

1. 大王之国，{2. 西有巴、蜀、汉中之利，3. 北有胡、貉、代马之用，4. 南有巫山、黔中之限，5. 东有肴、函之固。}{6. 田肥美，7. 民殷富，}{8. 战车万乘，9. 奋击百万，}

{10. 沃野千里，11. 蓄积饶多，}12. 地势形便，——13. 此所谓"天府"，——14. 天下之雄国也。

以{1. 大王之贤，2. 士民之众，3. 车骑之用，4. 兵法之教，}可以{5. 并诸侯，6. 吞天下，}——7. 称帝而治，——8. 愿大王少留意，——

9. 臣请奏其效!

这段由 2. 3. 个句子组成的说辞气势磅礴，很有感染力。这在很大程度上应该归功于两组句群的安排使用：第一个句群 14 句由“大王之国”作为领起，并列以“利”“用”“限”“固”为中心语的四个并列句表地势之便利；6、7 句推进一层并列陈述民富；8、9 句再进一层并列以示军事之强；10、11、12 句接前句总述地大物博；13、14 句是对前述 12 句的小结，整个句群呈总—分—总的结构，并且首尾遥相呼应。第二个句群笔调高扬，在第一部分铺排描述奠定的基础上，更申之以王霸之业。行文是这样组织的：首先用“以”字牵出四并列句分述“王贤”“民众”“车用”“兵教”的良好条件，再用“可以”来引出 5、6 句做结果，7 句做小结，8 句承上述文而来，用祈使语气引发大王注意，9 句则是用“其”总结上文，以“奏”来作为下文的铺垫，这两组句群都采用分述与总述相结合的方式。其中第一部分以第 14 句为中心句，是中心句在结尾处的典型句群。第二部分则以第 7 句为中心，是用“以”和“可以”引导出的诸句所达成的结果。

文中句群的这种使用情况在汉初得到了相当程度的延续，贾谊《过秦论》中也有类似以单句领起的句群：

1. 秦有余力而制其敝，{2. 追亡逐北，
3. 伏尸百万，
4. 流血漂橹；} 5. 因利乘便，{6. 宰割天下，
7. 分裂河山，} {8. 强国请服，
9. 弱国入朝。}

第 1 句做领起句，领出后面 8 个分句，其中动宾、并列、主谓短语交错使用，句式整齐而错落，5 句是群中又一小的领起句，与 1 句一样，在群中与对偶句结合使用，整个句群小而精致，层次感强，简洁而鲜明地道出了秦在诸国中所处的压倒性优势。

这种由单句领起、单句收束的句群是介乎有无特定词语之间的句群。而关联句群，即有特定词语组合的句群，其关联词形式也是多种多样的。

句中示意词语组合句子而成的句群：

这种示意关联词可以是方位词，如扬雄《解嘲》：

1. 今大汉，{2. 左东海，
3. 右渠搜，} {4. 前番禺，
5. 后椒涂，} {6. 东南一尉，
7. 西北一侯。}

即是以“今”为引导，并以方位词为关键字的两句为一对单位的对仗整齐的一个句群。

也可以是表时间关系的词语，如同篇中出现的：

昔
1. 三仁去而殷墟，
2. 二老归而周炽，
3. 子胥死而吴亡，
4. 种蠡存而越霸，
5. 五羖入而秦喜，
6. 乐毅出而福惧，
7. 范雎以折摺而危穰灌，
8. 蔡泽以噤吟而笑唐举。

即是在表时间的“昔”的领起下，对历史典故进行了对仗式的铺设排比。这组句群也是以两句为一对仗单位，而一组对偶与一组对偶间又呈并列。

该文中还出现了这样的今昔对比之文：

1. 夫上世之士
2. 或解缚而相，
3. 或释褐而傅，
4. 或倚夷门而笑，
5. 或横江潭而渔，
6. 或七十说而不遇，
7. 或立谈而封灌，
8. 或枉千乘于陋巷，
9. 或拥彗而先驱，

是以
10. 士颇得忕其舌而奋其笔，
11. 窒隙蹈瑕而无所诎也。

当今
12. 县令不请士，
13. 郡守不迎赐，
14. 群卿不揖客，
15. 将相不俛眉，
16. 言奇者见疑，
17. 行殊者得辟。

是以
18. 欲谈者卷舌而同声，
19. 欲步者拟足而投迹。

这是一个完整的句群，内部可分两层，一古一今，共同表述了“士”的古今不同表现及不同际遇，这种今昔之对比也是关联词构筑句群的一种重要形式，比起由单个时间词语领起的句群更显成熟。可以看出，第一层和第二层两个子句群结构十分相似，语言风格也很接近，所以前后对比强烈而鲜明，给人以深刻印象。

一般关系词语组合句子形成句群，如张衡《归田赋》中：

于是
1. 仲春令月，
2. 时和气清，
3. 原隰郁茂，
4. 百草滋荣，
5. 王雎鼓翼，
6. 仓庚哀鸣，
7. 交颈颉颃，
8. 关关嘤嘤，
9. 于焉逍遥，
10. 聊以娱情。

尔乃
1. 龙吟方泽，
2. 虎啸山丘，
3. 仰飞纤缴，
4. 俯钓长流，
5. 触矢而毙，
6. 贪饵吞钩，
7. 落云间之逸禽，
8. 悬渊沉之鲨鰡。

都是由虚词“于是”和“尔乃”引出的以四字句为主的句群结构，呈现出汉赋特有的铺排气势。

组群关系词语组织句子构成句群：

所谓组群关系词语，就是能把句子组织成句群的关系词语。如王褒《洞箫赋》中：

1. 故听其巨音，则{2. 周流汜滥，3. 并包吐含，} 4. 若慈父之畜子也。5. 其妙声，则{6. 清静厌瘱，7. 顺叙毕达，}

8. 若孝子之事父也。{9. 科条譬类，10. 诚应义理，}{11. 澎濞慷慨，12. 一何壮士，}{13. 优柔温润，14. 又似君子。}

文中“其巨音……若……”“其妙声……若……”的句子结构形式，以及12、14句中的“一何”“又似”这样的比喻词语，可以将若干句组织成表达一个中心意思的句群。

又如东方朔《答客难》中也有：

1. 今世之处士，2. 时虽不用，{3. 块然无徒，4. 廓然独居，}{5. 上观许由，6. 下察接舆，}{7. 计同范蠡，8. 忠合子胥，}

{9. 天下和平，10. 与义相扶，}{11. 寡偶少徒，12. 固其宜也。}13. 子何疑于予哉？

若夫{14. 燕之用乐毅，15. 秦之任李斯，16. 郦食其之下齐，}{17. 说行如流，18. 曲从如环，}{19. 所欲必得，20. 功若丘山，}{21. 海内定，22. 国家安，}23. 是遇其时者也。24. 子又何怪之邪？

13句与24句遥相呼应，都是反问句，是对前文的强调，这两句是该句群诸多句子组合的关键所在。其他诸如句中单句或表假设的单词领起，中间都是排句，再以问句作收束这样的特点就无须赘述了。

除上述不同构成方式组合的句群外，更为常见的是多重句群的结合运用，宋玉的《登徒子好色赋》即是由诸多小句群组成的一个大句群：

{1. 天下之佳人莫若楚国，2. 楚国之丽者莫若臣里，3. 臣里之美者莫若臣东家之子。}——4. 东家之子，{5. 增之一分则太长，6. 减之一分则太短，}

{7. 著粉则太白，8. 施朱则太赤。}{9. 眉如翠羽，10. 肌如白雪，11. 腰如束素，12. 齿如含贝。}13. 嫣然一笑，{14. 惑阳城，15. 迷下蔡。}——16. 然此女登墙窥（窥）臣三年，17. 至今未许也。

该句群中1、2、3句用由大至小、逐层缩减的收缩描写手法来引出东家之子，其中关键词即“莫若”，一连运用三个“莫若”来构成第一组句群，既是排比又是递进。4 句以“东家之子”为总起引出后面 5—15 句。5、6、7、8 四句用“之”和“则”等语助词做句中关键词，四个句子句式相同，是假设性质的排比句。9—12 句则由前四句的假设性描写转入直接具体的细节描写，连用四个“如”字来借比喻写出人物外貌之美。13 句则是转前数句的静态描写为动态描写，并由此动作带出 14、15 句作为结果，是个因果句。16、17 句则是上述句组的句群中心句，以一“然”字做转折下结语，从而从容表达出作者的节操。前数句是层层递进，步步修饰只为烘托最后的结语句，也即本语段的中心句。所以说，在这一句群中，所有内容都是为最后的中心句服务的。

不仅在纵横家和赋家笔下有一组组铺排华美、结构精巧的句群，在随后的六朝、唐代文人笔下，我们一样可以看到这种写作手法的运用。如鲍照的《芜城赋》、杜牧的《阿房宫赋》及李商隐等人的四六文中，都大量使用了类似上述的句群，精巧而灵活，对文章的结构组织和表情达意等起到了积极作用。

由于句群自身特殊的结构特点，注定了它在纵横家文和赋中有着上述突出表现。但比较而言，除《诗经》中少数诗篇中可以找到句群的痕迹，历代诗歌中并没怎么用到句群，这也是由诗歌的组织形式、表现容量等所决定的。然而，作为“诗余”出现的词，尤其是成熟鼎盛期的宋词，与句群在结构、形式等诸多方面有着天然的一致性，使得二者一拍即合。可以说，句群在词这里，恢复并强烈彰显了其生命力。

二　宋词中的句群类型

夏承焘在《唐宋词叙说》中说：“词渊源于周、隋以来的‘胡’乐，魏、晋、六朝以来的民间歌曲（清商乐），又结合六朝永明学者所发明的文字声调（四声），它融合古今中外的音乐组织以配合语言文字的声调组织，成为一种新文体。”① 这样看来，“词”作为音乐文学是从

① 夏承焘：《唐宋词叙说》，见于张宝坤编《名家解读宋词》，山东人民出版社 1999 年版，第 16 页。

乐府中来的，有其特定的节奏群。但词同时作为一种文字文学，从表意的角度，即使不关涉音乐，其文学性脉络继承也可以清晰地从汉赋中见到。这种特殊的句群形式，就是赋体缩微的经典形式在词中的体现。句群与节奏群不同，节奏群着眼于音乐，而句群则落实在内容。

句群可以视为是赋的最基本的形式要素，在赋体创作渐渐衰落后，它积极地进入宋词这样新的文体，成为其中重要的语言因素。宋词的句群常常也由四字对偶句构成，句群间关系有并列关系、因果关系、递进关系和转折关系等。有句群的宋词与无句群的宋词相比，也即长调和小令相比，就会发现无句群的宋词，一是内容上缺少很大的容量，失去了可反复渲染铺排的余地；二是结构上缺少一种可以回旋往复的张力。

宋词句群从功能上讲，可以分为三种：一种是主体句群，即全词是由多组句群组成的一个大句群结构。另外两种分别是过渡句群和插入句群，过渡句群和插入句群是和常句（即非句群）相结合而形成词的。词有小令、慢词之分，小令体制短小，不适宜使用句群。所以宋词中大量句群的使用多在慢词。慢词中有许多作品包含有句群，其中不乏大句群套小句群，即颇似《苏秦始将连横》的句群现象。在慢词中，上下片皆用到句群，即全词作为一个主体句群出现的有《沁园春》《永遇乐》《醉蓬莱》《风流子》《望海潮》《桂枝香》《八声甘州》《满庭芳》《水龙吟》《齐天乐》等等。上述是在词作中句群出现频率高，且作家运用广的词牌。还有大量词牌是只在上片或下片用到句群，上片用句群多见于起首或结尾处，如《满庭芳》《上林春》；下片用句群多见于过片处，如《迎新春》《诉衷情近》，可见词中句群的使用频率是很高的。

主体句群的解析可以从中心句有无及所在位置这个角度来入手，分为三类。

第一类，中心句在开端者。中心句在前者，多为前中心句做一意义上的领起，后面的对句再做渲染和铺展，甚至推及全篇，也基本如是。总括性提示居于群首，这种句群会首先概括地提出中心，然后在下文中加以阐发或论说。

柳永的《醉蓬莱》：

渐｛1. 亭皋叶下，
2. 陇首云飞，
3. 素秋新霁。｝4. 华阙中天，5. 锁葱葱佳气。｛6. 嫩菊黄深，
7. 拒霜红浅。｝8. 近宝阶香砌，

9. 玉宇无尘，10. 金茎有露，11. 碧天如水。1. 正值升平，2. 万儿多暇。3. 夜色澄鲜，4. 漏声迢递。5. 南极星中，6. 有老人呈瑞。7. 此际宸游，8. 凤辇何处，9. 度管弦清脆。10. 太液波翻，11. 披香帘卷，12. 月明风细。

在上片起句就是由“渐”引出的一组四字句，而下片过片处也是一组四字句群。而最具特色的则是收尾处再以一组四字句作结。上下片开端皆以四字句群开头并点明该片之意，后文则围绕该意铺展描绘。

王安石《桂枝香》起首便直言“登临送目”，并借“正”字引出下文两句点明节气，铺“千里”以写足4—10句之景，最后以一“画图难足”喻不尽意于笔外。下片同样先表出一“念”、一“叹”的情感，后又以旧事表隐情。

1. 登临送目，正 2. 故国晚秋，3. 天气初肃。千里 4. 澄江似练，5. 翠峰如簇。6. 归帆去棹残阳里，7. 背西风、酒旗斜矗。8. 彩舟云淡，9. 星河鹭起，10. 画图难足。

1. 念往昔、2. 繁华竞逐，叹 3. 门外楼头，4. 悲恨相续。5. 千古凭高，6. 对此谩嗟荣辱。7. 六朝旧事随流水。8. 但寒烟、9. 芳草凝绿，10. 至今商女，11. 时时犹唱后庭遗曲。

第二类，中心句在结尾者。中心句在后者，多是对句在前，而后一句则起收束汇拢词意的作用，故中心句在后。总括性提示居于群尾，与前一类相反，这些句群往往在前面几句先作具体阐述，然后再进行概括性总结或于后一句点明该句要旨，如李清照的《永遇乐》就是典型的代表：

1. 落日镕金，2. 暮云合璧，3. 人在何处？
4. 染柳烟浓，5. 吹梅笛怨，6. 春意知几许？
7. 元宵佳节，8. 融和天气，9. 次第岂无风雨？
10. 来相召，11. 香车宝马，12. 谢他酒朋诗侣。

1. 中州盛日，2. 闺门多暇，3. 记得偏重三五。4. 铺翠冠儿，5. 捻金雪柳，6. 簇带争济楚。7. 如今憔悴，8. 风鬟霜鬓，9. 怕见夜间出去，——10. 不如向，11. 帘儿底下，12. 听人笑语。

这首词从句群角度分析有两个特色：一是上片和下片都可以分别看作两个大句群，上片是先用以写景为主的三组句群作一铺垫，最后道出中心句“谢他酒朋诗侣”；下片则是借两个表时间的词“记得”“而今”形成前两句与后两句描述今昔之差别，最后在结尾处道出“不如向、帘儿底下，听人笑语”的凄凉心境。二是这首词的每一小句群都是采用主题句即中心句后置的形式，所以读来颇耐人寻味。

无独有偶，在陆游的《苏武慢》中也运用了前两句铺设后一句收束的方式：

1. 淡霭空蒙，
2. 轻阴清润，} 3. 绮陌细初静。
4. 平桥系马，
5. 画阁移舟，} 6. 湖水倒空如镜。} 叹{10. 连成戍帐，11. 经春边垒，} 12. 暗凋颜鬓。
7. 掠岸飞花，
8. 傍檐新燕，} 9. 都似学人无定。

1—9 句中，后一句都是前两句的中心句，前二句之描摹是为落在后一句之实处。这九个景句后，以一“叹”字化景语为情语，尤见手法之妙。下片亦如是：

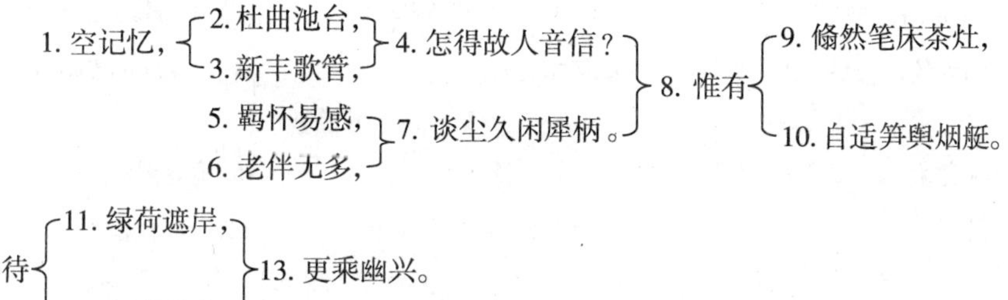

其中尤以两片收尾处各以一情感动词“叹”及行为动词“待”分别引出地点句 10、11 和时间句 11、12，最能凸显匠心独运之处。另有上片在中心句后置的小句群中，每前两句对偶整齐，而后一句或用拟人，或用明喻，于句式参差中又可见语义的对应，即 3、6、9 句实则存在内在的联系，研读时不可不知。

另外秦观的《望海潮》也频用此种手法：

1. 梅英疏淡，2. 冰澌溶泄，3. 东风暗换年华。4. 金谷俊游，5. 铜驼巷陌，6. 新晴细履平沙。7. 长记误随车，正8. 絮翻蝶舞，9. 芳思交加，10. 柳下桃蹊，11. 乱分春色到人家。

1. 西园夜饮鸣笳，有2. 华灯碍月，3. 飞盖妨花。4. 兰苑未空，5. 行人渐老，6. 重来是事堪嗟。7. 烟暝酒旗斜，但8. 倚楼极目，9. 时见栖鸦。——10. 无奈归心，11. 暗随流水到天涯。

其中下片结语处之“暗随流水”又遥相呼应于上片开端之“冰澌溶泄”，不可不谓之妙笔。

第三类，中心句不言明，化在全句中。无中心句者，如柳永之《望海潮》《笛家弄》等，多用四字对句，重铺排，多描摹，意象叠加，这种句群也被称为是“列锦格”，即一组意象的罗列。如柳永的《破阵乐》中：

1. 露花倒影，2. 烟芜蘸碧，3. 灵沼波暖，4. 金柳摇风树树，5. 系彩舫龙舟遥岸。6. 千步虹桥，7. 参差雁齿，8. 直趋水殿。9. 绕金堤10. 曼衍鱼龙戏，11. 簇娇春罗绮。12. 喧天丝管，13. 霁色荣光。14. 望中似睹，15. 蓬莱清浅。时见1. 凤辇宸游，2. 鸾觞禊饮。3. 临翠水开镐宴，4. 两两轻舠飞画楫，5. 竞夺锦标霞烂。6. 罄欢娱，7. 歌鱼藻。8. 徘徊宛转。别有9. 盈盈游女争收翠羽，10. 各委明珠相将归远。渐觉11. 云海沈沈，12. 洞天日晚。

这种无中心句之句群，颇似电影中的蒙太奇手法。全部是意象的叠加，也被称为“积累式蒙太奇”，一般来说，它具有形式的简洁性、意义的指物性和形象的描写性。

最著名的还要属这首《望海潮》：

1. 东南形胜，2. 三吴都会，3. 钱塘自古繁华。4. 烟柳画桥，5. 风帘翠幕，6. 参差十万人家。7. 云树绕堤沙，8. 怒涛卷霜雪，9. 天堑无涯。10. 市列珠玑。11. 户盈罗绮。12. 竞豪奢。

1. 重湖叠巘清嘉。有{2. 三秋桂子，3. 十里荷花。}{4. 羌管弄晴，5. 菱歌泛夜。}6. 嬉嬉钓叟莲娃，{7. 千骑拥高牙。8. 乘醉听箫鼓，}9. 吟赏烟霞。——10. 异日图将好景，11. 归去凤池夸。

几乎都用意象罗列的手法，全词23句，四字对句就有6对。“是典型的赋体结构。这种形式如同贴锦、刺绣，最宜铺叙排比，发扬声势，造成淋漓尽致的艺术效果”①。

“宋初慢词，犹接近自然时代，往往有佳句而乏佳章。自屯田出而词法立，清真出而词法密，词风为之丕变。”② 如果说柳永的大量创作是使得词摆脱了诗的母体实现独立的最后完成，那么周美成的创作则使得铺叙式的句群创作法得到了后来词家的接受。夏敬观《手批〈乐章集〉》中说：“学清真词者，不可不读柳词。耆卿多平铺直叙。清真特变其法，一篇之中，回环往复，一唱三叹。故慢词始盛于耆卿，大成于清真。”故而使得后来文士也多用此种手法创作，如苏轼就有多用句群的《水龙吟》：

1. 楚山修竹如云，2. 异材秀出千林表。{3. 龙须半翦，4. 凤膺微涨，5. 玉肌匀绕。}6. 木落淮南，{7. 雨晴云梦，8. 月明风袅。}自{9. 中郎不见，10. 桓伊去后，}11. 知孤负、秋多少。

1. 闻道岭南太守，2. 后堂深、绿珠娇小。{3. 绮窗学弄，4. 梁州初遍，5. 霓裳未了。}{6. 嚼徵含宫，7. 泛商流羽，}8. 一声云杪。9. 为使君洗尽，{10. 蛮风瘴雨，11. 作霜天晓。}

另辛弃疾也有大量的包含丰富句群的作品，他的词作《水龙吟》（登建康赏心亭）：

{1. 楚天千里清秋，2. 水随天去秋无际。}3. 遥岑远目，{4. 献愁供恨，5. 玉簪螺髻。}{6. 落日楼头，7. 断鸿声里，}8. 江南游子，把

① 周笃文：《湖山胜概 雏凤新声》，转引自《唐宋词鉴赏集》，人民文学出版社1983年版，第16页。

② （清）蔡嵩云：《柯亭词论》，中华书局1986年版。

9. 吴钩看了，10. 栏干拍遍，} 11. 无人会，12. 登临意。{1. 休说鲈鱼堪鲙，2. 尽西风，3. 季鹰归未。4. 求田问舍，5. 怕应羞见，6. 刘郎才气。7. 可惜流年，8. 忧愁风雨，9. 树犹如此。}

——10. 倩何人，11. 唤取盈盈翠袖，12. 搵英雄泪。

可谓是几组绝佳的句群集合，尤以上片中3句为承上启下的对“秋”与“山”的描绘为妙笔。而6、7句又与8句呈主语倒置状，但又因此地引接出9、10句的动作，前后结构安排之巧妙不借句群实难表达。

除了全词运用多重句群构成主体句群外，还有只出现在上片或下片的单重句群，它们与常句（即非句群）相结合，在词中形成一种错落有致的美感。它们有时出现在起首，有时出现在过片处，有时则出现在词结处。单重句群也分为过渡句群和插入句群，常常起到支撑及过渡的作用。上片常用句群的词牌有《满庭芳》《倾杯》《玉女摇仙佩》《法曲献仙音》《上林春》《早梅芳》等。下片常用句群的词牌有《迎新春》《诉衷情近》《庆寿光》《洞仙歌》《安公子》等。

上片起首即用句群的如柳永的《玉女摇仙佩》：

1. 飞琼伴侣，2. 偶别珠宫，} 3. 未返神仙行缀。4. 取次梳妆，5. 寻常言语，} 6. 有得几多姝丽。

其中1、2. 对句及4、5. 对句皆为流水对，而3、6. 两个收束句又或否定或反问，故词意萦绕徘徊，在整齐间颇见变化，使全词起首便为一种缠绵低回的气氛所统摄。

晁端礼的《金盏子》：

1. 断魂凝睇。望{2. 故国迢迢，3. 倦摇征辔。4. 恨满西风，有{5. 千里云山，6. 万重烟水。

起首6句两组句群形式整齐颇见功力。都是由一单句总起，一领字领起后两个对句的形式，而且5、6句是数字对，使得全词在起首处就已有句式整齐节奏鲜明的特点。

句群在过片者，句群在过片处，最要紧是不可断了意脉。刘体仁在《七颂堂词绎》中说：“中调、长调转换处，不欲全脱，不欲明粘，如画家开阖之法，须一气而成，则神味自足，以有意求之而不得也。”

如晁端礼的《庆寿光》：

{1. 灵龟荐祉，3. 千钟泛酒，况有{5. 新教歌舞，
{2. 紫鸾称寿，4. 百和焚香。　　{6. 妙选丝篁。

还有柳永的《中吕调·安公子》：

望处{1. 旷野沈沈，
　　{2. 暮云黯黯，3. 行侵夜色。

句群在词尾者，如周邦彦的《侧犯》结尾处是“见说胡姬，酒垆寂静。烟锁漠漠，藻池苔井”。两组对句。还有《塞翁吟》也是“菖蒲渐老，早晚成花，教见薰风”。一组排句。

三　宋词句群的美感体验

研读完这些句群，不难发现这种较稳定的句群结构，能使得短篇的铺排及抒情成为可能，更使得在有限篇幅内包含更多令人回味无穷的意象，这些意象借句群得以强化，借句群得以舒展绵延，往往使一句有百句之用。而且宋词中的句群结构往往精巧，在前后文中既是一种渲染铺垫，更能独立成篇。如果作一比喻，似乎可以说读词颇似看山，读至一句群处就恰似半山的小亭一点，既融入山中不着痕迹，又可独立而外做一佳景。句群在词中的运用不仅有助于安排、组织词的结构，有利于抒情达意，而且往往有其独特的审美功能和价值。

（1）“渲染型”：作为插入句群或过渡句群，可以实现在叠加的丰富意象中见融景入情之妙。即一句群中情、景皆备，是个本身就足具表现力的相对完整的抒情体式。或情前景后，或景前情后，互为照应，前后摇曳生姿。如柳永《戚氏》中有：

远道迢递，}倦听陇水潺湲。正{蝉吟败叶，相应喧喧。
行人凄楚，}　　　　　　　　{蛩响衰草，

前一句群写三个叠加的意象：“远道”“行人”“陇水”，缀以“迢递”“凄楚”和“潺湲”的情语。后一句群则用表时间的“正”字做领，引出后两个包含有极具游子思乡文化积淀的“蝉”“蛩”意象的对句，渲染此时游子行人的“凄楚”心理。

如贺铸的《柳色黄》中有“薄烟收寒，斜照弄晴，春意空阑”。前两句是染，铺写景，后一句是点，指明景语欲表达的情境。这组句群给

人以先铺后拢的审美感受。陆游的《水龙吟》（春日游摩诃池）中有“韶光妍媚，海棠如碎，桃花欲暖”。前为点笔，后两句为染笔，以具象来详写春光，给读者带来欲收还放的审美体验。

（2）“积累型”：把多个故事典故或所化用前人成句积累到一起，自成一格。即隐括法的使用。可以帮助堆砌典故和化用成句。这样一个句群中往往可以容纳多个典故来共同集中表达一个中心义。

如辛弃疾的《一剪梅》：

1. 独立苍茫醉不归。{2. 日暮天寒，
3. 归去来兮。} 4. 探梅踏雪几何时。{5. 今我来思，
6. 杨柳依依。}

1. 白石江头曲岸□。{2. 一片闲愁，
3. 芳草萋萋。} 4. 多情山鸟不须啼。{5. 桃李无言，
6. 下自成蹊。}

上下片结尾处都是由前人成句构成，在这里又与前面散句合为句群，自成一格。

（3）“审美型”：散对结合的经典形式，是自诗经的赋到散文的铺排到赋体的规范，一直到宋词的句群一脉相承的。这种已经较为成熟的相对固定的文字模式符合人们的审美期待，是对赋体文学的一种继变。

柳永的《曲玉管》即是这类词，上片写道：

{1. 陇首云飞，
2. 江边日晚，} 3. 烟波满目凭阑久。立望 {4. 关河萧索，
5. 千里清秋。} 6. 忍凝眸 {7. 杳杳神京，
8. 盈盈仙子，}

9. 别来锦字终难偶。——10. 断雁无凭，——11. 冉冉飞下汀洲。——12. 思悠悠。

词首就出现一组句群，该句群是一个倒装结构，是由两个四字对偶句和一个七言句组成的句群。是描述在前落点在后，前两句四言句是对“凭阑久”后“满目”“烟波”的描写。而4、5句是在“立望”这样一个引领性动态词后的对“望”的内容的呈现。上片三组句群皆采用散对结合的形式。

（4）“特写式”：总领与细分相结合，犹如摄像中的长镜头与短镜头的交互使用。既可用一句群总领全词，也可在某一细节处运用一句群达到细观微察的作用。即显微镜式的描写，是属于特写式。在全词中，如果说其他处如山水画淡墨轻描，那此一句群就如工笔细绘详摹直至须发毕现。柳永的《夜半乐》：

望中酒旆闪闪，{一簇烟村，
数行霜树。}

由“望”的动作带领读者的视线，由酒旆看到烟村，再到霜树。尤其是句中所用数字更强化了视觉效果，是一组精美的数字对。除此之外还有柳永的《笛家弄》中仅上片，就用移动摄像般的笔法，借三组整齐的句群，把清明后的游春图，从花到草到舟到银塘到金堤都描摹得如现眼前。

领字是指将下句提起之字，起提领下文的作用。慢词中常出现由领字牵出的固定的几句词组组成的句群，常常会令读者感到既对仗整齐又富于变化。研究词的句群特点，对它无论是作为音乐的附庸，还是抒情的载体都是有意义的。从音乐角度讲，句群是词固定模式的一种保证；而从抒情角度看，句群也是反复渲染以加强抒情达意效果的最好板块。除柳永作品外，秦观、苏轼等人也都尝试用领字引出句群，在词中构成错落别致的文句。

用领字引领句群较为集中的如周邦彦的《忆旧游》：

记{1. 愁横浅黛，
2. 泪洗红铅，
3. 门掩秋宵。}4. 坠叶惊离思，听{5. 寒蛩夜泣，
6. 乱雨潇潇。}7. 凤钗半脱云鬟，8. 窗影烛光摇。渐{9. 暗竹敲凉，
10. 疏萤照晚，
11. 两地魂销。}

1. 迢迢。2. 问音信，道{3. 径底花阴，
4. 时认鸣镳。}5. 也拟临朱户，叹{6. 因郎憔悴，
7. 羞见郎招。}8. 旧巢更有新燕，9. 杨柳河桥。但——10. 满目京尘，11. 东风竟日吹露桃。

起首领字“记”便为警醒字，领出三个对句，上片还有“听”领出一组两句，“渐”领一组三句。下片则有“道”字领出两句，“叹”字领出两句。

另外领字只用于单片的居多。如秦观《风流子》上片有：

见{1. 梅吐旧英
2. 柳摇新绿}{3. 恼人春色
4. 还上枝头}5. 寸心乱{6. 北随云黯黯
7. 东逐水悠悠}{8. 斜日半山
9. 暝烟两岸}{10. 数声横笛
11. 一叶扁舟}

由“见”和“寸心乱”分别引出的四句和六句句群。

苏轼的《沁园春》中“渐”领出的下四句：

{1. 孤馆灯青，
2. 野店鸡号，
3. 旅枕梦残。}渐{4. 月华收练，5. 晨霜耿耿。
6. 云山摛锦，7. 朝露漙漙。}

叶梦得《八声甘州》（故都迷暗草）中有：

想{1. 乌衣年少，2. 芝兰秀发，}3. 戈戟云横。

吴文英《八声甘州》有句：

幻{1. 苍崖云树，2. 名娃金屋，3. 残霸宫城。

此种句群在词中频繁出现，不胜枚举。

另外，在句群的使用中，还有借前后两组句群形成句群间的暗合，如周密《一萼红》上片写道：

1. 步深幽——正{2. 云黄天淡 3. 雪意未全休{4. 鉴曲寒沙 5. 茂林烟草 6. 俯仰千古悠悠{7. 岁华晚、漂零渐远 8. 谁念我、同载五湖舟

{9. 磴古松斜 10. 崖阴苔老 11. 一片清愁

其中由“正”引出景语2、3、4、5句，继而引发“俯仰千古悠悠”的喟叹，这是景前意后的感叹句，与后面另一句群“磴石松斜，崖阴苔老，一片清愁”无论是景情布局结构还是情感抒发类型都是呼应与暗合的。这样两组句群出现在同一片中就显得不仅有前后照应情感气脉一气呵成的效果，更给人一唱三叹回环往复气韵浑成的审美感受。

另外还有张先的《壶中天》上下片两组句群遥相呼应：

上片有：

万里舟车 十年书剑}此意青天识

下片则有：

滚滚江横 呜呜歌罢}渺渺情何极

另有汪莘的《沁园春》（忆黄山）上下片句群处皆遥遥相对：

1. 三十六峰 2. 三十六溪}3. 长锁清秋对{4. 孤峰绝顶 5. 云烟竞秀 6. 悬崖峭壁 7. 瀑布争流{8. 洞里桃花 9. 仙家芝草}10. 雪后春

正取次游 11. 亲曾见是{12. 龙潭白昼 13. 海涌潮头

上片有“对”引出的4至9句，其中4、5与6、7. 相对应，而8、9句则也是对仗整齐。11句引出的12、13句也是句式对整，下片亦如是：

1. 当年黄帝浮丘
2. 有玉枕玉床还在不 向 {3. 天都月夜 4. 遥闻凤管 {7. 砂穴长红 / 8. 丹炉已冷} 9. 安得灵方闻 / 5. 翠微霜晓 6. 仰盼龙楼}

早修 10. 谁知此问 {11. 原头白鹿 / 12. 水畔青牛}

柳永的《望远行》中：

上片有：

1. 乱飘僧舍，
2. 密洒歌楼，} 3. 迤逦渐迷鸳瓦。

下片有：

1. 皓鹤夺鲜，
2. 白鹇失素，} 3. 千里广铺寒野。

上片由“乱飘”“密洒”写雪落之状，而“僧舍”“歌楼”分别写其地点，收束句“迤逦渐迷”是雪落后的效果。下片相应位置遥遥相对的是，以“夺鲜”“失素”极摹其色，而后句收束写其地点——千里寒野。两个句群对应，且互相补充，第一组先点明地点，再状其观感，后一组先极夸其观感，再铺展千里写其地域。

宋词句群格局整齐的特点是词家精心安排的结果，而句群中句子或说明、或描述、或渲染能显示出句群内部结构有机结合的内聚力。所以我们说了解句群更有助于帮助我们进行古代文学的教学。而借曲度词的宋词，尽管有曲格的限制，但有句群这样一个具有表达力的、在语势上有整体感的文字组合单位，我们就能在回环往复的感叹描摹中，体会词家的匠心独运之处。

总的看来，句群在文学作品中的使用历时弥久，有些已经成为经典范例，鲜活地长存于我们的记忆中。在古代文学教学中，句群自身在结构、表意等方面的审美功能，加之它在作品中灵动的嵌入，带动作品呈现一系列的美感效应，尚值得我们作深入透视和挖掘。

（耿朝晖发表于《社会科学论坛》2010 年第 9 期）

生命情韵与古代山水诗教学

在中国文学中诗歌是一颗最璀璨的宝石，她是所有文学艺术中最精美、最富灵性的作品。诗，是伴随人类一路走来最早的艺术形式，是人类唱给宇宙自然最为淳美的情歌。诗人们用最本真的方法感知宇宙，探索宇宙，亲近自然。诗歌的存在不为诠释自然现象，不去揭露宇宙规律，而是表明人与自然的亲密关系！诗是中国人观照自我和宇宙的唯美的方式，诗在中国发生着无可替代的作用和积极的意义。

那么诗歌在中国诗人心灵的地位和意义如何呢？林语堂先生说："我觉得中国的诗在中国代替了宗教的任务，概宗教的意义为人类性灵的发抒，为宇宙的微妙与美的感觉，为对于人类与生物的仁爱与悲悯。宗教无非是一种灵感，一种活跃的情愫。中国人在他们的宗教里头未曾获此灵感或活跃的情愫，宗教对于他们不过为装饰点缀物，用于遮盖人生之里面者，大体上与疾病死亡发生密切关系而已。可是中国人在诗歌里头寻获了这灵感与活跃的情愫。诗又曾教导中国人以一种人生观，这人生观经由俗谚和诗卷的影响力，已深深渗透一般社会而给予他们一种慈悲的意识，一种丰富的爱好自然和艺术风度的忍受人生。经由它的对自然之感觉，常能医疗一些心灵上的创痕，复经由它的享乐简单生活的教训，它替中国文化保持了圣洁的理想。有时它引动了浪漫主义的情绪而给予人们终日劳苦无味的世界以一种宽慰；有时它迎合着悲愁、消极、抑制的情感，用反映忧郁的艺术手腕以澄清心境。它教训人们愉悦地静听雨打芭蕉，轻快地欣赏茅舍炊烟与晚云相接而笼罩山腰，留恋村径闲觅那茑萝百合，静听杜鹃啼，令游子思母，它给予人们以一种易动怜惜的情感。对于采茶摘桑的姑娘们，对于被遗弃的爱人，对于亲子随军远征的母亲，和对于战祸蹂躏的劫后灾难。总之，它教导中国人一种泛神论与自然相融合：春则清醒而怡悦；夏则小睡而听蝉声喈喈，似觉光阴之飞驰而过若可见者然；秋则睹秋叶而兴悲；冬则踏雪寻诗。在这样的意境中，诗很可称为中国的宗教。吾几将不信，中国人倘没有他们的诗——生活习惯的诗和文字的诗一样——还能生存迄于今日否?”①这一段富有诗意的文字道尽了诗歌之于中国文人的意义和在中国的现实作用。诗歌使我们触摸到内心深处纯美的人性。虽然身居诗国，我们并非都是诗人，但涌动在心灵深处的诗歌情愫世代相传。灵动的诗心、敏锐的诗思将人与自然万物的距离缩短，甚至消弭。

古典诗坛上，吟咏自然的山水诗是一道亮丽的风景。那么如何在有限的课堂教学中去充分阐释蕴含于山水诗的生命情韵和艺术美感，这是对教师的挑战，也是高校汉语言文学专业诗歌课堂教学中值得深思的课题。

理解一首诗的唯一方法就是去欣赏它。——泰戈尔

那么，欣赏是诗歌教学的金钥匙!

一　当代高校古代诗歌教学现状思考

诗歌伴随着人类的诞生而产生。在没有文字的时代，它以口传的方式存在，有了文字便以书面的形式保存。诗歌在中国文学中享有着绝对的主流地位。在中学语文乃至大学汉语言文学专业的课程中，诗歌所占比重最大。在高校汉语言文学专业总计两百多个课时的古代文学教学活动中，诗歌教学几乎占据了半壁江山。然而，高校汉语言文学教学大纲对诗歌学习的要求，仍然停留在满足于一般的识记和欣赏。甚至，高校中国古代诗歌教学除在文学史知识及诗歌数量上有所扩充外，大体上还是延续了中学的教学模式。诗歌欣赏或过度渲染创作背景，或大谈知人论世，诗歌讲授仅仅满足于讲章解经，轻描淡写地解释其中几个生疏的字词，或一两处较陌生的诗句，重外围介绍，却淡化文本细读而无法进入到诗歌深处，既不能体悟诗歌委婉含蓄的艺术美，也不能感受诗歌深

① 林语堂:《吾国吾民》，陕西师范大学出版社2006年版，第230—231页。

沉博大的情韵美。至于培养学生的欣赏品位和提升审美情趣的基本教学目的的实现，也就很难落实，更不要说实现了。所谓的诗歌教学不过就是隔靴搔痒而已。教师似乎费了不小的气力，不但不被学生讨好，反而打乱了学生原有的常识序列。如此教学，不仅肢解了诗歌的整体美，更挫伤了学生学习诗歌的兴趣。

造成上述现状的原因，至少有三个：（1）就客观而言，实用至上、急功近利的学风，使得古典诗歌的学习简直无法和英语、计算机等实用性学科同日而语。应付各种过级考试，导致学生们重英语轻语文的现象泛滥成灾。（2）就内因来说，国内长期的语文教育过于重视语文的工具性，而忽略了文学的艺术性与审美性。（3）就教师而言，在教学实践中，不可避免地存在着诗歌欣赏能力的差异性。在具体的诗歌教学中，由于个性差异、经历不同、际遇不一、学识有别，每个人感受诗意的能力不尽相同。加之各异的才情，导致教师对诗歌的体悟差异迥然。所以，欣赏一首诗，未必比创作一首诗更易，而讲好一首诗歌更难。很多担任高校古代文学课的教师都有一个共同的体验，即与散文、小说、戏曲等游刃有余的课堂操控式相比，诗词的教学显得十分拘谨。一首五言绝句，区区 20 个字，个个清晰明了，可是欣赏起来却无从着手，自己的知识和才华捉襟见肘。比如孟浩然《春晓》、李白《静夜思》等这些耳熟能详的古诗精品，我们怎样去讲透讲好呢？难道因为我们从小就会，太熟悉的诗歌就不去讲了吗？是不值得讲呢？还是不敢呢？这个问题的答案每个古代文学教师心知肚明，不言而喻了。

学界关于诗歌教学方式的讨论，归纳起来大致如下：（1）美育教育；（2）音乐欣赏；（3）思想启发（儒家思想）；（4）诵读法；（5）溯源法；（6）游戏法；（7）入境法；（8）比较法；（9）形象法；（10）玩味法等等。究其实质，此类的方法只是一些技巧而已，并没有真正解决课堂教学中传授经典、展示诗歌生命魅力的问题，也没有解决诗歌教学如何达到审美教育目的的问题，以及如何让学生充分体会蕴含在诗歌中的生命情韵的旨归。因此，如何教好诗歌，使每个学生体验丰富的生命情韵，引发对生命的思考，以及获得思想教育、文化涵养和审美享受是每位教师肩负的重任。目前高校古典诗歌教学存在的弊端正是人文精神的缺失和教学流于形式的陋习。那么，究竟如何改变这一存在已久的弊端呢？

诗歌是语言的艺术，它是用最凝练的语言表达最深沉的情感；诗歌是诗人情感的载体，它凝聚着人类的浓浓深情。如何用现代的语言去诠释古典的诗歌，这首先就是个难题，而山水诗的讲授更是难上加难。品读好诗，如面佳人，倾心艳慕，与之神交，瞬间获得美丽无限。而讲诗歌，则另当别论了。其中首忌摘章寻句，更恨断章取义，使诗意支离破碎，诗美荡然无存。在课堂特殊的语境中，和学生一起走进诗歌，并完成诗歌鉴赏，重在引导，使其披开语言，投入诗歌生命中，用心品味、体会、感悟诗歌之美，促成其进入诗我一体的审美境界，使他们瞬间净化的心灵在诗歌唯美的意境里得以栖居！此时的教师完全可以淡出教学场景，彻底退出现场视域，意在呈现对诗歌的深情守望和对诗人的真诚艳羡！

二　古代山水诗教学举隅

在人类社会生活中，大自然的一草一木、一山一水，无不与人类的生命休戚相关。一方田园、一片风景，在多愁善感的中国文人眼中，都富有盎然的生机和诗意，每一片自然风景，都有自己的情趣和韵致，每一处风光自有动人的魅力。诗人对自然景物并不是纯粹客观地去欣赏和描摹，而是将深厚的情感熔铸到自然山水中，去探寻生命哲学的底蕴。他们通过对或悠远空灵，或冷寂荒寒，或清秀隽美，或壮阔开朗的意境创造，来彰显诗人强烈的生命追求，折射出诗人浓郁的情感特质和盈盈的生命意识，展示出古典诗人澄澈的心灵世界。因此，文人笔下的山水诗承载了中国文人博大深沉的人生情感和生命情怀。

在具体的教学中，我们发现现行的中国文学史教材无一例外地避免对山水诗有一个清晰明确的概念界定，往往将山水诗与田园诗混为一谈。这致使教师也多采取盲从的态度，不去探究山水诗的特质，因而导致学生印象模糊。他们可以滔滔不绝地大谈一些空洞的理论，但如果要求具体分析或评介山水诗与田园诗题材的内涵和意义时，却不知所云。

诗歌教学的目的之一，就是要教会学生运用所学知识，去理解、分析、判断和鉴赏诗歌。因此，山水诗教学首先要让学生搞清山水诗的内涵和特质——山水诗是以大自然的山水景物描写为主体的诗歌。它是人对自然的审美达到一定程度的产物，它的产生表明了人对自然美的感知和把握，也意味着人对自然的亲近友好的态度，“对于自然美具有一个直接的兴趣（不但具有评定它的鉴赏力）是一个良善灵魂的标志。”① 这是十分纯粹的情感经验，是对自然直接的感受和兴趣，无须任何目的。“谁人孤独地（并且无意于把他所注意到的一切说给别人听）观察着一朵野花、一只鸟、一个草虫等的美丽形体，以便去惊赞它，不愿意在大自然里缺少了它，纵使由此就会对于他有所损害，更少显示对于他有什么利益，这时他就是对于自然的美具有了一种直接的、并且是智性的兴趣了。”② 这种对自然美的感知不仅仅是对自然的尊重，更是将客体化自然转向主体化自然的过程，甚至是将人的生命融入自然的过程。这是一个审美的历程，是人的生命律动与自然宇宙、存在世界的和谐、共振之后产生的愉悦，是自然精神在人的精神中的隐含和折射。如此，我们就清楚了作为一种诗歌题材的山水诗其诗学的命意和诗歌的内涵所在，这是学生认识山水诗的前提，而非先入为主的介入。只有当学生清晰地认识到山水诗与其他诗歌题材的不同之处，方可对山水诗产生兴趣。

就诗歌的题材意义而言，山水诗的核心是山水本身的呈现，是自然景物的演出。所以，真正的山水诗是将山水景物置于诗歌主体的地位，自然景物成为诗歌描写的全部，而山水旨在传达出诗人心中的情感与生命的感受，“诗中的山水（或山水自然景物的应用）和山水诗是有别的。譬如荷马史诗里大幅山川的描写，《诗经》中的溱洧，楚辞中的草木，赋中的上林，或罗马帝国时期的叙事诗中的大幅自然景物的排叙，都是用自然山水景物作为其他题旨（历史事件、人类活动行为）的背景；山水景物在这些诗里只居次要位置，是一种衬托的作用；就是说它们还没成为美感观照的主位对象。我们称某一首诗为山水诗，山水解脱起衬托的次要的作用而成为诗中美学的主位对象，本样自存。”③ 这段

① ［德］康德：《判断力批判》，宗白华译，商务印书馆 1964 年版，第 143 页。
② 同上书，第 143—144 页。
③ 叶维廉：《中国诗学》，生活·读书·新知三联书店 1992 年版，第 84—85 页。

话语较清晰地描述了山水诗与一般写景诗的区别，以及山水诗的基本特质。山水诗是从纯粹审美的角度看待自然山水，它有别于玄学的人生态度，也不同于儒家功用主义的创作态度。它综合了佛家的境界说，并自觉履行抒情言志的诗学要求。因而，山水诗是融合了山水审美意识与山水绘画理论、玄学思维方式、写景诗的艺术经验以及道家“以物观物”“万物归怀”的观物态度和物我关系建立过程中的实践经验等形成的诗歌题材，是我国特有的一种诗歌艺术。本着这样对诗歌题材的认识，引领学生走进山水诗的殿堂，引起他们对山水诗的欣赏与体悟，也就水到渠成了。

欣赏山水诗，首先感受到流溢于诗间浓郁的生命情韵，这是山水诗的精神，也是山水诗教学的基点，其因恰在于山水诗的内涵中，而山水诗的生命情韵又往往外化为乡思与怀归之情。山水诗的开创者谢灵运，因遭遇贬谪而远离故乡且满腹牢骚，故而在山水中寻找安顿自己的心灵家园，并借山水来表达乡思与抒发失意，企望山水拂去游子心头浓浓的忧伤。诗人自觉地摄取自然界的山水风物，将自然山水作为审美对象，并作为诗歌的主体，自然山水成了诗人心中永远的故乡。游历山水的过程实际上是诗人寻觅精神家园的历程，模山范水又何尝不是与自然对话、与自己的真身对话、与故乡的亲人对话的过程呢？因此，山水诗中寄托的是诗人对自然山水的深深眷恋和人生失意的惆怅。通过教学，在品读“佳期怅何许，泪下如流霰”等的诗句中，谢朓那颗敏锐诗心，那弥漫于诗间的淡淡乡愁不觉跃然纸上，动人心扉，引起学生的共鸣。

乡愁作为一种情感类型，漂泊是乡愁的起点，也只有游子的体味最深刻，最令人感动。马致远的《天净沙·秋思》是表达乡愁的典范：“枯藤老树昏鸦。小桥流水人家。古道西风瘦马。夕阳西下，断肠人在天涯。”这首仅仅28个字的小令，竟将11个互不关联的意象蒙太奇般地依次拉到读者面前，但读者凭着这些确定点就可以完全确立它们之间的不确定点，从而使“天涯断肠人”的审美意象逐渐连缀、完善、丰满起来，读之令人黯然伤神，低回无限。其文学意义正在于它写出了千古诗人漂泊无依的孤独和永恒的乡愁。那夕阳下，西风古道中久久伫立的天涯游子，从此定格成了一个典型的意象。又如孟浩然的山水名作《宿建德江》：“移舟泊烟渚，日暮客愁新。野旷天低树，江清月近人。”

第一、二句充盈着浓浓的乡愁，以“移”来修饰“舟”，意味深远，暗传出停泊是暂时的，而无尽头的漂泊仍将继续。诗人心头的愁绪随着江上的茫茫雾霭慢慢升起，四处飘散，无处归依。下面的两句无论如何旷达，都显得虚弱无力，貌似清新开阔的境界不过是诗人无奈之下的自解语而已。设若理解为“诗人抛弃了心中的愁绪，忘却羁旅中的自我，把虚静无为之我直接纳入自然，成为自然现象的一部分，‘野旷天低树，江清月近人’完全超越了‘日暮客愁新’的自伤自怜，而以直觉关照自然，以自然现象本身的显现来传达诗人从‘自我’伤怜中解脱出来……诗人在美感经验里，从现实人生中解脱了出来，得到了精神的自由”①那就没有真正读懂山水诗生命情韵的底色。

因为，山水诗产生的情感诉求就是对故乡的思念，寻求精神栖止的家园则是山水诗情感的归宿。山水诗人借山水自然以安顿生命，表达对故园的向往。诗人们多因遭遇贬谪，踏上了流浪之旅。在异地他乡被人弃置，无以为家的悲伤才是生命真正的悲哀，唯此才会有如此浓烈的乡愁。所以，中国古典的山水诗总是充满了诗人生命漂泊的孤独和对家园悠长的思念，山水之中既表现诗人对现实的无奈，又流露出对人生的无限渴望。“中国诗人背井离乡、行役征戍以及由此产生的生命漂泊之感，与向往安顿之感，无疑构成了山水诗的一个极重要的精神源头。”②对山花山鸟说尽心中无限事，观灵山秀水寄托胸中几多情。诗人沉浸山水乐趣之瞬间，荡尽尘世的污垢，寄托着对故乡的悠悠之思：“江花江草故乡情，两岸青山夹明镜。一夜雨丝风片里，轻舟已过秣陵城。”（见于黄景仁《江行》）故乡的山水，故乡的风物，故乡的亲人，永远驻留在游子的凝眸里！“马蹄踏水乱明霞，醉绣迎风受落花。怪见溪童出门望，鹊声先我到山家。”（见于刘因《家》）这一声声轻柔的鹊声，难道不是来自故乡的切切召唤吗？当一切外物显示出其狰狞的面目时，唯有自然，也只有自然一如既往地默默无语，依然如故地深情注视、相伴着诗人，像一位旧交，时时聆听着诗人心中的烦恼忧伤。而乡思与回归的情感诉求，不仅仅是对现实层面上的故乡的思念，“日暮乡关何处去，

① 王国璎：《中国山水诗研究》，联经出版事业公司 1986 年版，第 422 页。

② 胡晓明：《万川之月》，生活·读书·新知三联书店 1992 年版，第 4 页。

烟波江上使人愁。”正是诗人对自我生命深层次的体认与关怀，担忧与焦灼了，这里的乡关已经失去了具体的含义，而上升为一种符号或意象。因此，人如何在山水中获得永恒的生命意义和更丰富的人生意义，抑或获得精神的意义，是山水诗情感追求的极致，也是山水诗教学追求的目标。

中国山水诗歌史，不仅写满乡思的惆怅或留恋山水的乐趣，也被赋予淡淡的生命忧思。春去秋来，自然在无穷的轮回中散发着年轻的力量，而人这个万物之灵长、宇宙之精灵却死不复生，一去无返。行走在自然里的古典诗人，以敏锐的眼光捕捉生命之美的同时，也在体验着生命无望的悲凉。滚滚长江，浪花淘尽、千古风流人物。谁能经得住时间的磨洗呢？谁能挡住岁月的利剑呢？“朝如青丝暮成雪”、“朝为美少年，夕暮成丑老。”青春凋零，看那镜中的自己，又丑又老，巨大的悲伤岂能掩面横涕了得？目睹一次次生死轮回，却无能为力的人类，在反复的追忆中，经受生命之痛。李白《秋登宣城谢朓北楼》：“江城如画里，山晚望晴空。两水夹明镜，双桥落彩虹。人烟含橘柚，秋色老梧桐。谁念北楼上，临风怀谢公。”诗歌前四句用白描的手法，简练地勾勒出宣城外清秋的景象：清澈的双溪如明镜夹城，远远望去，双桥映在溪水中的倒影，在晚霞的映照下，仿佛两条落下的彩虹。美丽的景色并没有成为诗人抒写快意人生的感受，而在清丽的画布上，轻轻晕染出秋天的颜色和氛围，一股苍凉之气顿时涌起，霭霭烟雾中最后的橘柚透出阵阵寒气，昨夜萧索的西风凋尽碧梧而惨不忍睹。而最后两句则是诗歌的核心所在，数百年过去了，谁能够知道诗人迎风怀念谢公的心情呢？无论是秋天的色彩和萧瑟，还是临风怀人的情思，渗透的依然是强大的时间。诗人究竟为何伤怀呢？是悲伤时间的无情？还是叹息空间的渺远？似乎很难猜测。然而，生命意识是其不可削弱的主题。诗人以描写宣城外秋日清丽的景致和萧瑟的氛围为背景，赋予诗歌浓浓的生命意识，只有时间悄然流淌于心灵，消解了昨日年少带来的欣喜，那寒风中橘柚摇摇欲坠的状态和梧桐苍老的容颜，冲击着诗人脆弱的情感，临风怀人，生命已逝的悲伤弥漫心间，如丝如缕，不可断绝。

至此，对这首诗歌的鉴赏并没有结束，诗歌教学中学的意义也没显现。此时的教师，不是自我品味诗歌的感伤与哀怨，而是从诗人的感伤中探索生命的真谛，并和学生一起分享，这才是诗歌教学的终极意义所在：既然时间不可抗拒，与其徒劳地悲伤、沉沦，不如让自己顺应自然的规律，欣赏它生机勃勃的神秘美。月光下袅袅的春柳；夏夜婆娑的树影；秋夜蛰虫的低吟；冬夜飘飞的白雪。黑夜里，明月皎洁的沉默，生命馥郁，静默无言，梦里满月如轮飘转，心底爱情悄然萌发，合奏汇聚，其中真意实在妙不可言！与其以一己之固执悲叹时间之无情，不如打开心扉，放逐自我，将一己之小我融入无穷的宇宙生命中，使生命获得诗意的安顿和暂时的圆满。惯看春花秋月，喜赏秋叶冬雪，不也是对生命之美的最好诠释么！

诚然，在中国山水诗人眼里，自然不是异己的存在，它被赋予暖暖的情意，而人也不是孤独、有限的个体，他投入永恒的自然，并获得更为丰富的生命内涵。《春江花月夜》便可见一斑。诗中万物浸润在清明的月辉中，那缀满波光的江天清净无碍，万籁俱静。月光下徘徊的思妇满掬一把清辉，带着一份美丽的忧伤进入温情的梦境，延续着一个没有尽头的等待。然而，诗中最令人心动神摇的却是思妇那天真而充满稚气的追问“江畔何人初见月，江月何年初照人?”这令人痛楚的问题实际上是“一个永无尽头的等待以及等待中永恒的寂寥。”①但这个追问中却隐藏着中国山水诗生命精神的秘密——人与自然的和谐以及宇宙的永恒。与宇宙的永恒相比，人类的生命显得何其短暂。诗歌史上不乏生命的咏叹，但都逃不出人生短暂的忧伤苦痛的樊篱，而张若虚却别开生面，脱人窠臼，一扫自古以来的感伤情绪，翻出新意“人生代代无穷已，江月年年只相似。”人的个体生命虽然转瞬即逝，而人类的存在则是绵延久长，“代代无穷已”的人类和“年年只相似”的明月共存。与绚丽多姿的人类生活相比，江月却少了变化，显得单一了。这是诗人从大自然的美景中感受到的人生之欣慰和对生命的赞美。胡晓明先生说：“这不仅仅是‘少年式的憧憬’，更是中国哲学的古老灵魂，在盛唐来临之际焕发出来的年轻的生命光华；这也不仅仅是‘梦境中晤谈’的‘宇宙意识’，实际上应是由人类生命情感所滋润、沐浴过的宇宙生命；又由宇宙生命所照亮、升华了的人类向上的生命。礼赞生命、礼赞自

① 胡晓明：《万川之月》，生活·读书·新知三联书店1992年版，第4页。

然，这就是《春江花月夜》的昭示万代流芳百世的精神主旨。中国山水诗的蓬勃的灵感气韵，正从此一主旨中流出。”[①] 的确，中国山水诗令人感动的精神正在于此，它将情感指向更超远的境界，指向生命永恒的家园！从此，中国诗人就以更开阔的胸襟去拥抱自然，赞美自然、讴歌生命。

古典山水诗是自然和诗人高度融合的浑融世界。回归自然的诗人赋予自然以真诚的情感和纯粹的思想，从而使原本自在的自然世界产生了浓厚的意义和非凡的价值，人也为在荒谬的生存意志和欲望奴役下的荒诞人生寻求了一条逃遁之路，一条由荒谬走向意义，由本能走向审美，由瞬间走向永恒之路。在这情感的、艺术的、审美的、超凡的世界里，山水诗的意境不但是人的情感与自然万象之景的融合，也即瞬间与永恒的融合、精神与物质的融合。更重要的是，它将世界纳入了一个“意义之境”，一个包含着人的情感和思想，充满着诗意和美感的境界，人在这个意义之境中不但实现了精神的超越、生命的圆满，且拥有了诗意的存在。

既然，生命情韵是山水诗的本色，也是其中心命意，那么，以生命的态度去面对山水诗亦是不二法门。美学家朱光潜先生曾以古松为喻，论及人们的三种观物态度：一是科学的态度，即古松为何物，年轮多久，属性如何；二是功利的态度，即古松的材质如何，能为何物；三是审美的态度，即淡去古松为物之性，而见其苍劲之美，赋予人的意志和情趣。

观物如此，欣赏诗歌亦如此，教诗又何尝不是如此呢？我们认为讲授诗歌应以生命的态度，即不刻意寻求诗意，以获得审美快感，而将诗歌视作鲜活的生命，从客观化的审美对象中解脱出来，还原诗歌生命的本来意义。构筑与我生命息息相关的灵动世界，并将自己的生命放逐、安顿其中，悠游自得，任意纵情，纯然体验生命的愉悦，感受生命的富足！这才是诗歌教学的不二法门，诗歌教学的关键所在、意义所在！

（纳秀艳）

---

① 胡晓明：《万川之月》，生活·读书·新知三联书店 1992 年版，第 4 页。